아르제스 전기

ARƷES

마그놀리아 판타지 장편 소설

아르제스 전기 1

마그놀리아 판타지 장편 소설

초판 1쇄 찍은 날 § 2006년 9월 7일
초판 1쇄 펴낸 날 § 2006년 9월 17일

지은이 § 마그놀리아
펴낸이 § 서경석

편집장 § 문혜영
편집책임 § 문정흠
편집 § 최하나

펴낸곳 § 도서출판 청어람
등록번호 § 제1081-1-89호
등록일자 § 1999. 5. 31
어람번호 § 제1-0746호

주소 § 경기도 부천시 원미구 심곡1동 350-1 남성B/D 3F (우) 420-011
전화 § 032-656-4452 팩스 § 032-656-4453
http://www.chungeoram.com
E-mail § eoram99@chollian.net

ISBN 89-251-0301-X 04810
ISBN 89-251-0300-1 (세트)

FANTASY FRONTIER SPIRIT

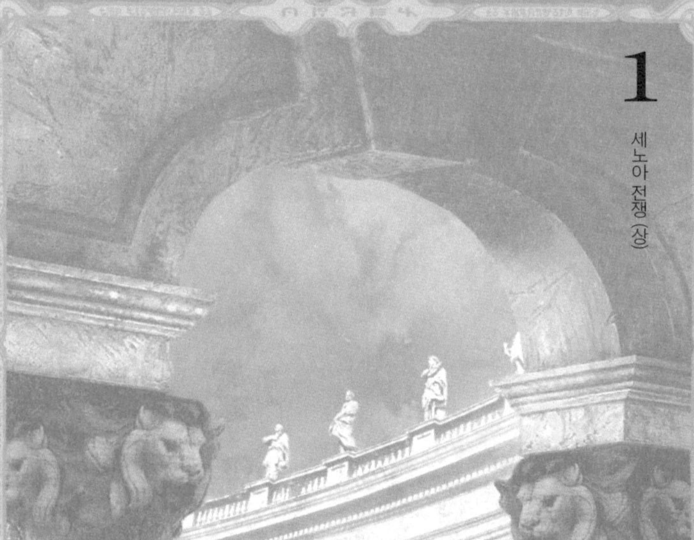

1

세노아 전쟁 (상)

마그놀리아 판타지 장편 소설

아르제스 전기

도서출판 청어람

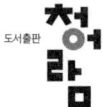

Contents

작가 서문

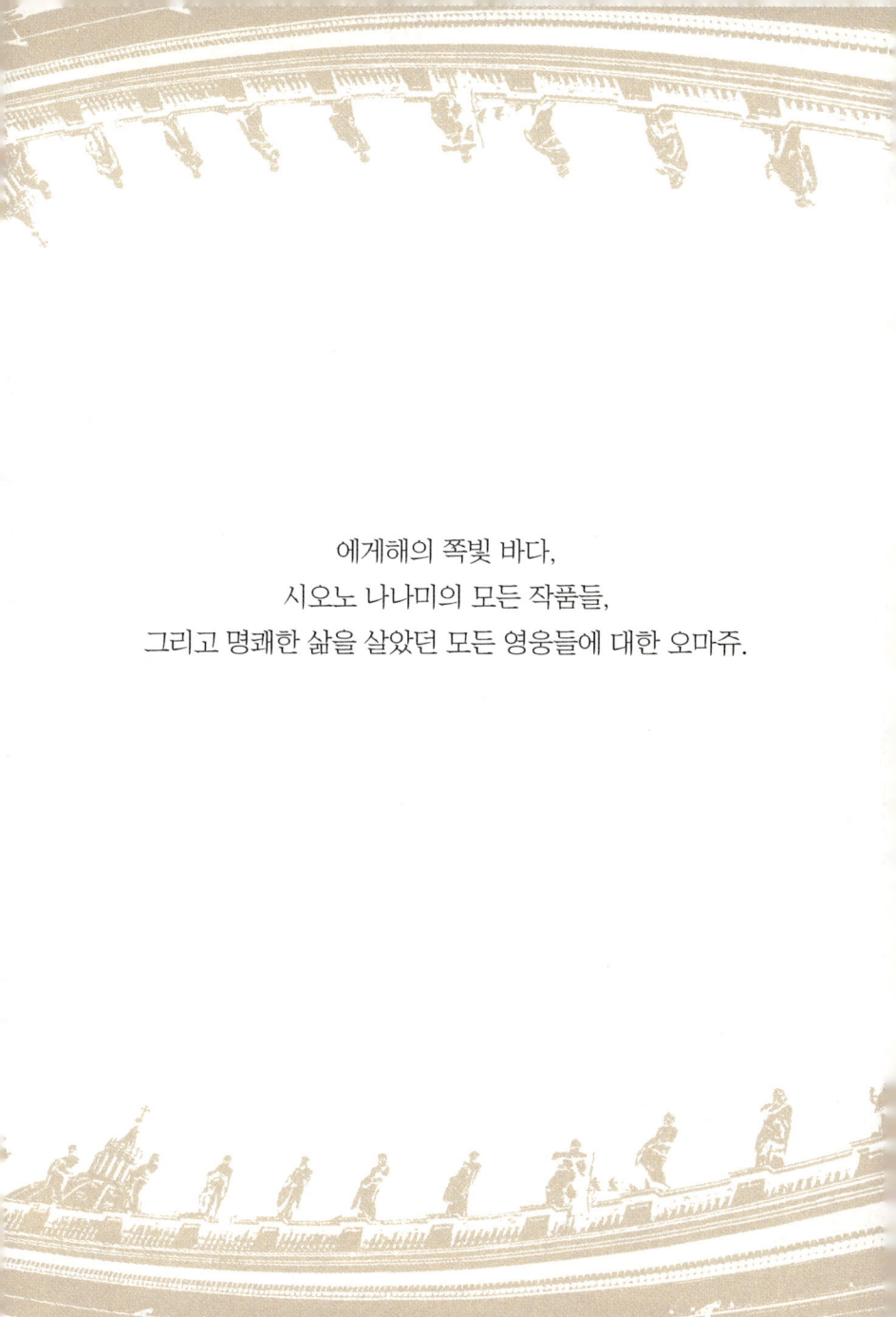

에게해의 쪽빛 바다,
시오노 나나미의 모든 작품들,
그리고 명쾌한 삶을 살았던 모든 영웅들에 대한 오마쥬.

제1장

축제

『'시대가 인물을 만드느냐, 아니면 인물이 시대를 개척하느냐?' 하는 문제는 '닭과 달걀 중 어느 것이 먼저냐'는 문제처럼 명확하게 진위를 가릴 수 없는 문제이며, 역사학자에게는 오랫동안 해결되지 못한 수수께끼로 남아 있다. 비록 시대의 필요가 영웅을 만든다는 주장에 많은 사람들이 공감하고 있지만, 수백 년에서 길게는 천여 년 동안 그 누구도 이루지 못한 일을 불과 한 사람의 일생 동안에 이루어버리는 영웅들의 행적은 역사적 흐름의 산물로만 영웅을 취급할 수 없게 만드는 불가사의이다. 다행히 한 가지 명확한 사실은 사건의 흐름을 따라서 역사를 보는 것보다는 인물의 일생을 따라 역사를 이해하는 편이 훨씬 흥미롭다는 것이다.』

—〈라인 제국의 역사〉 서문 중에서 발췌

아르제스 전기

이케니아 반도는 평야를 찾기 힘들 정도로 온통 산으로 둘러싸여져 있어서, 이곳이 고대 문명의 중심이었다는 것이 의심스러울 정도이다. 계곡에서 동이케니아 해(海)로 흘러가는 강이 적은 편은 아니지만 강 주위로 비옥한 토지가 있는 것도 아니어서 사람들이 모여 살기에 좋은 지형은 아니다.

하지만 좋은 점도 있다. 동이케니아 해에서 불어오는 따뜻한 바람은 춥지 않은 겨울을 보내게 해준다. 그리고 이곳은 판테아 대해(大海)와 중앙해(海)를 이어주는 관문으로, 교역으로 많은 부를 축적할 수 있는 천혜의 위치인 것이다. 이러한 상업을 통한 부는 예술과 학문의 부흥을 가져왔고, 이 문화적 우월성은 이케니아 반도를 오랫동안 중앙해 세계 문명의 중심이 되도록 해주었다.

이케니아 반도를 따라 남쪽에 이르면 말발굽 모양으로 움푹 파인 큰 만이 나타난다. 이 만의 동쪽 끝에서 해안선을 따라 30킬로미터 정도 올라가면 상업이 융성한 이케니아 반도에서도 가장 큰 상업 도시 국가인 네모가 있다. 한때는 염료와 대리석의 산지로 유명했지만, 이제는 메카나, 에레냐드, 소로스 등과의 교역 중심지로 더 유명한 부유한 도시이다.

아직 3월이지만 이케니아 지방의 기후는 이미 봄이다. 신록이 우거지기 시작하고 바다에서 불어오는 바람은 상쾌하기만 하다. 게다가 3월은 봄이 온 것을 축하하고 신들에게 감사하는 축제의 달이다. 네모의 시민들은 이미 축제 분위기에 흠뻑 빠져 있었다. 시의 북쪽에 위치한 왕궁의 성문을 시작으로 해서 남쪽으로 길게 뻗어 있는 대로는 축제가 시작되면 각지에서 몰려든 상인들로 북적대기 시작하고, 거기에는 다른 이케니아의 도시 국가에서 몰려든 구경꾼도 한몫을 한다. 이런 축제는 어른에게도 즐겁지만, 어린이들에게도 마찬가지이다.

"도련님, 아무래도 집으로 돌아가시는 것이 좋지 않을까요?"

떠들썩한 주위 분위기에 어울리지 않는 낮고 울림이 있는 목소리다. 하지만 표정은 검은 얼굴과 건장한 체격에 어울리지 않게 안절부절못하는 기색이었다.

"에이, 긴장할 것 없어, 마르! 축제는 즐기라고 있는 거 아니겠어?! 어머니도 축제 준비로 바쁘셔서 우리가 몰래 나온 것 따위는 모르실 거야."

도련님이라고 불린 소년은 뒤도 돌아보지 않고 두리번거리며 모든 것이 신기한 듯 축제의 거리를 돌아다녔다. 평상시에는 나이에 걸맞지 않게 어른스러운 도련님이지만 오랜만의 외출이라서 그런지 유난히 흥분해 있다고 느끼는 마르쿠서스였다. 그러한 소년을 마르쿠서스는 놓치지 않으려는 듯 열심히 따라다닐 뿐이었지만, 속으로는 주인마님에게 들키지 않길 간절히 기도하고 있었다.

한동안 이리저리 뛰어다니던 소년은 무언가 신기한 것을 본 듯 골목 안으로 인파를 헤치고 걸어 들어갔다.

"마르! 어서 와. 여길 봐, 여기!"

"도련님, 천천히 가세요!"

마르쿠서스는 얼른 소년의 뒤를 따르기 시작했다. 소년이 향한 곳은 작은 광장이었다. 큰 행사는 왕궁 앞에 있는 대광장에서 치르지만 작은 행사나 일반적인 흉악범들의 사형식은 이곳 제2광장이라고 불리는 곳에서 치러진다. 지금 그 제2광장에서는 노예 경매가 벌어지고 있었다. 어린 시절 아버지를 따라서 딱 한 번 구경했을 뿐인 노예 경매는 외출이 오랜만인 소년에게는 좋은 구경거리였다.

"마르! 마르! 이리 와서 무등 태워봐!"

소년이 작은 키는 아니었지만, 아무래도 어른들의 키에 가려 앞이 잘 안 보였다.

"도련님, 제 머릴 꼭 잡으세요."

보통 어른의 키보다도 오히려 머리 하나만큼이나 큰 마르쿠서스는 소년을 가볍게 들어올려 어깨 위에 올려놓았다. 그러자 광장에서 펼쳐지고 있는 광경이 한눈에 소년의 눈에 들어왔다.

"와~"

소년의 입에서는 감탄사가 흘러나왔다. 노예 경매라고 하지만 단순히 노예만 거래하는 것이 아니라 각지에서 흘러온 희귀한 동물들과 새들도 같이 거래하는 것이 보통이었기 때문이다.

"저건 메카나 내륙 깊숙이 산다는 철각수야. 기린도 있어, 마르! 진짜를 본 건 첨이야. 정말 목이 길긴 길구나."

이렇게 소년이 신기한 듯 구경하고 있을 때 광장 가운데 세워진 단상으로 한 중년인이 올라왔고, 이어서 옆에 매달려 있는 종을 울렸다.

땡땡땡……!

종소리와 함께 사람들의 웅성거림이 조금 잦아지면서 단상으로 군중의 시선이 집중되었다. 나름대로 수염을 멋들어지게 기른 한 험악한 인상의 중년 남자가 외치기 시작했다.

"친애하는 네모 시민 여러분, 오늘의 노예 경매에 이렇게 모여주셔서 대단히 감사합니다. 이번에도 메카나, 에레냐드, 소로스, 토르카 등등 세계 각지에서 모아온 노예들이 여러분을 기다리고 있습니다. 자, 그럼, 노예 경매를 시작하겠습니다. 첫 번째 노예는 메카나 지방 출신의 남자 노예입니다. 경매의 시작 가격은 200데르부터입니다."

단상 위로 노예가 끌려나오자 단상 밑에서는 노예 상단 소속의 부하들로 보이는 사람들이 분주하게 돌아다니며 시작가를 군중에게 외치기 시작했다. 시끌벅적한 분위기 속에서 노예 경매가 무르익어 가기 시작했다.

소년은 시간 가는 줄 모르고 경매를 구경하는 데 빠져들어 있었고, 마르쿠서스는 조금도 힘들지 않은 듯 미동도 않고 소년을 어깨 위에 올려두고 있었다.

땡땡땡!

종소리와 함께 노예 상인의 말이 울려 퍼졌다.

"자, 다음은 오늘의 마지막 노예입니다. 에레냐드 출신의 남녀 노예입니다. 이번 노예들은 한꺼번에 경매에 붙이겠습니다. 시작가는 600데르입니다!"

노예 상인의 말이 끝나자 군중이 조금은 웅성거리기 시작했다. 남자 노예는 큰 키는 아니지만 다부진 체격에 근육이 발달해서 노예로는 최상급이었다. 하지만 여자 노예의 경우 살결은 희지만 너무 깡마른 체격이어서 금방이라도 쓰러질 듯하였다. 찢어진 옷 사이로 드러난 팔다리에는 상처를 입었는지 피딱지가 앉아 있었고, 머리카락은 제멋대로 흐트러져 얼굴을 가리고 있었다. 저래서는 노예로서 큰 가격을 받지 못한다. 대부분의 군중은 남자 노예는 탐나지만 여자 노예 때문에 망설였고, 끼워 팔기가 아니냐며 투덜대는 사람도 있었다. 네모 시민법이 노예라도 사형에 준하는 잘못을 저지르지 않는 이상은 주인이라도 마음대로 죽일 수 없으며, 소유한 노예에 대해서는 반드시 그 생계를 주인이 책임지도록 규정하고 있다. 그래서 네모 시민들은 노예를 고르는 눈이 매우 까다로운 편이었다.

하지만 아르제스는 군중의 웅성거림 속에서도 말없이 두 남녀 노예, 특히 남자 노예를 유심히 지켜보았다. 군중이 입찰을 주저하자 남자 노예의 오른팔을 들어올리며 경매인이 한마디 덧붙였다.

"자, 여러분, 이 남자 노예의 팔을 보십시오. 이 문신은 검투사 시합에서 승리한 적이 있다는 징표입니다. 검투사 출신의 노예는 흔히 볼 수 있는 상품이 아닙니다."

시합에서 승리할 때마다 몸에 문신을 새기는 것이 검투사들의 관례였다. 검투사 경험이 있는 노예라는 말이 효과가 있었는지 몇몇 사람들이 입찰하기 시작했다.

"600데르!"

"650데르 부르겠소!"

"700데르 내지."

검투사 출신 노예들은 시합에 내보내는 것만으로도 주인에게 좋은 돈벌이가 되기 때문에 경매에 나올 경우 항상 인기 있는 상품이다. 또한 사병을 두는 것이 허용된 몇몇 명문 귀족 가문에도 검투사 출신의 노예는 비싼 값에 팔리는 것이 보통이었다. 사람들의 경쟁적인 입찰 속에 어느덧 입찰가는 1,000데르를 넘어가고 있었다.

"자, 1,200데르 나왔습니다. 더 없으십니까?! 종을 5번 칠 때까지 없으면 1,200데르 부르신 분에게 낙찰되겠습니다."

땡땡땡땡…….

종이 4번 울렸을 때 한쪽에서 조금은 어린 소년의 목소리가 들려왔다.

"2천 데르!"

"오~!!"

군중은 놀라움에 탄성을 지르며 목소리가 들린 곳으로 시선을 모았다. 그곳에는 건장한 노예 소년의 어깨 위에 올라서 있는 한 소년이 오른손을 번쩍 들고 손가락 2개를 펴 들고 있었다.

'아이쿠, 도련님이 어쩌려고?!'

마르쿠서스는 속으로 울상을 지었지만, 자신있게 2천 데르를 부른 소년은 소년 특유의 호기심과 흥분으로 가득 찬 얼굴로 환하게 웃는 표정이었다. 소년은 이케니아 지방에서는 흔하지 않은 짙은 흑갈색의 머리카락과 눈동자를 가지고 있었다. 그리고 마치 여성처럼 단아한 얼굴 선은 이국적인 모습과 더불어 소년을 더 돋보이게 하고 있었다. 단순한 모양의 순백의 외투를 입었지만 그 옷깃에 덧대어진 주황색 옷감은 소년의 신분이 귀족임을 나타낸다. 붉은 계통의 염료는 구하기 쉽지 않아 그만큼 비싸기 때문에 거의 귀족들에게만 허용된 색이기 때문이다.

"오! 저쪽에 계시는 귀공자께서 2천 데르 부르셨습니다. 더 이상 입찰이 없으시면 저 귀공자님에게 낙찰되겠습니다."

"저 도련님은 누구지?"

"글쎄… 귀족 집안 자제인 것은 알겠지만, 어느 가문인지는 잘 모르겠는걸."

군중은 웅성거리며 이 재미있는 광경을 구경하는 데 여념이 없었다.

"잠깐 내 말 좀 들어보시오."

그때, 한 노인이 단상 근처로 나오면서 군중에게 말했다. 노예 경매에 1,200데르를 부른 바로 그 사람이었다.

"나는 '아나가스'라는 사람이오. 네모 시 외곽에서 큰 밀 농장을 하고 있소."

그는 자기소개를 한 뒤 소란이 가라앉길 기다려 다시 말하기 시작했다.

"저기 공자께 한말씀 드리겠습니다. 노예 거래는 항상 즉

석에서 현금으로 이루어집니다. 그리고 더불어 거래 문서를 작성하기 위해서는 인장이 필요하지요. 도련님께서는 이 두 가지를 다 가지고 계신 건지요?"

그가 보기에 아무리 귀족 집안의 자제라 해도 2천 데르나 되는 거금과 가문을 상징하는 징표를 지니고 다니기에는 너무 어려 보였기 때문이다.

"다 가지고 있소."

소년이 자신있게 말하자 노인은 인상을 찡그리며 군중 사이로 사라져 버렸다. 보여달라고 할 수도 없는 노릇인지라, 더 이상 트집 잡을 게 없었기 때문이다.

"도련님……."

"왜 그래, 마르?"

"아무리 생각해도 돈을 가지고 나온 기억이 없는데요?"

"없지."

등 뒤로 식은땀이 흐르는 마르쿠서스였다. 아무리 귀족가의 자제라도 돈 없이 경매에 끼어드는 것은 큰 망신이다. 무엇보다 이 일이 주인 마님의 귀에 들어간다면, 몸종인 자신에게는 암울한 미래만이 펼쳐질 뿐인 것이다. 하지만 타 들어가는 마르쿠서스의 마음을 아는지 모르는지 소년은 마냥 즐겁기만 했다.

"자, 오늘 노예 경매는 끝입니다. 잠시 후에는 세계 각지에서 모아온 신기한 동물들의 경매가 있겠습니다."

땡땡땡!!

노예 상인이 종을 3번 쳐 노예 경매의 종료를 알리자 모여 있던 대다수의 군중이 흩어지기 시작했다.

"그리고 거기 귀공자께서는 이리로 와 문서를 작성하시지요."

"마르, 나를 내려줘."

마르쿠서스와 그의 어깨에서 내린 소년은 노예 상인을 따라 광장 구석에 있는 큰 천막 안으로 들어갔다. 천막 안에는 꽤나 큰 책상이 놓여 있었고, 책상 위로는 각종 문서와 필기구, 그리고 빵이 담긴 접시가 어지럽게 널려 있었다. 기물들을 한쪽으로 밀어 책상을 정리한 노예 상인은 책상 한편에 놓여 있는 잘 말린 양피지 두루마리를 꺼내 들었다.

"자, 공자님, 여기에 서명을 하시고 인장을 찍어주시면 됩니다."

노예 상인은 능숙하게 양피지로 된 노예 문서 하단에 초를 녹여 떨어뜨렸다. 그러자 소년은 목 뒤로 손을 가져가 목에 걸고 있던 것을 끌렀다. 소가죽을 꼬아 만든 목걸이 줄에는 커다란 반지가 걸려 있었다.

그 반지를 본 노예 상인은 흠칫 놀란 표정을 지었다. 백금으로 만들어진 그 반지는 밀알만 한 4개의 사파이어로 장식되어 있었다. 명문 귀족이나 왕족들은 반지에 가문의 상징을 새겨 인장을 겸하는 경우가 흔했는데, 백금에 사파이어로 장식할 정도의 인장을 가진 가문이면 보통의 귀족 가문이 아닐 것이라고 생각했기 때문이다.

소년은 주저없이 초를 녹인 곳에 반지를 꾹 눌렀다. 그러고 팬을 집어 들어 서명했다. 어린 나이에 어울리지 않는 달필이었다. 노예 상인은 꽤나 놀란 표정을 지었는데, 그것은 소년의 달필 때문만은 아니었다.

'한쪽 발에는 밀 이삭을, 다른 한쪽 발에는 석판을 움켜쥔 독수리?! 이건 가이우스 가문의 문장이 아닌가!'

노예 매매는 국가의 허가가 있어야만 할 수 있다. 노예 상단의 우두머리쯤 되면 국정을 좌지우지하는 주요 귀족의 문장을 알아두는 것은 기본인 것이다. 놀라고 있는 노예 상인에게 소년이 말했다.

"이제 밖에 저 두 노예는 나, 아르제스 네모 가이우스가 데려가겠소."

노예 상인은 상당히 놀랐지만, 그도 산전수전 다 겪어본 인물인지라 금방 평정을 찾을 수 있었다. 그는 아르제스와 마르쿠서스를 번갈아 바라보면서 웃는 얼굴로 말했다.

"그런데 가이우스 공자님, 대금은 어떻게 치르시겠습니까?"

2천 데르면 금화로 따지더라도 20닢, 은화로 따지면 200닢이나 되는 적지 않은 돈이다. 아르제스나 마르쿠서스 모두 얇은 여름옷 차림에, 어딜 봐도 따로 돈주머니를 찬 것처럼 보이지 않았기 때문이다.

"이 반지의 사파이어 한 개로 대금을 치르겠소."

마르쿠서스가 놀라 말리려고 했지만, 이미 아르제스 귀에는 들리지 않았다. 마르쿠서스를 완전히 무시한 채 반지를 노예 상인에게 내미는 아르제스였다.

"으음……."

노예 상인은 잠시 망설였다. 과연 이런 귀한 물건에 손을 대도 되는 건지 고민이 되었기 때문이다. 하지만 곧 결심한 듯 말했다.

"그럼 잠시만 기다려 주십시오."

노예 상인은 잠시 천막 밖으로 나가더니 근처 보석 상점 주인을 데려왔다. 보석상은 아르제스 일행이 보는 앞에서 능숙하게 사파이어 하나를 빼내었고, 노예 상인은 수고비로 은화 2닢을 쥐어주어 보석상을 돌려보냈다.

모든 거래 절차가 끝난 후 아르제스 일행이 노예 문서를 들고 뒤돌아 나가려고 하자 노예 상인이 그들을 불러 세웠다.

"잠깐만 기다려 주십시오. 근래에 보석 값이 많이 올랐습니다. 이 정도 질의 사파이어라면 2,500데르는 할 터이니 거스름돈을 받아 가십시오."

그는 주머니에서 금화 5닢이 든 가죽 주머니를 꺼내 내밀었다. 아르제스는 아무런 말 없이 주머니를 받아 들더니 금화

2닢을 꺼내어서 다시 노예 상인에게 내밀며 말했다.

"이것은 당신의 정직함에 대한 보답이오."

"하하핫!"

노예 상인도 유쾌하게 한번 웃고는 말없이 금화를 받았다.

천막을 나가다가 걸음을 멈춘 아르제스는 뒤돌아보면서 노예 상인에게 말했다.

"당신의 이름을 물어도 될까?"

"카이트. 성은 없고 그냥 카이트입니다."

"흔한 이름은 아니군요."

"하하하, 가이우스 공자님도 흔한 귀족의 자제는 아니십니다."

하지만 그때는 이미 아르제스가 카이트의 웃음을 뒤로하고 천막을 나간 이후였다.

그리고 뜻을 알 수 없는 카이트의 혼잣말이 이어졌다.

"가이우스 가의 도련님이라면…… 믿을 만하겠지."

어느덧 태양은 판테아 대해를 향해 넘어가고 있었고, 축제도 어둠이 오자 낮과는 다른 매력을 뽐내며 무르익어 가기 시작했다. 하지만 아르제스 일행은 축제를 뒤로한 채로 네모의 동쪽 성문을 향해 걸어가고 있었다.

네모에는 동문, 서문, 남문의 3개의 성문이 있는데, 남문을 제외하고는 해가 지면 출입이 통제된다. 하지만 출입 통제 정도는 명문 귀족가인 가이우스 가문의 후계자 아르제스에게는 아무런 문제가 아니었다. 일행의 제일 앞에는 아르제스가 가볍게 발걸음을 옮기고 있었고, 그 뒤에는 등(燈)을 든 마르쿠서스와 노예들이 뒤따르고 있었다. 남자 노예는 담담한 표정이었지만 여자 노예는 어둠 속에서도 불안한 표정을 감추지 못하고 있었다.

길을 따라 한참을 걸어가자 왼편으로 큰 별장이 보이기 시작했다. 길을 벗어나 별장으로 나 있는 길로 들어서자 별장 쪽에서 2개의 불빛이 일렁이며 세 사람이 아르제스 일행 쪽으로 달려왔다. 달려온 사람은 반쯤 벗겨진 대머리가 인상적인 초로의 노인과 2명의 하인이었다.

"다녀오셨습니까, 도련님."

가볍게 머리를 숙이며 인사하는 노인에게 고개만 끄덕인 아르제스는 일행과 함께 집으로 향했다.

"어머님은 아직 신전에 계신 건가?"

외출복을 벗고 실내복으로 갈아입으면서 처음으로 아르제스가 집사에게 물어본 것은 어머니의 행방이었다.

"네, 아마 지금 한참 제례 의식이 진행 중일 것입니다. 그나저나 저 노예들은 어디서 데려오신 겁니까?"

"축제 노예 시장에서 샀지. 거금 2천 데르를 들여서 말이야."

"쿨럭!"

"집사 영감, 겨울 지난 지가 언젠데 감기 걸린 거야?"

"도련님, 그런 재미없는 농담을 할 때가 아닙니다. 2천 데르라니요?! 아무리 이케니아 최고의 명문가 중에 하나인 가이우스 가문이지만, 지금 가이우스 가문의 경제 사정이 좋지 않다는 걸 누구보다 잘 아시면서… 아니, 그건 그렇고 그 돈은 도대체 어디서 나신 겁니까?!"

"이거!"

동물 가죽으로 덮인 긴 의자에 몸을 비스듬히 기대고 빵을 집어 먹던 아르제스가 목에 걸린 인장을 보여주자 집사는 거의 입에 거품을 물 정도가 되었다. 수많은 사고를 쳐왔던 도련님이지만 이번은 그 정도가 심했기 때문이다. 하지만 자신을 바라보고 있는 집사를 향해 아르제스는 아무 일도 아니라는 듯 태연스럽게 미소만 짓고 있었다.

"도련님, 이번에는 마님께 혼나서도 저는 모르는 일입니다. 도련님이 저지르신 일들을 수습하다가 늘어난 것은 이 넓어진 이마뿐입니다."

"걱정하지 마, 집사. 나도 다 짐작되는 바가 있어서 한 일이니까."

"똑똑하신 도련님이니 어련하시겠습니까마는, 마님께 혼난다는 데에 100데르 걸죠."

"……."

25

아무리 생각이 있었다고는 하지만, 아르제스는 아직 소년이다. 어머니에게 혼나는 건 세상에서 그가 가장 두려워하는 일 중 하나였다.

"흠흠… 어찌 되었든 전 모르는 일입니다. 도련님이 자~알 알아서 하십시오. 그럼 전 이만 물러가겠습니다."

"잠깐만… 집사."

"네?! 다른 분부라도?"

아르제스의 말에 집사가 몸을 돌리며 말했다.

"이 빵 맛있는걸. 같이 먹지 않겠어?"

"도련님… 뇌물치곤 너무 약하다고 생각되지 않습니까?"

"방금 집안 사정이 안 좋다고 말한 건 집사 아니었어?"

얼마 남지 않은 머리카락마저도 위험하다고 느끼는 집사였다.

이케니아 지방은 8개의 도시 국가에 의해 지배되고 있지만, 그중 3개의 도시를 대표하는 가문의 위세가 가장 크다. 네모의 가이우스 가, 우티카의 바렌 가, 카르카스의 아르펜 가가 그 3대 가문이다.

8개의 도시는 실질적으로는 완전히 독립된 도시 국가이지만 외교와 군사에 있어서는 그 노선을 항상 같이해 왔다. 그것이 부유하고 높은 문화 수준을 가지고는 있지만 군사력이 강하지 못한 이케니아를 수백 년 동안 외침에서 지켜낸 원동력이기도 했다.

그리고 이 군사와 외교를 대표하는 사람이 왕이고, 이 왕은 오로지 3대 가문 중에서만 선출된다. 특이한 것은 왕이 종신 직이 아니라 임기가 5년인 선출 직이고, 왕이 된 사람은 50만 데르를 헌납하여 유사시 군대를 운영할 수 있게 해야 한다는 점이다.

그리고 보면 이 정도의 자금을 가진 가문이 3대 가문뿐이 었다는 말도 된다. 물론 지금의 가이우스 가문은 아니지만 말이다. 이미 50년째 가이우스 가문에서는 이케니아의 왕이 나 오지 않았다. 가장 큰 이유는 역시 가문의 경제 사정이 나빠 졌기 때문이다.

집사가 물러간 후 거실로 마르쿠서스가 들어왔다.

"도련님, 분부하신 대로 노예들에게 목욕물과 먹을 것을 준비해 주었습니다. 잠자리는 별채에 마련해 두었습니다."

"그래. 수고했어, 마르."

긴 의자에 몸을 기대고 책을 읽던 아르제스는 건성으로 대 답하였다.

"도련님, 그런데 궁금한 게 있습니다."

"응? 뭐가?"

"노예들을 사실 때 왜 2천 데르씩이나 부르셨습니까? 더 싸게 사실 수도 있었을 터인데 말입니다."

"모든 물건에는 제값이란 것이 있는 거야, 마르."

"네?"

"싼 물건을 비싸게 팔아도 죄가 되지만, 비싼 물건을 싸게 사도 죄가 된다는 말이지."

마르쿠서스가 이해가 안 된다는 듯한 표정을 짓자 아르제스는 책을 덮으며 마르쿠서스를 바라보고 말했다.

"자기 가치보다 싸게 팔린 물건이 자존심 상하지 않겠어? 뭐, 어떻게 보면 2천 데르도 그들에겐 자존심 상하는 금액일 수도 있어."

그 말과 함께 몸을 일으킨 아르제스는 침실로 향하며 말했다.

"일찍 잘 터이니 해 뜰 녘에 깨워."

이른 아침, 가이우스 별장은 하인들의 비질 소리와 별장 한편을 감싸고 있는 숲 속에서 나는 요란한 새들의 지저귐으로 시작된다.

아르제스는 새벽부터 일어나 별채로 향하고 있었다. 그 뒤로는 몸종인 마르쿠서스가 뒤따르고 있었다. 아마 2~3시간 후면 어머니가 축제 의식을 마치고 돌아오실 것이고, 그전에 어제 데려온 노예 문제를 처리해야만 했다.

별채는 원래 손님들이 찾아오면 묵는 곳으로, 별장에 어울리는 건물은 아니다. 하지만 이곳이 실질적인 가이우스 저택이 된 지 오래이기 때문에 몇 년 전에 새로 지은 건물이었다.

별채라고 해서 멀리 떨어져 있는 것은 아니고, 회랑 하나만 지나면 바로 별채로 연결된다.

별채에 도착하자 별채 앞에 기다리고 있던 중년 여성이 허리를 가볍게 숙여 인사했다.

"준비됐어, 유모?"

어제 잠들기 전에 유모를 통해 노예들에게 아침 일찍 찾아가겠노라고 말해놓았던 터였다.

"네, 도련님. 벌써부터 기다리고 있습니다."

"그래, 수고했어. 유모는 자리를 좀 비켜줘. 그리고 어머님이 도착하시면 좀 알려주고."

유모가 가볍게 인사하고 물러나자 아르제스와 마르쿠서스는 별채 안으로 발걸음을 옮겼다.

거실 안으로 들어서자 건장한 체격의 남자와 호리호리한 몸매의 여성이 서 있었다. 어제 노예 시장에서 사들인 그들이었다. 그들의 모습에 아르제스는 조금 놀라고 말았다. 아니, 정확하게 말해서는 눈앞에 있는 아름다운 여성을 보고 감탄했다는 말이 옳을 것이다.

약간의 갈색 빛이 감도는 금색 머리는 파도처럼 물결쳐서 어깨를 덮고 있었고, 짙지만 단아한 눈썹 아래론 손대면 베일 듯한 콧날이 솟아 있었다. 무엇보다 바라보고 있으면 마음이 시릴 정도로 깊고 푸른 눈이 매력적이었다. 어제의 초라한 모습과는 전혀 딴판인 모습의 그녀는, 다만 오랜 고생 때문인지 상당히 초췌해 보였다.

"어젯밤은 편하게 보내셨는지 모르겠군요."

아르제스가 노예로 데려온 사람들에게 정중하게 말하자 마르쿠서스가 놀란 표정을 지었지만 아르제스는 당연하다는 듯 그들에게 자리에 앉을 것을 권했다.

이케니아는 혈통과 가문을 중요시한다. 아무리 성세가 예전만 못하다 하더라도 이케니아 3왕가 중 하나인 가이우스 가의 실질적인 가장으로서, 코넬리아는 종교계의 최고직인 대여사제이자 사교계의 여왕으로서 군림하고 있었다. 이미 30대 중반을 넘어선 나이이지만 변함없는 미모와 기품으로 남성들에게서는 연모를, 여성들에게서는 존경과 질시를 한 몸에 받고 있는 여인이다.

긴 축제 의식을 끝내고 집으로 돌아오는 길은 아무리 코넬리아라도 피곤할 수밖에 없었다. 돌로 포장된 가도를 달리는 마차는 덜컹거려 예민한 코넬리아가 눈을 붙이는 것마저 허락하지 않았다.

'아~ 피곤해. 그나마 올해는 의식이 빨리 끝나서 다행이야. 우리 아르제스는 얌전히 잘 있는지 몰라. 요즘 너무 장난이 심해서 큰일이야.'

빨리 집에 가서 쉬고 싶은 생각이 간절한 코넬리아였기에, 마차의 흔들림을 감수하고서라도 마부에게 길을 재촉하도록 일렀다.

그는 눈앞에 있는 이 소년의 행동이 처음부터 의문스럽기만 했다. 라인 제국의 내전을 피하는 도중 노예로 잡히게 되는 등의 우여곡절을 겪은 끝에 겨우 목적지인 이케니아 반도까지 왔다. 전격적으로 이루어질 피의 숙청을 피한 것도, 그나마 양심적인 노예 상인을 만난 것도 정말 행운이라고밖에 할 수 없었다. 하지만 지금은 전혀 상황 파악이 안 되고 있었다. 일단은 이 소년의 의중을 알아내는 것이 가장 급선무였다.

"저는 아르제스 네모 가이우스입니다."

아르제스가 먼저 자기소개를 시작했다.

"나는 발가르, 이쪽은 엘레나 양이라고 하네."

순간 가명을 말할까 고민했지만 발가르는 본명으로 자기소개를 했다.

"저에 대해서, 혹은 저의 처사에 대해서 궁금한 것이 많으실 것입니다. 하지만 저도 궁금한 것이 많긴 마찬가지니 서로 궁금한 걸 한 가지씩 묻고 답하는 걸로 하지요. 손님이니 첫 질문을 양보해 드리죠."

발가르는 조금 기가 막혔다. 불과 15, 6세밖에 안 되어 보이는 소년이지만, 하는 행동이나 말은 마치 노련한 변론가 같았기 때문이다.

"그보다 지금 우리가 나누는 대화에 대해 비밀을 지킬 것을 약속하게."

이미 아르제스라는 소년이 믿을 만하다고 생각한 발가르였지만, 말로 확인받고 싶었다.

"이케니아 3왕가 중 하나인 가이우스 가의 명예를 걸고 약속드리죠."

주저없는 아르제스의 대답이었다.

"먼저 왜 우리를 샀는지 궁금하군."

그랬다. 노예 거래는 귀족 가문의 어린 자제가 거금을 들여가면서 할 만한 일은 아니었다.

"당신들에게 사정이 있어 보였기 때문이에요. 아무리 봐도 노예로는 보이지 않았거든요."

"에에? 전 도련님이 '검투술'이라는 말에 혹한 줄 알았습니다만."

"그것만이었다면 어머님의 꾸중을 각오하면서까지 경매에 뛰어들진 않았을 거야, 마르."

발가르는 순간 크게 놀랐다. 벌써 자신들의 행적이 노출된 것인가? 아닐 것이다. 내전이 수습된 지 이제 겨우 20일 남짓이다. 이케니아에도 라인 제국의 관리들이 상주하고 있긴 하지만 이케니아 반도 국가들은 엄연히 독립 국가이며, 내정에는 라인 제국도 전혀 간섭하지 않는다. 게다가 군사력을 가진 반역자가 아닌 이상 해외로 도망친 인물은 영구 추방할 뿐,

끝까지 추적해서 암살하는 건 라인 제국의 방식이 아니다. 여러 가지 상념들이 발가르의 머릿속을 복잡하게 만들었지만, 아르제스란 소년에게 적의는 없다고 느꼈기 때문에 잠시 상황을 보기로 했다.

"이제는 제가 질문해도 될까요? 혹시 라인 제국 3군단장이었던 파르티스님을 아십니까?"

"아니, 어떻게 파르티스님을 아는 건가?!"

발가르는 이 소년의 입에서 파르티스라는 이름이 나오자 크게 놀란 표정을 지었다. 지금은 내란에 휘말려 생사마저 알 수 없지만 파르티스는 라인 제국 최정예 군단인 제3군단의 군단장으로서 군사들 사이에서 이름 높은 인물이었다.

"아… 역시 제 추측이 맞았군요. 그럼 발가르, 당신은 3군단의 부군단장이 틀림없겠군요."

"……!!"

"당신의 왼쪽 팔뚝에 푸른 늑대의 문신… 희미하긴 하지만 그 문신은 파르티스 숙부님과 같은 3군단 '4인의 문신'이 틀림없습니다."

"숙부님?!"

"네. 파르티스 숙부님은 돌아가신 아버님과는 둘도 없는 친구셨습니다."

발가르는 이제야 이 소년이 파르티스와 개인적 친분이 있다는 사실을 알았다. 밤새 소년의 속내를 알 수 없어 고민하며 몰래 도망칠까 생각했던 그이지만, 지금은 뜻밖에 구원자를 만난 듯한 기분이었다.

"우리가 여기까지 온 사연을 어디서부터 이야기해야 될지는 잘 모르겠지만, 3개월 전부터 시작된 황자들의 내전에서 시작하는 것이 좋겠군."

발가르는 크게 한숨을 내쉬며 이야기를 하기 시작했다.

라인 제국은 중앙해 북쪽 대륙의 패권 국가로서 동쪽으로는 에레냐드와 남토르카 지방, 서쪽으로는 그라나디아 지방을 지배하고 있었으며, 남쪽으로는 헤르마니아 섬을 지배하고 있다. 그리고 이케니아 반도의 도시 국가들과는 경제 동맹을 맺고 있는 대국이다. 패권 국가이기는 하지만 무자비한 정복자는 아니었기 때문에, 이익이 된다면 정복보단 동맹 관계를 더 선호하는 국가였다. 그것이 중앙해 세계에 오랜 패자로 군림해 온 론 제국의 견제에도 불구하고 중앙해 북부의 패권 국가로 성장한 원동력이 되었다.

하지만 얼마 전 라인 제국은 제정의 성립 이후 가장 큰 위기를 맞이해야만 했다. 그것은 외부로부터의 침략이 아닌 내부의 황위 다툼 때문이었다. 전대 황제인 '테레니우스'는 피나세아 산맥을 경계로 하여 에레냐드 지방을 라인 제국의 속주로 편입시켰고, 2차례의 걸친 론 제국의 헤르마니아 섬 침공을 막아낸 국내외로 신망이 높은 황제였다. 테레니우스 황제에게는 2명의 아들이 있었는데, 황태자인 에밀리우스는 사려 깊고 학문에 능통하며 라인 제국의 많은 외교적 문제들을 해결해 온 인물이었다. 둘째 황자 티투스는 아버지를 닮아 무인의 성격이 강했고, 총사령관으로 수많은 병사를 이끌고 전선을 누빈 역전의 용사이기도 했다.

사람들은 이 두 명의 걸출한 황자에 의해 라인 제국이 크게 부흥하리라 믿어 의심치 않았다. 하지만 테레니우스 황제가 중병으로 죽고, 황위를 황태자인 에밀리우스 황자에게 넘긴다는 유서가 발표되자 남토르카에서 주둔 중이던 2황자인 티투스가 휘하의 4, 5, 6, 8군단을 이끌고 내전을 일으켰다. 수도방위군단이던 1, 2군단 중 2군단은 다른 3개 군단과 함께 헤르마니아 섬에 주둔하고 있었기 때문에 에밀리우스 휘하에는 제1군단밖에 없었다.

결국 수년간의 전투로 단련된 4개 군단의 막강한 힘에 1군단은 저항다운 저항도 못해보고 패배하게 되면서 내전은 2황자의 승리로 막을 내리게 되었다. 내전이 끝나자마자 숙청과 추방이 이루어졌다. 티투스의 부하이면서도 내전 참가를 반대했던 3군단장 파르티스는 생사가 불분명했고, 3군단은 해체되어 다른 군단으로 흡수되고 말았다.

"나도 생명의 위협을 느끼고 제국 밖으로의 탈출을 결심했네. 사실 도망갈 수 있는 곳은 이케니아밖에 없었지. 하지만 라인에서 이케니아로 가는 육로는 남(南)토르카를 거칠 수밖에 없고, 그건 너무 위험했다네. 그래서 차라리 뱃길을 택했지. 라인 제국의 해군력은 론 제국의 상륙 공격을 막기 위해 중앙해 서부에 집중되어 있었으니까."

"하지만 동이케니아 해는 해적들의 천국이라 뱃길도 위험하긴 매한가지죠."

"하지만 선택의 여지가 없었지. 그래도 이케니아 반도의 동쪽 해안선을 따라가면 그나마 안전한 편이니까 일단은 티아나 항구로 향했다네. 거기서 우티카로 가는 배를 타고 이케니아로 숨어들 작정이었지. 거기서 엘레나의 가족들을 만나게 되었네. 엘레나의 부친은 라인 제국에서도 명망 높은 분이셨지만, 에밀리우스 황태자님의 가장 큰 지지자이기도 하신 분이었다네. 그분도 숙청을 피해 국외로 피신 중이었던 것이지."

잠시 말을 끊고 엘레나를 바라본 발가르는 다시 이야기를 이어갔다.

"티아나를 출발해서 처음 4일간은 순조로운 항해였네. 하지만 5일째 되던 날 폭풍을 만나서 항로를 벗어났지. 불행히도 해적들의 소굴인 오르피스 군도 쪽으로 말이야. 해적들의 습격을 받아 선원 대부분이 죽고 나머지는 노예로 노예 상인에게 팔리게 되었다네. 그때 엘레나의 가족들은 모두 죽고 말았지. 그 이후에 자넬 만난 것이고……."

발가르의 이야기에 엘레나는 부모의 비참한 죽음이 생각

나 고개를 숙이고 흐느꼈다. 그런 그녀를 위로하던 발가르가 조금은 가라앉은 목소리로 물었다.

"그건 그렇고, 단지 '4인의 문신'만으로 내가 3군단 사람이었다는 것을 알아내다니… 조금은 신기하군. 비슷한 문신이라면 검투사들도 흔히 새기는 것인데."

"평상시였다면 저도 그냥 지나쳤겠죠. 하지만 라인 제국의 내전이 끝난 지 한 달도 안 되는 시점에서 라인 제국군의 문신을 새긴 사람을 본다면 이야기는 달라지겠지요."

'평범한 귀족 집 도련님은 아니라는 건가. 어리지만 분별력과 결단력이 있군.'

내심 발가르는 이 아르제스라는 소년에게 크게 감탄하고 있었다.

"많은 어려움을 겪으셨지만, 여기 온 이상 더 이상의 위험은 없을 것입니다. 이제부터 발가르님과 엘레나님은 저희 가이우스 가의 손님입니다. 돌아가신 아버님이 이 자리에 있더라도 같은 결정을 내리셨을 겁니다. 안심하고 머무르셔도 좋습니다."

"고맙네."

아르제스의 말에 발가르는 자리에서 일어나 정중하게 몸을 굽혀 인사했다.

"고맙습니다, 아르제스님."

엘레나도 울음을 멈추고 정중하게 아르제스에게 예를 갖

추었다.

　이때, 별실 밖에서 유모의 목소리가 들려왔다.

　"도련님, 코넬리아 마님께서 도착하셨습니다!"

제2장

연희

아르제스 전기

이후 발가르와 엘레나는 가이우스 가의 손님으로서 머무르게 되었다. 코넬리아도 아르제스의 이야기를 듣고는 발가르 일행을 환영해 주었다. 특히 코넬리아는 엘레나를 마치 친딸처럼 아껴주었다. 엘레나도 이 우아하고 기품과 아름다움이 넘치는 귀부인의 환대에 조금씩 가족을 잃은 슬픔에서 벗어날 수 있었다. 하지만 아르제스는 코넬리아에게 크게 꾸중을 들어야만 했다.

"아르제스, 네가 인장 반지의 보석을 마음대로 팔아버린 것도 큰 잘못이지만, 더 큰 잘못은 이 어미가 돌아올 때까지 집에 있겠다는 약속을 어긴 점이다. 이 점에 대해서는 벌을

줘야겠구나. 앞으로 3개월 동안 외출을 삼가하거라."

자상하고 때로는 과하다 싶은 애정 표현을 하는 어머니이
지만, 약속을 안 지키거나 거짓말을 하면 한없이 엄해지는 코
넬리아였다.

"네, 어머니……."

아르제스도 어머니의 꾸중 앞에서는 어쩔 수 없는 어린아
이일 뿐이었다.

"하지만……."

코넬리아는 풀이 죽어 자신의 앞에 서 있는 아르제스를 가
슴에 안아 머리를 쓰다듬으며 말했다.

"자신의 신념을 위해 가보로 내려오는 인장 반지의 보석을
팔아버릴 생각을 하다니, 가이우스 가문의 장손답구나. 아르
제스도 이제 어른이 되었구나."

자신의 아들이 마냥 자랑스러운 코넬리아였다.

"헤헤. 어머니~"

아르제스는 코넬리아의 부드러운 가슴에 얼굴을 비비며
애교를 부렸다. 하지만 아르제스의 애교에도 불구하고 그에
게 내려진 3개월 외출 금지의 벌은 철회되지 않았다.

그는 시간 가는 줄도 모를 만큼 바쁘고 즐거운 나날을 보내
고 있었다. 발가르에게 부탁하여 검투술과 기마술을 배우기
시작했기 때문이다. 라인 제국의 부군단장은 일종의 돌격대

장의 역할을 한다. 라인 제국의 1개 군단은 10개 대대로 이루어지는데 1개 대대는 6명의 백인대장이 이끄는 600명의 중장보병으로 구성되어 있고, 이중 가장 용맹하고 무예에 뛰어난 백인대장 3인이 대대장 겸 부군단장을 맡아 제1대대를 제외한 3개의 대대를 나누어 통솔한다.

법률상으로는 대대장부터의 지휘관은 선거로 선출되게 되어 있지만, 어디까지나 장교 인선권은 사령관의 재량이어서 백인대장이 선거없이 대대장으로 발탁되는 경우도 드물지 않았다. 평민 출신인 발가르도 백인대장에서 발탁되어 대대장을 거쳐 부군단장이 된 경우였다. 군단장과 3명의 부군단장은 명예의 상징으로 부대 고유의 문신을 새기는데, 그것을 '4인의 문신'이라고 불렀다. 그리고 3군단의 상징은 늑대였다. 그런 만큼 발가르의 검술 솜씨와 기마술은 일품이었다.

한번은 아르제스가 그렇게 훌륭한 검술을 가지고 왜 해적에게 잡혀 노예로 팔려왔는지 물어본 적이 있었다.

"멀미만 아니었다면 우리 배를 습격했던 해적 따위는 다 해치웠을 거다."

해적에게 당했던 것이 꽤나 수치스러웠는지 발가르는 얼굴마저 붉히며 대답했다. 천하의 발가르라도 처음 겪어보는 뱃멀미 앞에선 속수무책이었던 것이다.

"후욱! 후욱……."

별장 뒤편으로는 가이우스 가의 드넓은 포도밭이 펼쳐져 있었다. 포도밭 외곽으로 길게 뻗어 있는 길을 따라서 한 소년이 달리고 있었다. 가끔 포도밭에서 일하고 있는 일꾼들이 신기하다는 표정으로 달리고 있는 젊은 주인을 바라보았다. 달리기는 발가르에게 검술을 배우기로 한 날로부터 매일 아침의 일과가 되어버린 일이었다.

"검술이든 기마술이든 체력이 기본이 되지 않고는 높은 경지에 이를 수 없다. 아르제스, 검을 들기 위해서는 그에 맞는 체력부터 길러야 해 . 체력을 기르는 데는 달리기가 최고지."

…라고 말한 발가르는 매일같이 아르제스에게 뜀박질을 시키고 있었다.

가이우스 가의 손님으로 결정된 순간부터 발가르는 아르제스의 좋은 친구이자 스승이 되었지만, 검술을 가르칠 때는 엄하기 이를 데 없었다. 그런 면은 코넬리아와 닮아 있었다.

사실 아르제스가 체력이 약한 것은 아니었다. 이케니아는 고대로부터 5가지 기본 교육을 중요시했는데 철학, 역사, 지리, 언어, 체육이 바로 그것이었다. 아르제스도 어렸을 적부터 이 5가지 기본 교육을 충실하게 받아왔고, 특히 체육을 좋아했다. 하지만 문제는 발가르가 요구하는 기준이 너무 높다는 것이었다.

가이우스 가의 포도밭은 평지가 적은 이케니아 반도에서도 손꼽히게 큰 포도밭이었고, 대대로 가이우스 가문의 주요 수입원 중 하나였다. 그런데 발가르는 걸어서 어림잡아 3시간 정도 걸리는 이 길을 뛰어서 1시간 안에 완주해야만 본격적으로 검술을 가르쳐 주겠다고 한 것이다.

"헉헉……."

아르제스가 출발했던 곳으로 되돌아와 쓰러지자 한쪽에서 검술 연습에 여념이 없던 마르쿠서스가 수건과 물병을 들고 아르제스에게로 달려갔다.

"도련님, 괜찮으십니까?"

마르쿠서스는 안쓰러운 듯 수건으로 아르제스의 땀을 닦아주면서 말했다. 아르제스는 말할 힘도 없는지 숨을 헐떡거리며 괜찮다는 손짓을 할 뿐이었다.

"오… 아르제스, 겨우 시간에 맞춰 들어왔군. 내일부터 본격적인 검술을 가르치도록 하지."

발가르는 대견한 듯 아르제스를 부축해서 일으키며 호흡을 크게 하도록 도왔다.

그 순간 발가르 옆에 놓여 있던 한 시간짜리 모래시계의 모래가 모두 떨어져 내렸다.

이케니아에서는 주인에게 딸린 몸종에게도 교육의 기회를 준다. 그것은 몸종이 주인을 더 잘 보좌할 수 있도록 하기 위해서이지만, 확실히 이케니아 지방은 다른 곳보다 노예들에게 관대한 편이다. 아르제스와 함께 검술을 배우기 시작한 마르쿠서스는 단 3일 만에 달리기 시험을 통과하고 검술을 배우는 중이었다. 체력이 좋은 편에 속하는 아르제스도 한 달이나 걸렸으니 마르쿠서스는 정말 타고난 체력의 화신이었다.

아르제스가 본격적으로 검술을 배우기 시작한 지 한 달이 지나고 있었다. 별장 뒤편에 마련된 연무장에서는 나무 부딪치는 소리가 울려 퍼지고 있었다.

"하합."

기합 소리와 함께 아르제스의 목검이 날카롭게 발가르의 왼쪽 옆구리를 파고들었다. 비록 목검이지만 단단한 참나무를 깎아서 만든 검은 공기를 가르며 날카로운 소리를 내었다.

"좀 더 빠르게!"

발가르는 호통 치며 아르제스의 검을 손잡이 밑 부분으로 쳐냈다. 비록 목검이긴 하지만 정말 대담하기 이를 데 없는 방어였다. 조금이라도 빗나간다면 여지없이 옆구리나 손을 베이게 되는 위험한 한 수였다. 그래도 성공한다면 이보다 좋은 방어법은 없었다. 검의 방향을 유지한 채 적의 공격을 무력화시킬 수 있기 때문이다.

따악!

발가르가 내려친 손잡이에 목검이 부딪치자 단단한 나무를 깎아 만든 목검이 울리면서 아르제스의 손아귀를 찢을 듯이 흔들었다.

"크윽!"

신음을 지르면서도 아르제스는 검을 놓치지 않고 가슴으로 끌어당기며 수비 자세를 취하려 했다. 그 순간 발가르가 미끄러지듯 순식간에 거리를 좁히면서 오른발로 땅을 가볍게 굴렀다. 그리고는 오른쪽 어깨로 아르제스의 가슴을 밀어냈다.

픽! 하는 소리와 함께 아르제스는 검을 놓치고 서너 발자국 뒷걸음질치다가 엉덩방아를 찧고 말았다.

"쿨럭! 쿨럭……."

아르제스는 가슴을 움켜쥐고 연신 기침을 해대었다.

"전쟁에서의 검술은 검만이 무기가 아니다. 자신이 가진 모든 것이 무기이지. 그리고 검술의 기본은 검만 휘두르는 게 아니라 검과 몸이 함께 움직이는 것임을 잊지 마라. 어느 자세에서도 몸의 중심을 잃지 않도록 해야 해."

쓰러진 아르제스를 향해 손을 내밀며 발가르가 말했다.

발가르는 정통의 검술가는 아니었지만 10년 넘게 전쟁터에서 갈고닦은 그의 검은 실전적이면서도 체계적이었다. 해뜰 무렵부터 시작된 검술 수련은 점심 무렵에야 끝났고, 오후에는 기마술을 배웠다.

코넬리아는 하나뿐인 아들이 다칠까 봐 항상 걱정이었지만, 힘든 수련을 마다하지 않고 해내는 아르제스가 대견하게 생각되었다. 마냥 어리게만 보아왔던 아들이 이제 어른이 다 되었다는 생각에 흐뭇하다가도 왠지 검술에 아들을 뺏긴 것 같아 허전하기도 했다. 그러나 다행히 엘레나가 그런 코넬리아의 말동무가 되어주었다. 도피 생활로 나빠졌던 건강이 회복되자 엘레나의 미모는 더욱 빛이 났고, 가이우스 가 모든 남성의 선망의 대상이 되었다.

어느덧 가을이 다가오고 있었다. 외출 금지가 끝난 지 오래지만 아르제스는 검술 수련에 푹 빠져서 벌써 몇 달째 별장에서 두문불출하고 있었다. 낮에는 검술과 기마술을 배우고 밤에는 발가르가 겪었던 수많은 전투에 관한 이야기를 듣거나 하는 것이 주된 일과였다.

아르제스와 마르쿠서스의 검술은 나날이 발전하고 있었다. 특히 마르쿠서스는 힘만으로는 발가르도 당할 수 없다고 혀를 내두를 만큼 독보적이었다. 토르카 지방 사람은 어깨가 넓고 체격이 크며, 메카나 지방 사람들은 키가 크고 몸이 유연하기로 유명하다지만 마르쿠서스는 메카나 지방 사람답게 키도 크지만 덩치도 토르카 사람처럼 컸기 때문에 검술을 익히기에는 이상적인 육체를 가지고 있었던 것이다.

아르제스의 검술도 크게 발전하고 있었다. 요즘 들어 특히 아르제스가 열심히 수련하고 있는 것은 쌍검술이었다. 오른손에는 글라디우스를, 왼손은 스틸레또를 역으로 잡고 펼치는 이 검술은 사실 군대에서는 쓰지 않는다. 발가르가 시범 삼아 한번 보여준 쌍검술에 반해 버린 아르제스가 졸라서 가르치게 된 것이었다.

　빠르고 역동적이긴 하지만, 쌍검술이란 것이 몸의 중심을 잡기가 어렵고 익숙하지 않으면 오히려 자신이 다칠 수 있는 검술이다. 하지만 쾌활한 성격에 잘 맞았는지 아르제스의 쌍검술은 하루가 다르게 발전하고 있었다. 발가르는 그런 아르제스에게 감탄하면서도 검의 기본에 충실하도록 지도하는 것을 잊지 않았다.

＊　　　＊　　　＊

　이케니아 사람들은 축제를 좋아한다. 물론 가장 큰 축제는 30일 동안이나 계속되는 봄맞이 축제이지만, 새해를 축하하는 5일 축제도 화려하긴 마찬가지이다.

　아르제스는 올해로 17살이 되었다. 17살이라는 것은 많은 것을 의미하는 나이로 먼저 징집의 대상이 되는 연령이었다. 그리고 귀족의 자제인 경우 관직에 나아갈 수 있는 나이이기도 하다. 또한 정식으로 결혼이 가능한 나이이기도 했다. 그러나 17살이 된 아르제스의 일상은 크게 변하지 않았다. 오전에는 여전히 검 수련에 열중하고 있었다. 다만 달라진 것이 있다면, 요즘은 아르제스와 마르쿠서스가 대련을 하고 발가르가 옆에서 지도하는 방식으로 바뀌었다는 것이다.

　쨍!

날카로운 금속성이 울렸다. 얼마 전부터 수련에 목검 대신 진검을 사용하고 있었다. 다만 날이 매우 무디게 만든 연습용 검이었다. 그렇지만 전력을 다하고 있는 두 사람에게는 그것은 이미 흉기였다.

훙!

보통의 검보다 2배는 큰 검이 바람을 가르면서 아르제스의 왼쪽 어깨를 노렸다. 몸을 쪼개 버릴 듯한 기세였다.

하지만 아르제스는 검을 피하지 않고 오히려 왼손에 든 스틸레또로 부딪쳐 갔다. 하지만 검이 닿기 바로 직전에 스틸레또를 비스듬하게 기울여서 마르쿠서스의 검을 흘렸고, 미끄러지듯 몸을 이동시키면서 오른손에 든 글라디우스로 마르쿠서스의 가슴을 노렸다.

'멋지다!'

옆에서 관전하고 있던 발가르마저 속으로 감탄할 만한 멋진 한 수였다. 저 정도로 힘이 실린 검을 단검과 몸의 중심 이동만으로 빗겨내는 것은 보통 어려운 일이 아니기 때문이다. 하지만 마르쿠서스도 그냥 당하지는 않았다. 빗겨 나간 검을 괴력으로 수습한 다음 그대로 자신을 노려오는 아르제스의 오른팔을 내려쳐 갔다.

"쳇!"

아르제스는 검을 거두고 뒤로 재빠르게 물러났다. 아르제스와 마르쿠서스의 대련은 대부분 마르쿠서스가 힘과 속도를 앞세워 밀어붙이고, 아르제스가 그 검을 흘려내며 빈틈을 노리는 식이었다. 마르쿠서스가 거대한 산과 같은 기세로 거대한 파도와 같은 공격을 한다면, 아르제스는 마치 바람같이 치고 빠지는 검술을 펼쳤다. 서로의 장단점이 확실히 드러나는 두 사람이었지만, 결국은 마르쿠서스의 승리로 끝나는 경우가 대부분이었다. 오늘의 승부도 역시 그랬다.

대련이 끝나고 아르제스와 마르쿠서스는 나무 그늘에 앉아 잠시 휴식을 취했다.

"아… 역시 마르의 검술은 강해."

아르제스가 못 당하겠다는 표정으로 고개를 설레설레 저으며 말했다.

"사실 검술 자체는 도련님이 더 강하십니다. 아마 같은 체격이었으면 제가 도련님을 이길 수 없을 것입니다."

"하하하… 두 사람의 말 모두 일리가 있다."

두 사람의 대화를 들은 발가르가 웃으며 말했다.

"아직 아르제스는 몸이 성장하는 나이이니까… 앞으로 3, 4년만 지난다면 체격도 훨씬 좋아지고 검술도 더욱 힘있어지겠지. 다만 지금도 검술 실력은 마르쿠서스가 좀 더 좋다고 봐야지."

발가르의 말에 마르쿠서스는 어색하게 웃으며 머리를 긁적거렸고, 아르제스는 조금은 심통이 난 듯 입을 이죽거렸다. 발가르라는 훌륭한 스승의 가르침 아래 아르제스와 마르쿠서스는 자신들도 모르는 사이에 대단한 실력자가 되어가고 있었다.

* * *

축제 때가 되면 코넬리아는 항상 분주했다. 대여사제로서 의식도 치러야 하거니와 수많은 귀족들이 연회에 자신을 초대하기 위해 안달하기 때문이다. 대여사제이자 사교계의 꽃으로 이름 높은 코넬리아가 참석하는 것만으로 연회의 질이 달라진다. 코넬리아로서도 남편이 없는 가이우스 가를 지켜가기 위해서는 사교계에서 위치를 확고히 하는 것이 필요했기 때문에 그런 연회를 마다하지는 않았다. 다만 연회도 까다롭게 골라서 참석하는 것으로 유명했기 때문에 그녀가 참석하는 연회에는 항상 많은 남성들로 붐볐다.

네모 시 서쪽에 약간 솟아오른 넓은 언덕이 있다. 토넬리노 언덕이라고 불리는 이곳은 명문 귀족 가문이나 이케니아 반도에서도 손꼽히는 부자들이 모여 사는 곳이다. 그중에서도 파울루스 넬로스의 저택은 크기나 화려한 면에서 손꼽히는 대저택이다.

이케니아 최고의 부자 중에 한 명인 넬로스의 저택에서 한참 연회가 벌어지는 중이었다. 곳곳에 밝혀진 화로의 불빛은 정원을 환하게 비추고 있었고, 마치 원래부터 정원에 일부인

듯 자연스럽게 정원과 연결된 연회실은 담쟁이덩굴과 꽃으로 화려하게 꾸며져 있었다. 포도주와 갖가지 음식을 나르는 시녀들이 바쁘게 움직이고 있었고, 화려한 옷차림의 귀족들이 먹고 마시며 한쪽에서 벌어지는 무녀들의 춤을 구경하거나 담소를 나누고 있었다. 귀족들 연회에서 흔히 볼 수 있는 광경이었지만 대부분의 남성들이 조금 들떠 있다는 것이 다르다면 다른 점이었다.

"코넬리아 아우렐리우스님이 입장하십니다."

그때, 한 남자 시종의 목소리가 연회의 소란스러움을 뚫고 울려 퍼졌다.

"오~"

"코넬리아님이 오셨다!"

"어디, 어디?"

많은 사람들이 정문 쪽으로 몰려들면서 연회장은 소란스러워졌다. 그때 넬로스 가문 집사의 안내를 받으며 한 여인이 걸어 들어왔다. 비단결 같은 갈색 머리를 구름처럼 틀어 올리고, 어깨를 드러낸 자줏빛 드레스는 관능미가 넘치면서도 천박하지 않았다. 보통 여성보다 큰 키지만 몸에 달라붙는 드레스를 따라 완연히 드러난 곡선미는 그녀가 완벽한 몸매를 지니고 있음을 말해주고 있었다. 그녀는 바로 코넬리아였다.

그녀의 등장에 연회장 곳곳에서는 감탄사가 들려왔다.

"어머, 과연 코넬리아님이셔!"

"어쩌면 저렇게 아름다울까?!"

많은 소녀들이 탄성을 질렀다. 사교계에 갓 입문한 소녀들에게 코넬리아는 여신과도 같은 존재였다.

"허허, 코넬리아님의 미모는 여전하시구먼."

"그러게 말일세. 거참, 내가 20년만 젊었으면. 흠흠……."

"에라, 이 사람아……."

한쪽에서는 나이 지긋한 노귀족들이 얼굴을 붉히며 코넬리아의 미모에 감탄하고 있었다. 젊은 남자들은 앞 다투어 코넬리아의 곁으로 모여들었고, 좀 더 가까이 서기 위해서 자리다툼마저 벌어지고 있었다. 다만 몇몇 귀부인들만이 못마땅한 표정으로 코넬리아를 지켜볼 뿐이었다.

"허허허, 이보게, 젊은이들. 길을 좀 열어주게나. 이 늙은이도 코넬리아님을 뵐 기회를 주시게."

호탕한 웃음소리가 울려 퍼지면서 한 노인이 정원을 가로질러 코넬리아 쪽으로 다가왔다. 노인이 다가오자 코넬리아의 주변에 모여 있던 청년들은 고개를 숙이며 길을 열어주었다.

"오랜만에 뵙는군요, 넬로스님."

코넬리아가 화사하게 웃으며 말했다. 약간은 살찐 체격에 평범한 인상의 이 노인이 바로 이케니아 제일의 부자 중 한 명이자, 네모의 회계관이기도 한 넬로스였다. 더불어 이 화려한 연회의 주최자이기도 했다.

"저의 연회를 빛내주셔서서 너무나 감사합니다, 코넬리아님. 그나저나 코넬리아님이 나날이 아름다워져만 가시니 미의 여신이 질투할까 두렵습니다. 하하하……."

"호호호, 과찬이세요."

원래부터 그 아름다움으로 이름 높았던 코넬리아지만, 젊고 자신 못지않은 미모를 가진 엘레나에게 자극받아 더욱 외모에 신경 쓰는 중이었다. 비록 엘레나를 딸처럼 아끼지만, 미모에서는 뒤지기 싫었던 것이다. 그래서 오늘은 대담한 드레스를 입고 한껏 아름다움을 뽐냈고, 결과적으로는 뭇 남성의 가슴에 불을 지른 꼴이 되고 말았다.

"자자, 안으로 들어가시지요."

넬로스는 코넬리아를 연회장 안으로 안내했다. 코넬리아는 걸음을 옮기면서도 자신을 둘러싸고 있던 청년들에게 가볍게 인사하였다. 또 안면있는 몇몇 청년의 이름을 부르며 간단한 안부를 묻는 것도 잊지 않았다. 이름이 불린 청년들이 눈물을 흘릴 정도로 감격한 것은 당연한 일이었다.

수많은 사람이 복잡하게 흩어져 있는 것 같지만 연회에서는 항상 그 중심이 되는 인물이 있다. 오늘 연회의 중심은 단연 코넬리아였다. 넓은 연회장이 내려다보이는 2층의 발코니에는 코넬리아와 넬로스를 중심으로 네모의 모든 주요 인사들이 다 모인 듯한 느낌이었다. 코넬리아의 얼굴을 보기 위해서 세노아나 카르카스에서 온 유명 인사도 있을 정도였다.

화려하게 장식된 길고 넓은 소파가 가운데 있는 작은 인공 연못을 중심으로 둥글게 배치되어 있었고, 코넬리아는 쿠션을 베고 소파 손잡이에 기댄 채로 대화를 주도하고 있었다. 많은 말을 하진 않았지만 재기 넘치는 코넬리아의 이야기는 좌중을 즐겁게 하기에 충분했다.

"호호호호, 코넬리아님, 그게 정말인가요?"

한 미모의 소녀가 연신 코넬리아의 말에 맞장구를 치며 재잘거리고 있었다. 코넬리아의 옆 자리에 앉는 대단한 행운을 거머쥔 이 소녀는 바로 넬로스의 딸인 세리아였다. 평소 흠모하던 코넬리아의 곁이라서 그런지 큰 눈이 유난히 아름다운 이 소녀는 지금 조금은 흥분한 상태였다. 넬로스가 40세가 넘어 후처에게서 낳은 세리아는 평범하게 생긴 넬로스와는 달리 그 아름다움으로 유명했기에, 남의 말 하기 좋아하는 사람들은 넬로스의 친딸이 아닐 거라고 수군거리기도 했다. 코넬리아도 능청스럽고 속을 알기 힘든 넬로스와는 다르게 솔직하고 밝은 성격의 세리아에게 호감을 가질 수 있었다.

어느덧 길고 화려했던 연회도 끝나가고 있었다. 사람들은 넬로스와 코넬리아에게 작별 인사를 하고 하나둘 대저택을 떠나기 시작했고, 결국 2층 발코니에는 넬로스 부녀와 코넬리아만 남게 되었다. 그러자 코넬리아도 자리에서 일어나며 넬로스에게 작별 인사를 했다.

"넬로스님, 이제 저도 가봐야 할 것 같군요."

"아, 잠깐만 기다려 주십시오, 코넬리아님."

넬로스도 몸을 일으키며 코넬리아를 불러 세웠다.

"제가 근래에 동방 상인을 통해 귀한, 정말 귀한 진주를 사들였습니다. 코넬리아님께서 그 진주에 대한 평을 해주신다면 그 진주가 더욱 가치있어질 것 같습니다."

유난히 진주를 좋아하는 코넬리아였기에 귀한 진주란 것에 호기심이 생겼다. 흔쾌히 승낙한 코넬리아는 넬로스, 세리아와 함께 저택 깊숙이 있는 방으로 향했다.

코넬리아가 안내된 곳은 넬로스의 개인 집무실이었다. 넬로스는 코넬리아와 세리아에게 잠시 기다리라고 한 다음 집무실 뒤쪽으로 사라졌다. 그리고 얼마 지나지 않아 넬로스는 금으로 화려하게 세공되어진 작은 상자 하나를 가져왔다. 코넬리아는 물론이고 세리아 또한 아버지가 자신에게도 보여주지 않고 감추어두었던 보물이 무엇인지 궁금했다.

그녀들의 호기심 가득 찬 눈길에 넬로스는 상자의 걸쇠를 제쳤다.

"자, 전설로만 내려져 온다는 황금 진주입니다."

넬로스가 상자를 열면서 말했다.

"아!!"

"와, 정말 아름다워요!"

은은한 금빛 광채를 뿌리며 빛나는 황금 진주는 두 여인의 시선을 빼앗기에 충분했다. 황금 진주는 1만 개의 진주 조개 중 하나 나올까 말까 하다는 귀하기 이를 데 없는 진주이다. 게다가 이만큼이나 크고 흠집 하나 없는 진주는 아마 전 세계에 하나밖에 없다고 해도 과언이 아닐 정도였다.

"이 진주가 어떻습니까, 코넬리아님?"

"정말 굉장한 보물이군요. 소문으로만 듣던 황금 진주가 정말 있었군요. 너무나 아름다워요."

코넬리아는 여전히 진주에서 눈을 떼지 못하고 있었다.

"그럼 이 진주를 코넬리아님께 드리겠습니다."

넬로스는 주저없이 상자를 코넬리아에게 내밀었다.

"……!!"

순간 집무실에는 짧지만 무거운 정적이 흘렀다. 진주에 마음을 잠시 빼앗겼던 코넬리아지만 넬로스가 황금 진주가 놓인 상자를 내밀자 냉정한 표정으로 한 발 뒤로 물러섰다. 세리아도 크게 놀란 듯 아무 말도 못한 채 아버지와 코넬리아를 번갈아 바라볼 뿐이었다.

"넬로스님, 이것이 무슨 의미인지 여쭈어도 될까요?"

코넬리아의 목소리가 집무실에 낭랑하게 울렸다. 넬로스는 철저한 상인이다. 손해 보는 장사를 하는 위인이 아님을 누구보다 잘 알고 있는 코넬리아였다. 가격조차 매길 수 없는 황금 진주를 대가로 무엇을 원하는지 무척이나 궁금해진 그녀였지만, 어느 정도 짐작 가는 바가 있기는 했다.

"단도직입적으로 말하겠습니다. 코넬리아님, 저는 가이우스 가와 사돈을 맺고 싶습니다. 저의 딸 세리아와 코넬리아님의 자제이신 아르제스 네모 가이우스와의 혼사를 제안하는 것입니다. 그리고 이 황금 진주는 그 결혼에 대한 예물입니다."

"······!!"

짐작은 했지만 막상 들으니 조금은 당황해서 코넬리아는 아무 말도 할 수가 없었다.

"아······ 아버지!"

세리아도 크게 놀란 듯이 큰 눈을 더욱 동그랗게 뜨며 넬로스를 바라보았다. 하지만 싫다는 표정이 아니라 단지 놀란 표정이었다.

경제적으로는 어렵지만 어엿한 이케니아 3왕가 중 하나인 가이우스 가문과 평민 출신이지만 엄청난 부를 쌓아 올려 회계관의 지위까지 오른 넬로스의 결합은 누가 보더라도 서로의 필요가 절묘하게 맞아떨어진 정략결혼이었다. 하지만 누구보다 야심이 강하면서도, 아르제스를 목숨처럼 아끼는 어머니이기도 한 코넬리아이기에 쉽게 결정을 내리지 못했다.

"호호호, 고마운 제안이지만 이 자리에서 결정한 문제는 아닌 것 같군요."

코넬리아는 웃으며 대답을 피했다. 이 정략결혼에 대한 대답이 어떤 쪽이 되든 시간을 두고 결정하는 편이 격식에 어울린다는 것을 그녀는 잘 알고 있었다.

"허허허… 당장 거절하시지 않는 것만 해도 안심입니다. 충분히 생각하시고 결정하셔도 좋습니다. 그리고 이 진주는 결혼의 성사 여부에 관계없이 드리는 예물입니다."

"마음은 감사합니다. 하지만 예물을 받을지에 대한 여부는 이 청혼에 대한 대답을 할 때 결정하는 것이 좋겠어요."

넬로스가 내미는 상자를 코넬리아는 정중하게 거절했다.

"코넬리아님 좋으실 대로 하십시오."

넬로스도 더 이상 권하지는 않았다. 이미 자신의 의지는 충분히 전달되었다고 생각했기 때문이다.

"그럼 마차까지 모셔다 드리겠습니다."

넬로스는 직접 코넬리아를 문 앞까지 배웅했다.

"그럼 조심해서 들어가십시오, 코넬리아님."

"즐거운 연회였습니다, 넬로스님."

작별인사를 주고받은 후 코넬리아가 정문을 통해 나가려고 할 때였다.

"코넬리아님."

넬로스의 곁에 조용히 서 있던 세리아가 코넬리아를 불렀다. 코넬리아는 걸음을 멈추고 세리아를 바라보았다.

"저, 저…… 좋은 며느리가 될 자신이 있어요. 잘 부탁드립니다."

얼굴을 잔뜩 붉히며 대담무쌍한 말을 하는 세리아였고, 지

나치게 솔직한 이 아가씨에게 코넬리아는 그녀답지 않은 어
색한 미소를 지어 보이고는 정문을 통해 사라졌다.

"허, 허허……."

넬로스마저도 딸의 갑작스런 행동에 놀란 듯 실없는 웃음
을 터뜨렸다.

제3장

불청객

아르제스 전기

    엘레나의 하루는 아르제스를 깨우는 일로 시작된다. 원래부터 아침잠이 많았던 아르제스인데 검술 수련을 시작한 이후에는 더욱 아침잠이 늘어버렸다.

    아르제스의 아침잠을 깨우는 일은 원래 마르쿠서스가 해오던 일이었다. 하지만 검술을 수련하기 시작한 이후에는 아침잠을 깨우는 사람에게 무지막지하게 목검을 휘둘렀고, 마루쿠서스는 온몸에 멍이 들고서야 겨우 아르제스를 깨울 수 있었다. 때문에 발가르가 직접 와서 아르제스를 아침 검술 수련에 끌고 나간 적이 한두 번이 아니었다. 그 광경을 지켜보던 엘레나가 아르제스를 깨우는 일을 자청했고, 마르쿠서스와 발가르는 쌍수를 들고 환영했다.

　처음에는 엘레나도 목검을 휘두르는 아르제스 때문에 비명을 지르며 뛰쳐나가기도 했고, 아침마다 이불을 뚫을 듯이 솟아 있는 그것을 보며 얼굴을 붉힌 적이 한두 번이 아니었다. 하지만 이제는 코넬리아 다음으로 아르제스 아침잠 깨우기의 달인이 되어 있었다.

　아르제스는 엘레나와 함께 드넓은 초원을 거닐고 있었다. 엘레나는 마냥 즐거운 듯 아르제스의 팔을 꼭 껴안고 웃고 있었다. 그때 엘레나는 아르제스의 귀에다 어떤 말을 속삭였다. 하지만 이상하게도 아르제스는 그녀의 목소리가 들리지 않았다. 엘레나의 숨결이 귓불이 와 닿을 때마다 짜릿한 기분에 몸서리가 쳐질 정도였지만 이상하게 그녀의 목소리가 들리지 않았다. 계속 귀를 기울여 봤지만 그녀의 목소리는 들리지 않았고…….

　"헉!"

　아르제스는 번쩍 눈을 떴다.

　"우웅… 꿈이었나?"

　아쉬운 듯 혼잣말을 하며 가려운 귀를 마구 긁었다.

　"아르제스님, 일어나셨군요!"

　"히익!"

　자신의 귓가에 맑은 목소리와 함께 숨결이 느껴지자 아르제스는 소스라치게 놀라며 벌떡 일어났다.

침대 머리맡에는 엘레나가 무릎을 꿇고 앉아서 아르제스를 올려다보고 있었다. 잠이 아직 덜 깬 상태라서 눈마저 침침한 그였지만 이 시리도록 푸른 눈을 가진, 비정상적으로 아름다운 여인이 엘레나라는 것은 알 수 있었다.

"엘레나님!"

아르제스는 빨갛게 상기된 얼굴로 울상을 지으며 항의하듯 엘레나에게 소리쳤다. 엘레나의 아르제스 아침잠 깨우기 필살기는 귀에 숨결 불어넣기였던 것이다. 이미 몇 번이나 당했지만 도대체가 적응이 되지 않았다.

"호호호, 이렇게 깨우지 않으면 아르제스님은 일어나지 않는걸요."

오늘도 임무를 완수한 엘레나는 혀를 살짝 내밀며 아르제스를 향해 웃어주고는 경쾌한 발걸음으로 방 안을 빠져나갔다.

"후우…… 이러다간 젊은 나이에 심장 마비로 죽고 말 거야."

아르제스는 두 손으로 왼 가슴을 부여잡고 주책없이 뛰고 있는 심장을 진정시키기 위해 노력하고 있었다.

아르제스를 깨운 후에 엘레나는 발길을 옮겼다. 마당을 쓸던 일꾼들도, 물을 긷던 아주머니도, 나날이 머리숱이 옅어져가는 집사도 올해로 20살이 된 이 아름답고 예의 바른 아가씨에게 인사를 건넸다. 엘레나가 가는 곳은 조리실이었다.

포도밭에서 일하는 일꾼들을 제외하고도 여기 가이우스 별장에 거주하는 인원은 30명이 넘는다. 그런 만큼 조리실은 상당히 큰 규모였고 항시 요리 재료들이 준비되어 있었다. 그곳에는 엘레나가 끼어들기 전에도 요리사가 4명이나 있었다. 하지만 일단 도망자의 몸이기에 별장 밖으로의 출입은 자제하고 있는 엘레나에게 요리는 좋은 취미 거리였다.

그러나 문제는 엘레나의 요리가 상당히 창의적이라는 데 있었다. 그녀가 하는 일은 매일매일 새로운 요리를 만들어낸 다음 주위 사람들에게 자신의 요리를 대접하는 일이었다. 처음에는 이 친절하고 아름다운 아가씨가 직접 요리를 해 건네주자 많은 하인들이 감격했다. 하지만 요리를 맛본 몇 명의 하인이 삼 일간 복통에 설사로 생사를 넘나든 일이 생긴 후에는 음식 바구니를 들고 있는 엘레나는 기피 대상 '1호'가 되고 말았다.

"음식 솜씨를 제외하고는 나무랄 데 없는 아가씨인데 말이야……."

그녀의 음식을 맛본 가이우스 가 사람들의 공통된 의견이었다.

하지만 엘레나는 실망하지 않았다. 항상 같은 시간, 같은 장소에 있는 사람들이 있기 때문이다.

"합!"

쟁!

오늘도 연무장에서는 기합 소리와 검들이 만들어내는 금속 소리가 울려 퍼지고 있었다. 아르제스와 마르쿠서스는 대련에 여념이 없었고, 발가르는 멀찍이 앉아서 둘의 대련을 관전하며 가끔 검술의 결점을 지적해 주고 있었다.

그때 연무장의 광경과는 어울리지 않는 여성의 맑은 목소리가 들려왔다.

"발가르님! 아르제스님! 마르!"

한 손에는 바구니를 든 엘레나가 뭐가 급한지 손까지 흔들며 뛰어오고 있었다.

"윽!!"

아르제스는 대련을 멈추고 비명을 질렀고,

"엘레나 아가씨! 어서 오십시오!"

마르쿠서스는 흰 이를 잔뜩 드러내며 엘레나를 반기고 있었다.

"음음…… 난 잠깐 화장실에 갔다 올 테니 잠시 대련을 쉬도록 하자."

그 틈에 은근슬쩍 자리를 피하는 발가르였다.

엘레나는 발가르는 신경도 쓰지 않고 쪼르르 아르제스와 마르쿠서스 앞으로 달려왔다.

"자, 오늘은 엘레나가 만든 특제 다마스입니다."

엘레나는 바구니를 내밀며 말했다. 다마스는 원래 밀가루를 반죽해 얇게 굽고, 거기에 잘 다져 양념한 소고기와 야채를 넣어서 먹는 이케니아 전통 음식 중 하나였다. 만들기가 쉬운 요리였기에 아르제스는 약간의 기대를 가지고 엘레나가 건네는 바구니를 받아서 뚜껑을 열어보았다.

그리고 잠시 침묵이 흘렀다.

"음…… 마르."

"네?"

"네가 보기엔 이게 무슨 물질 같으냐?"

"글쎄요… 잘은 모르겠지만… 쿵쿵… 비린내가 좀 나는 것 같기도 하고……."

두 남자의 대화에는 전혀 관심도 없는 듯 엘레나는 천진난만한 얼굴로 어서 먹어보라는 무언의 압박을 하고 있었다.

"엘레나님."

"네! 아르제스님."

"저기요, 다마스라는 게 밀을 구워 만든 외피에 삶은 고기와 야채를 싸서 먹는 요리 아닙니까?"

아르제스는 손짓발짓 해가며 이 요리의 정체를 밝히라는 듯 말했다.

"네… 그 다마스 맞아요."

고개를 끄덕이며 엘레나가 '맞다'고 말하자, 아르제스는 더 이상 할 말이 없어졌다.

"음, 이거 생각보단 먹을 만하군요."

아르제스가 끊임없이 바구니 속에 든 물체의 정체에 대해서 궁금해하고 있는 동안 마르쿠서스는 그 물체를 하나 집어 들더니 맛있게 먹기 시작했다.

"그렇지, 마르?"

엘레나는 손뼉을 치며 마르쿠서스의 칭찬에 기뻐했다.

"정말 먹을 수 있는 거야?"

아르제스가 의심스런 눈으로 마르쿠서스를 바라보며 물었다.

"쩝쩝… 네, 뭔가 독특하고 씹히는 맛도 있고……."

벌써 한 개를 다 먹은 후 두 개째를 집어 드는 마르쿠서스였다.

한참을 망설인 아르제스는 정체불명의 물체를 하나 집어 들었다. 이리저리 살펴보기도 하고 냄새도 맡아보다가 용기를 내서 한 입 베어 물었다.

"크… 크음……."

비린내와 함께 정체불명의 끈적끈적한 액체가 입 안 가득히 퍼졌다. 마르쿠서스가 말한 것처럼 가끔 이상한 것이 씹히기도 했지만 차마 그것이 무엇인지 확인할 용기는 없었기에 몇 번 씹은 후 그냥 삼켜 버렸다. 혹시나 했던 기대가 역시나 하는 실망이 되는 순간이었다. 하지만 차마 그렇게 말할 수 없었다.

"지금까지 먹어본 것 중에서는 가장 괜찮은 것 같아요."

아르제스는 웃으면서 나름대로 칭찬의 말을 했지만 그의 입가는 끊임없이 경련을 일으키고 있었다.

"후후훗. 다행이에요, 아르제스님. 사실은 맛에는 별로 신경 쓰지 않고 만들었는데, 저 의외로 요리에 소질이 있나 봐요."

"저말 그러지도 모르게꾸뇨, 에레나니."

마르쿠서스는 마지막 남은 물체마저 입에 넣고 우물거리며 말했다. 아르제스는 죽이 척척 맞는 두 사람을 바라보며 어떤 의미에서는 참으로 천생연분이 아닐까라는 생각마저 들었다.

"어머… 제가 수련에 방해가 됐죠? 이만 가볼게요. 아르제스님, 마르님, 다음에도 시간 나면 맛있는 요리 만들어 드릴게요."

아르제스는 기분 좋게 빈 바구니를 들고 돌아가는 엘레나를 향해 차마 '네, 그렇게 해주세요'란 말은 하지 못하고 어색하게 웃으며 손만 흔들었다.

"도련님?"

잠시 공황 상태에 빠져 있던 아르제스는 마르쿠서스의 말에 정신을 차리고 고개를 돌렸다.

"거기 손에 들고 있는 거, 마저 드실 것 아니면 제가 먹어도 될까요?"

아르제스는 잠시 어이를 잃고 마르쿠서스를 바라보았다.

그날 밤 아르제스는 밤새 복통에 시달리며 화장실을 들락
날락해야만 했고, 아침 무렵에야 퀭한 눈으로 잠을 잘 수 있
었다. 그나마 다행인 것은 그날은 엘레나가 귀에 숨결을 불어
넣지도 않았고, 발가르도 침상에 누워 있는 아르제스를 보면
서 그저 '후…… 고생했구나'라는 말만 하고는 수련을 쉽게
해주었다는 점이다. 그날 아침 연무장에는 마르쿠서스의 힘
찬 기합 소리만이 울려 퍼졌다.

*   *   *

요즘 코넬리아는 심각한 고민에 빠져 있었다. 물론 그 고민
은 넬로스가 제안한 세리아와 아르제스의 결혼이었다. 거절
할 경우에는 아르제스와 상의할 필요도 없이 코넬리아 선에
서 일을 마무리 지으면 된다. 하지만 생각해 보면 너무나 아
까운 혼사였다. 두 가문의 이해관계는 둘째 치더라도 세리아
라는 아가씨는 부잣집 딸답지 않게 참으로 솔직하고 순수하
였다. 여러 면에서 부친과 닮지 않은 세리아가 코넬리아도 은
근히 마음에 들었던 것이다.

하지만 내심 엘레나를 아르제스와 맺어주는 문제에 대해
서도 진지하게 생각하고 있었다. 이미 망해 버렸지만 라인 제

국 명문 귀족 출신으로 그토록 아름답고 정숙한 아가씨도 없었고, 아르제스와 엘레나가 은근히 서로를 좋아하는 눈치였기 때문이다. 물론 귀족들의 결혼은 부모가 정하는 상대와 하는 것이 당연시되는 관례지만, 마지막 결정은 아르제스에게 맡기고 싶은 코넬리아였다.

"역시 이 일은 아르제스와 상의해 볼 수밖에 없겠어. 이제 아르제스도 성인이니까 자신의 결혼 정도는 정하게 해주어야겠지."

결국 코넬리아는 이렇게 결론을 내리고 말았다.

"오늘 저녁 식사 후에 이야기를 꺼내봐야겠어."

나름대로 결심을 굳히고서는 욕실로 향했다. 점심 식사 후에 장미 꽃잎을 띄우고 우유를 넣은 온천수에서 하는 목욕은 그녀의 작은 즐거움 중 하나였다. 목욕 시중을 들던 시녀를 내보내고서는 넓은 욕조에 다리를 쭉 뻗고 몸을 뉘이며 눈을 감았다. 은은한 장미 향이 며칠 동안 혼사 문제로 어지러웠던 머리를 맑게 해주는 기분이었다. 목욕을 마치고 가벼운 옷으로 갈아입은 코넬리아는 긴 소파에 누워서 짧은 낮잠을 즐겼다. 이런 낮잠도 그녀의 취미 중 하나였다. 하지만 시녀가 잠을 깨우는 바람에 낮잠은 오래가지 못했다.

"마님, 코넬리아님……."

"……."

"마님."

"으음……?! 무엇 때문에 깨우는 거냐!"

코넬리아는 조금은 짜증난다는 말투로 잠을 깨운 시녀에게 물었다.

"집사가 손님이 찾아왔다는 말을 전하라 해서 감히 코넬리아님의 잠을 깨우게 되었습니다. 용서해 주세요."

시녀는 어쩔 줄 몰라 하면서도 집사의 말을 코넬리아에게 전하였다.

"웅? 손님?"

남편을 사별한 이후에 찾아오는 방문객이라고는 가끔 찾아오는 친분이 깊은 몇 명의 귀족 부인들밖에 없었다. 한때는 자신을 연모해서 별장으로 숨어들거나 매일 찾아와서 사랑을 갈구하는 남자들 때문에 조용할 날이 없던 적도 있었다. 결국은 군대가 파견되어 가이우스 별장에 허락없이 침입하는 남자들을 엄벌하기 시작하자 그런 남자들의 발길마저도 끊어졌다. 국왕도 아닌 한 여인을 보호하기 위해서 3천 명이 넘는 군대가 동원된 적은 이케니아 역사를 통틀어서 처음이었다고 한다. 네모 치안관이 코넬리아에게 잘 보이기 위해서 멋대로 저지른 일이라는 소문도 돌긴 했지만 말이다.

하여간, 사교계의 여왕으로 이케니아에서 이름 높은 코넬리아이지만 좀처럼 집으로 손님을 초대하지 않는 조용한 생활을 하고 있었다.

"음… 누구지? 찾아올 사람이 없는데."

코넬리아는 몸을 일으키며 시녀에게 자기 옷을 가져오라 일렀다. 간단하게 치장을 한 코넬리아는 거실로 향했다.

"코넬리아님!"

시녀와 함께 거실로 들어서자마자 몸매가 드러나는 파란색 드레스를 입은 한 아가씨가 반가운 목소리로 코넬리아의 이름을 부르며 정중히 숙녀의 예를 차렸다.

"아니… 세리아!"

정말 예상치 못한 손님이었다.

"크게 실례가 되는 줄 알지만, 그날 아버지와 코넬리아님이 저의 혼사를 거론한 후로 한숨도 제대로 잠을 잔 적이 없답니다. 너무 답답한 마음에 이렇게 허락도 없이 찾아온 세리아를 용서해 주세요."

이 악의없는 돌발 처녀를 나무랄 수도 없는 일이었다.

"그래… 좀 놀라긴 했지만, 어찌 되었든 가이우스 별장에 온 것을 환영해, 세리아."

고요했던 가이우스 별장의 평화는 조금씩 깨지고 있었다.

아침부터 엘레나는 기분이 좋지 않았다. 꿈에서 파란 몸통에 주먹만 한 눈을 가진 뱀이 아르제스를 친친 휘감아 삼키는 꿈을 꾼 때문이었다. 깜짝 놀라 잠에서 깬 엘레나는 아르제스의 방으로 달려갔지만, 아르제스는 이미 발가르의 손에 연무장으로 끌려 나간 뒤였다. 게다가 취미 생활을 위해서 조리실에서 요리(?)를 하다가 그만 칼에 손가락을 베고 말았다. 깊은 상처는 아니었지만 피는 쉽게 멎지 않았고, 옆에 있던 요리사들이 대경실색하며 엘레나의 손에 붕대를 감고는 호들갑을 떨었다. 가이우스 가의 귀한 손님 대접을 받고 있는 엘레나였기 때문에 이 일이 집사나 주인 마님의 귀에 들어가면 자신들이 혼날까 두려웠기 때문이다. 다행히 피는 금방 멎었지만 엘레나는 손이 나을 때까지는 주방 출입 금지를 당하고 말았다. 아르제스에게 위로나 받아보려고 연무장으로 나갔지만, 검술 수련이 끝나고 기마술 수업이 있는지 아르제스 일행은 이미 자리에 없었다. 아침부터 어긋나기만 하는 하루였다.

엘레나는 뒤뜰 느티나무에 매어진 그네에 앉아 끝없이 펼쳐진 포도밭을 한동안 멍하니 바라보다가 별장 안으로 걸음을 옮겼다.

"코넬리아님과 수다나 떨어야지. 아직 주무시려나……."

가끔은 어머니처럼, 때로는 언니처럼 자신을 보살펴 주는 코넬리아를 엘레나는 친어머니만큼이나 따랐다. 엘레나는 코넬리아와의 즐거운 대화를 기대하며 오늘 있었던 나쁜 일은 모두 잊어버리기로 했다. 코넬리아의 거실로 가는 그녀의 발걸음은 무척이나 가벼웠다.

"저희 아버님이 저를 많이 사랑해 주시는 건 사실이에요. 하지만 저도 결국은 넬로스 가문에 여자일 뿐이에요. 결국 저의 미래는 아버님의 선택에 따라 결정되겠죠. 저도 어릴 때에는 제가 사랑하는 사람과 결혼하겠다는 꿈을 가지고 있었죠. 하지만 한 살, 두 살 나이를 먹어가면서 현실이란 것을 알게 됐고, 반쯤은 포기한 심정이었답니다. 하지만 그날 아버지가 코넬리아님께 저와 아르제스님의 혼인을 제안했을 때, 제 가슴은 기쁨으로 터질 것 같았답니다."

"우리 아르제스는 그다지 사교 활동을 한 적이 없는데, 아르제스를 본 적이 있니?"

"네… 제가 9살 때부터 왕립학교에서 같이 수업을 받았어요. 아직 어렸지만, 까만 눈동자가 너무나 사랑스런 분이셨어요. 그 후로 2년밖에 같이 다니지 못했지만…….."

"그래… 왕립학교는 2년만 다니고 그 후로는 가정교사를 들여서 집에서 가르쳤지."

그 당시는 코넬리아의 남편이 죽어 코넬리아와 재혼하기 위해 수많은 남자들이 구애하던 시절이었고, 그 정도가 심해 아르제스에게까지 피해가 갔었다.

"그리고 저희 또래의 아가씨들 사이에서 아르제스님은 꽤나 유명하답니다. 물론 코넬리아님 때문이기도 하지요. 호호호…….."

테이블 위에 놓은 자스민 차는 이미 온기가 가신 지 오래지만, 그녀들의 대화는 아르제스를 이야깃거리 삼아 계속되고 있었다. 갑자기 찾아온 불청객이었지만, 코넬리아는 세리아와의 대화가 즐겁게 느껴졌다. 세리아도 엘레나만큼이나 유머와 교양을 두루 갖춘 아가씨란 생각이 들었다.

"사실은 오늘 저녁 식사 후에 아르제스에게 결혼 문제에 대해서 이야기하기로 마음먹던 참이었어. 어떻게 들릴지 모르겠지만, 나도 세리아가 멋진 숙녀라고 생각한단다. 하지만 결혼 문제만은 내가 마음대로 결정… 응?"

코넬리아는 이야기 도중 문득 이상한 기분이 느껴졌다. 이야기 내내 코넬리아의 말을 경청하던 세리아가 자신의 뒤쪽을 바라보고 있었던 것이다. 의아해진 코넬리아가 고개를 돌려 뒤를 보니 거기에는 엘레나가 있었다.

코넬리아의 거실이 가까워지자 엘레나는 조용조용 발걸음을 옮겼다. 신경이 예민한 편인 코넬리아는 작은 소리에도 쉽게 잠이 깨기 때문이다. 아직 코넬리아가 깨지 않았으면 거실에 앉아서 잠시 기다릴 작정이었다. 그런데 거실 안으로 들어가려고 보니 코넬리아가 어떤 여인과 이야기하고 있는 모습이 눈에 들어왔다. 순간 엘레나는 인기척을 내야 할지, 아니면 그냥 물러가야 할지 잠시 망설였다.

코넬리아와 이야기하고 있는 여자는 자신과 비슷한 또래로 보이는 아가씨였는데, 아름다운 푸른색 드레스에 연갈색 머리를 단정하게 비녀로 틀어 올린, 유난히 큰 눈이 서글서글한 미녀였다. 두 사람의 분위기가 화기애애한 것을 보고 나중에 와야겠다고 생각한 엘레나는 몰래 나가려고 했다. 하지만 코넬리아의 입에서 나온 몇 마디 말에 몸이 굳어버린 것처럼 움직일 수가 없게 되었다. 혼란한 엘레나의 귀에 맴도는 말들은 '아르제스', '결혼 문제', '세리아', '결정' 같은 단어였다.

그렁그렁 눈물이 맺힌 눈으로 멍하니 서 있는 엘레나와 자신과 엘레나를 번갈아 바라보면서 의아해하는 세리아 사이에서 천하의 코넬리아마저도 이 분위기를 어떻게 수습해야 할지 막막하기만 했다.

그때 한 소년이 들어오며 곤란하다는 목소리로 말했다.

"어머니! 욕실에 놔둔 제 책 못 보셨어요? 검은 표지에 얇은 책인데. 응? 엘레나님, 여기 서서 뭐 하세요? 아, 손님도 오셨군요."

타이밍 나쁜 아르제스의 등장이었다.

조금은 긴 침묵의 시간이 흘렀다.

"일단 모두 자리에 앉거라."

아르제스는 이 갑작스런 사태에 영문을 몰라 하면서도 조금은 얼이 빠진 것처럼 서 있는 엘레나의 어깨를 감싸 안고서 함께 코넬리아의 오른편에 앉았다. 그들의 모습에 세리아는 묘한 감정에 휩싸였지만, 일단은 아르제스가 한없이 걱정스런 눈으로 바라보고 있는 이 아름다운 여인이 누구인지가 가장 궁금했다.

"아르제스."

"네, 어머니."

"이 아가씨는 네모 시의 회계관 타이투스 넬로스님의 영애인 세리아 넬로스 양이다."

아르제스와 세리아는 어색해하면서도 서로에게 가벼운 예를 취했다.

"그리고 세리아 양, 이 아가씨는 내 남편 친구 분의 영애로서 엘레나 율리우스 라비아누스 양이란다. 1년 전부터 가이우스 가에 머무르고 있지."

라인 제국의 내전으로 추방당한 귀족의 딸이라고 소개할수는 없었기에, 코넬리아는 엘레나를 죽은 남편 친구의 딸이라고 소개했다. 코넬리아의 소개에 그녀들도 서로 어색한 인사를 나누었다. 그들의 인사가 끝나자 코넬리아가 말을 이어갔다.

"얼마 전, 넬로스님의 저택에서 있었던 연회에서 나는 정식으로 아르제스와 세리아의 혼인을 제안받았단다. 하지만 아직 승낙할지의 여부는 오늘 밤에 너와 의논해 본 후에 결정하려고 했단다. 그런데 일이 이렇게 되어버렸구나."

"아⋯⋯."

"아르제스, 미리 말하지 못해서 미안하구나."

코넬리아는 아르제스의 양손을 꼭 쥐어주며 말했다.

갑작스런 혼인 이야기에 당황한 아르제스였지만, 괜찮다고 말하며 코넬리아의 손을 마주 잡아주었다. 하지만 속마음은 전혀 그렇지 않았다.

귀족가의 자제들은 결혼이 가능한 나이가 되면 바로바로 결혼하는 것이 보통이었다. 아르제스도 결혼에 대해서 생각해 보지 않은 것은 아니었지만, 막상 이렇게 엘레나와 세리아 앞에서 결혼 이야기를 들으니 상당히 곤란한 입장이었다.

비록 자신이 은근히 엘레나를 좋아하고 있긴 했지만 결혼과는 별개의 문제로 생각해 왔고, 어머니가 정해준 상대와 결혼하는 것을 어느 정도는 당연하게 생각했기 때문이다.

"하지만 저도 정말 어떻게 해야 할지 모르겠군요, 어머니. 사실 어머니께서 배우자를 이미 정하시고 저에게 말씀하시는 것이었으면 아마 어머님의 의견을 따랐을 것이지만… 솔직히 제가 무얼 결정해야 하고, 어머니가 무엇을 바라는 것인지조차 모르겠어요."

코넬리아도 아르제스의 심정을 충분히 이해할 수 있었다.

"아들아, 넌 아버지를 일찍 여의고, 이 못난 엄마 때문에 자유롭게 돌아다니지 못했어. 때문에 친구마저 제대로 사귀어 본 적이 없지 않니. 그러면서도 불평 한마디 하지 않고……."

여기까지 말하는 코넬리아의 눈에는 물기가 어렸다.

"난 네가 장성해서 가이우스 가문을 이끌 때까지 이 가문을 책임져야 할 의무가 있다. 하지만 그렇다고 너의 결혼 상대까지 내가 정할 필요는 없다고 생각한다. 지금은 많이 혼란스럽겠지만 결혼 문제는 너에게 맡기고 싶구나."

아르제스도 어머니의 마음을 이해했기에 말없이 고개를 끄덕일 수밖에 없었다.

잠시 침묵이 흐른 후, 코넬리아가 나직이 말했다.

"오늘은 이만 하는 것이 좋겠구나. 아르제스는 세리아 양을 배웅하거라."

"네, 어머니."

아르제스가 세리아를 배웅하기 위해 밖으로 나가자, 코넬리아는 엘레나의 옆으로 옮겨 앉으며 엘레나를 꼭 껴안았다.

"엘레나… 네가 아르제스를 좋아한다면… 아르제스도 널 좋아하게 만드는 것이 여자가 행복을 얻는 방법이란다."

"……."

"넌 충분히 아름다워… 그리고 어떤 일이 어떻게 벌어지던 넌 항상 내 딸 같은 존재란다."

엘레나는 말없이 코넬리아를 마주 안았다.

가끔 부모님 생각이 날 때마다 혹은 외로울 때마다, 그리고 혼자 있고 싶을 때마다 엘레나는 항상 뒤뜰에 있는 그네에 앉아 멍하니 포도밭이나 하늘을 바라보곤 했다. 이미 잠자리에

들 시간이지만 엘레나는 잠을 이루지 못하고 그네에 앉아서 멍하니 하늘을 바라보았다. 휘영청 밝은 보름달이 유난히 슬프게 보였다.

모든 것이 너무나 혼란스러운 하루였다. 아르제스의 결혼 이야기를 들었을 때 자신도 모르게 흘렸던 눈물의 의미도 알 수 없었다.

"아… 르… 제… 스……."

나직이 이름을 불러보았다.

자신보다 3살이나 어리지만 때로는 너무나도 어른스럽고, 자신의 장난에 버럭 화를 내는 모습을 보면 아직 어린애라는 느낌도 들었다. 분명히 아르제스를 생각하면 가슴이 따뜻한 기분이 들었지만, 아직 그것이 사랑의 감정인지는 엘레나 스스로도 알 수 없었다. 단지 기댈 수 있었던 존재가 떠나간다는 상실감이었을까? 아니면 질투였을까? 아르제스와 코넬리아에 대한 서운함이었을까? 마음을 터놓고 물어볼 친구도, 부모님도 없는 자신의 처지가 스스로도 너무나 슬프게 느껴졌다.

휘잉—

문득 횅하니 바람이 스쳐 갔다. 엘레나는 추운 듯 옷깃을 여미면서도 자리를 떠나지 않았다.

잠자리에 들 시간, 아르제스는 어머니의 방으로 향했다. 침대 옆 테이블에는 등불이 밝혀져 있었고, 코넬리아는 침대에 기대어 책을 읽고 있었다.

"훗, 제 책 읽는 버릇은 어머님을 닮았나 보군요……."

아르제스는 침대 머리맡에 무릎을 꿇고 앉았다.

"아르제스 왔니?"

코넬리아도 책을 내려놓고는 아르제스의 부드러운 머리카락을 쓰다듬으며 미소를 지었다.

"오늘 많이 당황했지? 미안하구나."

"아니에요. 다 저를 위한 마음이었다는 거 잘 알아요."

그러자 코넬리아가 갑자기 남자 목소리를 흉내 내더니 이렇게 말했다.

"남자는 여자를 불행하게 만들면 안 되는 거라오."

"……?"

갑잡스러운 어머니의 행동에 아르제스가 놀라자 코넬리아는 즐겁게 웃었다.

"호호호, 네 아버지가 자주 하던 말이란다."

"아……!"

"네 아버지는… 가이우스 가문의 가장으로서는 최악이었지만, 이 어머니에겐 너무나 좋은 남편이었단다. 아르제스, 너도 여자를 불행하게 만드는 남자는 되지 말거라. 가이우스 가의 남자들은 여자를 불행하게 만들지 않는 거란다."

"어머니……."

아버지 이야기에 눈시울이 붉어지는 어머니를 보니 아르제스도 눈물이 날 것만 같았다.

어머니 방을 나와 자신의 침실로 가면서 아르제스는 오늘 세리아가 했던 말을 떠올렸다. 세리아는 아르제스의 배웅을 받으며 마차에 오르면서 조금은 갑작스런 만남이었지만 너무나 기뻤다고, 당신이라면 좋아할 자신이 있다고 말했다.

"훗."

의미 모를 짧은 웃음을 내뱉은 그는 문득 창밖의 만월을 바라보았다. 아르제스와 엘레나는 같은 시간, 같은 달을 바라보며 다른 생각에 잠겨 있었다.

제4장

외출

아르제스 전기

한겨울인 1월이라도 대부분의 날들은 적당한 외투 하나만 걸치면 될 정도로 이케니아의, 특히 네모의 겨울은 온화하다. 시내를 돌아다니는 사람들의 복장도 두껍고 칙칙하다기보다는 밝고 화사한 편이다. 하지만 그중에서도 노란색 여우 털로 장식된 주황색 망토를 몸에 감싸고 있는, 흑갈색 머리카락을 가진 미청년의 모습은 사람들의 시선을 붙잡기 충분했다.

"작년의 봄 축제 이후 처음이지?"

"그렇군요, 도련님."

검술과 기마술 수련에 푹 빠져 1년 동안이나 별장에만 있었던 아르제스다. 오랜만의 외출에는 언제나처럼 마르쿠서스가 그림자처럼 아르제스의 뒤를 따르고 있었다.

1년은 길다면 길고 짧다면 짧은 세월이다. 여전히 활기차고 화려한 거리의 풍경들은 1년의 시간이 지난 지금에도 변함없었지만, 그 1년 사이에 아르제스는 큰 키만큼이나 몸도 마음도 성숙한 청년이 되었다.

"외출하신다고 하기에 따라온 것이긴 한데, 웬일로 도련님이 시내에 다 나오실 생각을 하신 겁니까?"

"음… 겸사겸사. 답답하기도 하고."

왠지 성의없는 대답이었다.

"한마디로 그냥 놀러 나오신 거로군요?"

"하하… 빈정거리지 말라구, 마르."

아르제스 일행은 잡화상을 기웃거리며 중앙해 각지에서 모인 물건들을 구경하고, 작은 공터에서 벌어지는 연극을 구경하기도 했다. 평민들을 대상으로 하는, 귀족들 입장에서는 저속하게 느껴질 수도 있는 연극이었지만 아르제스와 마르쿠서스는 가끔씩 폭소를 터뜨리며 연극을 재미있게 구경하였다. 연극이 끝나자 박수와 함께 동화 한 닢을 던져 주고는 대광장으로 걸음을 옮겼다.

지금의 왕은 아르펜 가문 출신이기 때문에 카라카스에 머물고 있었다. 그래서 현재 네모의 왕궁은 관청으로 쓰이고 있었다. 왕궁 앞 대광장의 한편에 있는 게시판에는 현상범에 대한 수배 전단이나 새로 만들어진 법률을 알리는 게시물 몇 장이 붙어 있었다. 그것들 이외에는 특별할 것 없는, 한가하기만 한 풍경이었다. '한때 저 왕궁에 자신의 할아버지의 아버지쯤 되는 사람이 왕위에 앉아서 위엄을 뽐내었겠지' 라는 생각을 하면서도 그런 상상과 지금의 가이우스 가를 비교하면서 상념에 젖는 일 따위는 하지 않았다.

왕궁에서 남쪽으로 이어진 중앙로를 따라 한참을 내려오면 네모 시의 남문을 통과하게 된다.

남문을 나서면 바로 네모 항구와 만나게 된다. 네모 항은 4킬로미터가 넘는 해안선을 따라 펼쳐져 있는데, 한꺼번에 1,000척이 넘는 배가 접안할 수 있는 거대한 항구였다. 단순히 규모로만 따진다면 우티카 항을 능가하는 규모이다. 시설도 중앙해 최고라 할 만한 이 항구야말로 네모의 자존심이자, 이케니아의 부를 상징해 주고 있었다.

하루에도 수천 척의 배가 오가는 항구의 풍경은 인간사의 모든 것을 한곳에 모아놓은 듯했다. 항구 주변에는 수많은 상점이 늘어서 있고, 술집, 여관, 창고, 창녀촌까지 없는 곳이 없다. 거래와 흥정이 벌어지고, 고성이 오가다가 다툼이 벌어지기도 한다.

선적을 기다리는 엄청난 양의 물품과 말 그대로 세계 각지에서 온 희귀한 상품들이 부둣가를 가득 메우고 있다. 떠나보내는 자의 슬픔과 돌아온 자의 기쁨이 교차하고, 화려한 옷차림의 이방인들과 동냥 그릇을 든 거지들이 뒤섞여 있는 광경도 그다지 낯선 것은 아니다.

어지간한 광경에는 좀처럼 놀라지 않게 된 아르제스였지만, 이 엄청난 부둣가의 광경에는 조금은 질려 버릴 듯한 기분이었다. 아주 어릴 적에 아버지를 따라 와본 기억이 있긴 했지만, 지금에 와서 보니 전혀 달랐다.

부둣가를 걸어가며 구경에 여념이 없던 마르쿠서스가 갑자기 부두에 정박해 있는 한 배를 가리켰다.

"도련님! 이 배 좀 보십시오."

"응?"

마르쿠서스가 가리킨 곳에는 검은빛의 대형 범선이 서 있었다. 너무 큰 나머지 오히려 아르제스의 시야에 들어오지 않았던 그 범선은 보기에도 육중하고 튼튼해 보였다. 수많은 배들이 왕래하는 네모 항구이지만 저 정도 크기의 범선은 흔하지 않았다. 더구나 3개나 되는 돛대와 유난히 삐죽하게 뻗어 있는 뱃머리 등의 생김새는 중앙해 지역에서 흔히 볼 수 있는 모양이 아니었다.

그 배의 아래쪽에 열 명이 좀 넘는 사람들이 모여 있었다. 그들은 그냥 보기에도 2무리로 나누어져 한쪽은 십여 명의 전형적인 네모 상업 조합의 복장을 한 사람들이었고, 그 맞은편에는 두터워 보이는 갈색 망토에 모자를 깊게 눌러쓴 3명의 인물이 있었다.

무슨 협상을 하고 있는 것처럼 보이기도 했지만, 그들의 분위기는 화기애애하지 않았다. 갈색 망토의 인물들이 서투른 이케니아 말로 상업 조합의 인물들에게 화를 내고 있었고, 인원이 몇 배나 많은 조합원들은 그런 그들을 무시하고 있었다. 몇몇의 조합원들은 손에 몽둥이와 단검 등을 쥐고 있었고, 덕분에 살벌한 분위기가 연출되고 있었다.

"가까이 가서 보자, 마르!"

구경은 불구경과 싸움 구경이 최고라는 속담이 있기도 하지만, 그게 아니더라도 아르제스의 관심을 끌기에는 충분한 광경이었다. 마르쿠서스는 말리고 싶었지만, 아르제스는 이미 그들 근처로 다가가고 있었다. 다행히 그들은 서로에게 신경 쓰느라 아르제스 일행이 근처에 오는 것을 눈치 채지 못했다.

네모 시내에서는 치안대나 군인을 제외하고는 기본적으로 무기의 휴대가 금지되어 있지만, 다른 문화를 가진 수많은 사람들이 오가는 항구에서만은 사실상 지켜지지 않는 규칙이었다. 그렇기에 가끔 이렇게 험악한 광경이 벌어지기도 하는 것이다. 근처를 지나가던 다른 상인들이나 일꾼들도 간섭하고 싶지 않다는 듯 흘낏흘낏 보고는 그냥 지나쳐 가버렸다. 그들 근처로 다가간 아르제스는 그들의 대화를 들을 수 있었다.

"이럴 수는 없다. 약속과 다르다. 밀 부족하다."

갈색 망토의 인물이 목소리를 높여 말하자, 상인 조합원들 중의 우두머리인 것 같은 인물이 단호한 표정으로 고개를 가로저었다.

"무슨 소리냐! 당신네 철광석은 하급품이야. 이 정도 가격을 쳐주는 것도 후하단 말이다. 사기꾼들 주제에 주는 거나 받고 그냥 사라져라!"

조합원들의 말은 갈색 망토의 인물들을 분노하게 만들었다.

"마르겔 아듀스!! 우리 켈라바르 속이지 않는다!"

켈라바르 말로 분노를 표현한 그는 쓰고 있던 모자를 신경질적으로 뒤로 젖혀 버렸다.

"켈라바르!"

아르제스는 놀랍다는 눈으로 모자를 벗은 갈색 망토의 인물을 바로 보았다. 매부리코에 쌍꺼풀이 없는 날카로운 눈매, 어깨까지 늘어뜨린 흑갈색의 곱슬머리. 그리고 말하는 도중 드러나는 송곳니는 짐승의 것처럼 길고 날카로웠다.

"처음 보는 모습의 사람들이군요……."

마르쿠서스도 신기한 듯 한마디 거들었다.

"나도 듣거나 책으로만 보았던 사람들이야. 아니, 어떤 사람들은 켈라바르 인을 인간으로도 보지 않지만."

판테아 대해와 마주하고 있는 대륙의 서쪽 해안을 따라서 북쪽으로 한참을 올라가면 해양 민족인 이케니아 인들에게도 낯선 켈라 해(海)가 나온다. 켈라 해와 판테아 대해를 연결해 주는 좁은 해협의 존재를 모르는 사람들은 이 바다를 '거대한 소금 호수'라고 부르기도 했다. 그리고 이 바다의 북쪽 연안에는 비밀스러운 민족인 켈라바르 인들이 살고 있었다.

이들은 판테아 대해 건너에 있는 머나먼 서쪽 대륙에서 왔다고 알려졌는데, 기묘한 모습 때문에 이들을 악마의 자식들이나 괴물쯤으로 생각하는 사람도 있었다. 어떻든 간에 확실히 이케니아에서도 흔히 볼 수 있는 민족은 아니었다.

'키톨라여, 인내를 주소서!'

자신들을 사기꾼 취급하는 상업 조합원들의 행동에 자부심 높은 켈라바르 중에서도 명문 부족 출신인 세바노프는 끓어오르는 분노를 겨우 억누르고 있었다. 대대로 교역에 큰 관심이 없었던 켈라바르 인들이지만 본국의 상황이 나빠져 처음으로 교역을 위해 상업의 중심지인 이케니아 남부까지 온 것이었다.

하지만 자신들을 무시하면서 누가 봐도 뻔한 수작으로 속이려고 하는 상업 조합의 행동에 분위기는 일촉즉발로 흘러가고 있었다. 세바노프가 타고 온 배에서는 이미 몇몇의 켈라바르 인들이 창을 쥐고 여차하면 뛰어들 태세였고, 상업 조합원 뒤에도 어느덧 무기가 될 만한 갖가지 물건들을 쥔 건장한 부두 노동자들이 모여들고 있었다.

"에이, 더러운 켈라바르 놈들… 툇!"

이제 감정싸움이 되어버린 듯 상업 조합 인물들은 침까지지 뱉어가며 도발을 했고, 세바노프는 뛰어들려는 부하들을 양팔을 뻗어 겨우 막아서고 있었다. 하지만 세바노프도 여차하면 이 오만불손한 상업 조합 놈들을 해치워 버리고 네모 항구를 떠버릴 생각을 하고 있었다. 그때였다.

후두툭!

그렇게 대치하고 있던 그들 사이로 배를 묶는 데 쓰는 굵은 밧줄이 떨어지면서 먼지를 일으켰다. 놀란 그들은 한 발씩 뒤로 물러섰고, 그러자 마치 밧줄이 경계선이 된 듯 그들을 갈라놓았다.

"……!!"

상업 조합 사람들도 켈라바르 인들도 밧줄이 던진 인물을 바라보았다. 거기에는 굵은 밧줄을 가볍게 들고 있는 건장한 시종 차림의 남자와 주황색 망토를 두르고 있는 한 청년의 모습이 있었다.

"일단 그 밧줄 뒤로 물러서서 서로 무기를 내려놓으시죠."

마르쿠서스를 시켜 밧줄을 던지게 한 아르제스는 그들에게로 다가갔다. 그런 아르제스를 위아래로 훑어본 한 상업 조합 인물이 아르제스에게 가볍게 인사하면서 말했다.

"저는 상업 조합의 케메로라는 사람입니다. 공자님은 어떤 분인데 상업 조합의 일에 끼어드는 것인지요?"

그냥 보기에도 아르제스가 귀족임을 알 수 있었기에 그는 나름대로 정중하게 물었다.

"하하… 그냥 부두에 구경 나온 사람입니다. 저도 별로 끼어들고 싶지 않았지만, 당신들이 하는 짓이 맘에 들지 않아서 참견하게 되었습니다."

그랬다. 아르제스는 상업 조합 인물들의 행동이 마음에 들지 않았다. 물론 거래를 하다 보면 얼굴을 붉히는 일은 빈번히 일어날 수 있다. 하지만 지금 상업 조합 인물들의 행동은 일종의 길들이기 같은 것이었다.

원래부터 이케니아에서 가장 큰 상업 조합 중 하나인 네모 상업 조합은 라인 제국을 제외한 다른 국가나 타민족에게 상당히 배타적인 단체로 유명하였다. 그러던 것이 네모 항의 독점 운영권을 손에 넣은 이후로는 그 정도가 더욱 심해진 상태였다.

이러한 사정을 잘 아는 아르제스가 빈정거리는 투로 말하자 상업 조합 사람들의 분노는 켈라바르에서 아르제스 쪽으로 옮겨왔다. 본디 때리는 시어머니보다 말리는 시누이가 더 미운 법인 것이다.

"흐흐흐……."

상업 조합의 인물들은 흉흉한 눈빛을 번뜩이며 아르제스 일행을 둘러쌌다. 귀족으로 보이는 이 건방진 청년을 죽일 수는 없지만, 몇 대 때려준 다음 차가운 겨울 바다에 빠뜨려 버리고 밧줄이나 하나 던져 주면 되는 것이다. 나중에 고발해

오더라도 상업 조합의 힘이면, 적당히 무마시키는 것은 어렵지 않다는 것이 케메로의 생각이었다.

"이봐 귀족 나리, 여기 부둣가는 말이지요. 우리 상업 조합의 구역이란 말이지. 귀족이라도 함부로 끼어들면 안 되지……."

케메로는 이렇게 말하며 오른손을 들어 까딱였다. 동시에 20여 명의 조합 인물이 아르제스 일행을 향해 몰려왔다.

"마르, 부탁해!"

"욱!!"

아르제스가 마르쿠서스 뒤로 몸을 숨기면서 부탁한다고 말하자, 황당한 마음에 비명이 튀어나오는 마르쿠서스였다. 하지만 다가오는 조합원들을 물리치기 위해 바로 손을 쓰기 시작했다.

손에 들고 있는 굵은 밧줄을 달려드는 조합원들에게 던져 버리고는 물건을 쌓기 위한 받침대로 쓰이는 거대한 각목을 양손으로 쥐었다. 신장이 190센티미터에 가까운 마르쿠서스가 거대한 몽둥이를 들고 있는 모습은 마치 전설에 나오는 외눈박이 거인을 연상시켰다. 그것도 보통 거인이 아닌 검술의 대가 발가르로부터 1년에 가까운 지독한 수련을 거친 거인이었다.

붕!

"케엑!"

픽!

"윽!"

마르쿠서스의 몽둥이가 휘둘러지기 시작하자 여기저기서 비명이 터져 나오기 시작했다. 그는 마치 파리채를 휘두르듯 몽둥이를 휘둘러 달려드는 조합원들을 패기 시작했다.

그때 한 명이 마르쿠서스를 무시하고 아르제스에게 달려들었다. 이 흉포한 노예의 주인인 아르제스를 제압하면 싸움을 쉽게 이길 것이라고 생각했기 때문이다. 하지만 아르제스는 기다렸다는 듯 반 미터도 안 되는 작은 몽둥이를 집어 들고 달려드는 사내를 실컷 두들겨 패기 시작했다.

종합 격투기를 강조하는 발가르이니만큼 아르제스에게 가르친 것은 검술만이 아니었다. 아르제스에게 달려든 인물은 딱 한 명이었기에 싸움이 끝날 때까지 계속 맞아야만 했다. 물론 죽지 않으면서 무척 아픈 곳을 골라 때리는 배려도 잊지 않았다.

이렇게 두 명이 이십여 명을 일방적으로 때리는 비상식적인 싸움이 끝나갈 무렵, 호각 소리가 들리면서 무장한 십여 명의 군인이 몰려왔다. 항구 치안대가 신고를 받고 달려온 것이었다.

삑삑!

"싸움을 멈추어라!"

가죽 갑옷과 글라디우스, 방패 등으로 무장한 병사들이 조합원들과 아르제스 일행의 주위에 둘러서면서 칼을 뽑아 들었고, 마르쿠서스도 몽둥이를 바닥에 내려놓으며 싸움을 멈추었다. 소란이 가라앉자 치안대 일행의 우두머리인 듯한 중년의 장교가 앞으로 나서면서 외쳤다.

"부두에서 무기를 들고 싸우는 것은 불법이다. 싸움의 책임자는 누구인가!"

그러자 케메로가 부러질 듯 아픈 팔을 부여잡고 부하들의 부축을 받아 겨우 일어나면서 대답했다.

"접니다, 필로스 대장님."

케메로는 어느 정도 알고 지내는 부두치안대의 대장 필로스를 보면서 억울하다는 표정을 지었다.

"이들을 폭행한 자들의 책임자는 누구인가!"

필로스는 마르쿠서스 쪽을 바라보면서 말했다.

"하, 하하… 접니다."

마르쿠서스 뒤에서 손에 묻은 피를 닦고 있던 아르제스가 조금은 난감한 표정으로 모습을 드러내었다.

"응?"

그런 아르제스를 필로스는 무언가 생각날 듯 말 듯한 표정으로 한참이나 바라보았다. 그러다가 생각났다는 듯 손뼉을 치며 말했다.

"아! 혹시 그 코넬리아님의 자제 분이 아니십니까?!"

필로스는 반갑다는 표정을 지으며 아르제스에게로 다가와

손을 맞잡았다. 그런 그들을 케메로는 멍하니 바라볼 뿐이었다.

"하하하… 저 필로스입니다. 라비코 필로스! 코넬리아님 별장을 지키기 위해서 파견되었던 치안대의 부관이었습니다."

"아!"

필로스의 설명에 그제야 눈앞의 이 인물이 누구인지 생각나는 아르제스였다. 아버지가 죽고 어머님이 한창 남자들의 구애에 시달릴 적에 가이우스 별장 주위에 3천 명의 치안대가 파견된 적이 있었고, 그때 별장의 내부 경비를 책임지던 인물이 바로 필로스였다.

"하하하… 많이 성장하셨군요, 아르제스님. 몰라볼 지경입니다."

"10년 전이니까요. 그래도 용케 절 알아보셨군요."

"짙은 흑갈색 머리와 눈동자를 가진 귀공자는 흔치 않지요."

한동안 화기애애한 재회의 시간을 가진 후 필로스는 아르제스에게 어떻게 된 일이냐고 물었다. 간단히 사정을 설명하자 필로스는 고개를 끄덕이며 케메로에게 말했다.

"케메로, 이번에는 자네가 실수를 했네! 수하들을 이끌고 어서 돌아가게."

"네, 넷! 당연히 그래야지요!"

상대가 가이우스 가의 인물임을 안 이상 케메로도 군말없이 부하들의 부축을 받고 사라졌다.

"그런데 저들은 누굽니까?"

어느 정도 상황이 정리되자 필로스는 엉거주춤하게 서 있는 낯선 외모의 인물들을 가리키며 물었다.

"아, 조합원들과 다투던 이국의 상인들입니다."

"그렇군요. 말로만 듣던 켈라바르 사람들이군요."

그들의 정체를 눈치 챈 필로스도 신기한 듯 그들을 유심히 바라보았다.

"필로스님, 저는 저들과 이야기를 좀 해보아야겠습니다. 주변 정리를 좀 부탁드려도 될까요?"

아르제스의 부탁에 필로스는 어느덧 몰려든 구경꾼들을 흩어버리고 싸움으로 엉망이 된 주변을 병사들로 하여금 정리하게 했다. 그리고는 코넬리아에게 안부를 전해달라는 부탁과 함께 치안대를 이끌고 사라졌다.

소란스러웠던 분위기가 정리되자 아르제스는 칼라바르 인들에게로 다가갔다. 치안대가 등장한 후부터 무기를 감추고 상황을 지켜보던 켈라바르 인들은 아르제스가 다가오자 자기들끼리 웅성거리기 시작했다. 그때 한 사나이가 손을 들어 웅성거림을 멈추게 하고는 다가오는 아르제스에게 정중히 인사했다. 오른쪽 손을 왼쪽 가슴에 대고 깊이 고개를 숙이는 특이한 인사법이었다. 아르제스도 그런 그에게 정중히 인사를 했다.

  켈라바르 인들의 배로 올라간 아르제스는 자신을 켈라바르의 귀족인 세바노프라고 소개한 이 청년으로부터 사정을 들을 수 있었다. 조금은 서툰 이케니아 어였지만 손짓을 해가며 열심히 말해주었기에 내용을 알아듣는 데는 문제가 없었다.

  켈라바르 인들은 대대로 무역에 생활을 의존하지는 않았다. 비옥하지는 않지만 자신들의 땅에서 나는 곡물로 생활해왔고, 부족하면 켈라바르의 풍부한 철광석을 토르카의 여러 부족이나 에레냐드 지방의 상인들에게 조금씩 팔아 식량을 확보했다.

  하지만 근래에는 사정이 많이 변하였다. 먼저 북토르카 지역 최대의 세력을 가진 아누이 부족이 주위 부족들을 통합하면서 아누이 왕국을 세웠다. 아직 안정된 국가의 모습을 갖추지는 못하고 있지만, 그 세력만은 놀랍도록 강대해서 켈라 해 남쪽 해안까지 영토를 확장하고 켈라바르의 철광까지 노리고 있는 형편이었다.

  그리고 몇 년 전, 테레니우스 황제에 의해 에레냐드 지방이 라인 제국의 속주로 편입되어 버리면서 에레냐드에서 더 이상 곡물을 구할 수 없게 되었다. 에레냐드의 대표적인 곡창지대인 로메르 평원에서 나는 밀이 거의 라인 제국으로 반입

되었기 때문이다. 게다가 유례없는 흉작까지 이어지면서 켈라바르 지방은 상당한 식량난에 빠져 있었다. 세바노프는 이 식량난을 해결하기 위하여 선단을 이끌고 상업의 중심지 이케니아까지 내려온 것이다.

"켈라바르 철광석은 최고입니다. 에레냐드와 거래할 때도 철광석 1상자, 밀 7부대 거래했습니다. 그런데 여기 상인들 철 한 상자에 밀 3부대 주겠다고 했습니다. 우리 그런 모욕 참을 수 없습니다."

세바노프의 말을 듣던 아르제스는 속으로 조금은 웃고 있었다. 생각해 보니 좀 전에 그렇게 험악한 상황까지 간 것에 거래의 재능이라고는 눈곱만큼도 보이지 않는 켈라바르 인들의 고지식함이 한몫했다는 생각이 들었기 때문이다. 하지만 아르제스는 이들을 돕고 싶었다. 무엇보다 이민족이라 해서 무시하고 돈 욕심 때문에 부당한 거래조차 마다하지 않는 네모의 상인들, 아니, 이케니아 민족들의 근성에 대한 반발이기도 했다. 누구를 위한 부이고, 학문이고, 예술이란 말인가?! 차라리 자기 민족에 대한 자부심으로 똘똘 뭉친 이상한 모습의 켈라바르 인들이 더 낫다는 생각이 들었다.

"제가 도움을 줄 수 있을 것 같군요."

세바노프의 말을 다 들은 아르제스는 직접 이들을 돕기로 했다.

세바노프 일행을 이끌고 아르제스가 찾아간 곳은 네모 상업 조합의 본부였다. 항구 동쪽 끝 언덕을 끼고 자리한 조합 본부는 항상 수많은 사람들이 오가는 거대한 건물이었다. 사람들로 북적거리는 1층을 지나 2층으로 올라가서 조합 본부장의 방으로 향했다. 문 앞에 이르자 창으로 무장한 4명의 위병이 아르제스 일행을 가로막았다. 그리고 흰색 문사 차림의 한 노인이 아르제스를 맞이했다.

"저는 조합장 로물로스님의 비서관입니다. 어떻게 오신 겁니까?"

"가이우스 가의 아르제스라고 합니다. 조합장님에게 급히 드릴 말이 있어 이렇게 약속도 없이 찾아왔습니다. 조합장님에게 말씀 좀 전해주십시오."

아르제스가 정중하게 부탁하며 말했다. 비서관은 꽤나 놀라면서 급히 조합장의 방으로 들어갔다. 그리고 얼마 있지 않아 다시 나오더니 말을 전했다.

"조합장님이 만나시겠답니다. 들어가시지요."

비서관이 앞장서면서 길을 안내했다.

"저 혼자 갔다 오겠습니다. 마르는 이분들과 함께 있거라."

마르쿠서스에게 세바노프 일행을 부탁한 다음 아르제스는 비서관을 따라 방 안으로 사라졌고, 마르는 흰 이가 드러나게 웃으며 위병들을 쓱 둘러보았다. 옷에 피가 묻어 있는 이 거

대한 메카나 청년이 자신들을 보면서 웃자 왠지 섬뜩한 기분
이 드는 위병들이었다.

조합장과의 이야기는 생각보다 쉽게 풀렸다. 조합장은 정
상적인 가격으로 철광석과 밀을 교환해 주겠다 약속하고 이
를 문서로 작성해 주었다. 그 문서에는 앞으로의 거래도 같은
조건으로 할 수 있다는 말까지 쓰여 있었다. 게다가 부두에서
의 조합원 폭행 사건도 없었던 일로 하겠다고 했다. 생각보다
일이 잘 풀린 아르제스는 뿌듯한 마음이 들었지만, 사실은 사
정이 있었다.

상업 조합의 조합장 로물로스는 유명한 상인이지만 상업
조합의 최고 실력자는 아니다. 상업 조합은 몇 명의 거물에
의해서 움직이고 있는데, 그중 가장 큰 영향력을 가진 인물이
바로 넬로스였다. 대외적으로 비밀이긴 했지만 넬로스의 심
복인 로물로스가 가이우스 가와 넬로스 가 사이에 혼담이 오
간다는 소식을 모를 리가 없었던 것이다.

상업 조합장의 직인이 찍힌 문서를 교역소에 보여주자 당
장 철광석과 밀의 거래가 성사되었다. 창고에서는 수많은 부
두 노동자들이 밀 부대를 날라서 켈라바르의 배에 싣기 시작
했다.

순조롭게 밀이 실리는 모습을 보고 아르제스는 작별을 고

했다.

"저는 이만 가보겠습니다. 켈라바르의 사정이 빨리 좋아지길 빌겠습니다."

"너무 큰 은혜를 입었습니다. 켈라바르는 아르제스님 잊지 않겠습니다."

세바노프는 깊은 감사의 마음을 담아 정중하게 인사를 하였다. 그리고 아르제스에게 잠시만 기다리라 하고는 배로 돌아가더니 고급 천으로 싸여진 물건 하나와 작은 가죽 주머니를 들고 와 먼저 천에 싸인 물체를 아르제스에게 내밀었다.

"세바노프님, 이것이 무엇입니까?"

아르제스는 세바노프가 건네주는 물건을 받아 천을 조심스럽게 끌러보았다.

"아……!"

아르제스는 감탄하면서 자신의 눈앞에 놓인 물건을 바라보았다. 그것은 한 자루의 검이었다. 크기는 보통 글라디우스보다 조금 긴 정도지만, 손잡이와 칼집에 새겨진 정교한 문양은 이것이 보통의 검이 아님을 말해주고 있었다. 무언가에 이끌리듯 손잡이를 잡고 검을 칼집에서 뽑아 든 아르제스는, 모습을 드러낸 이 검의 자태에 한눈에 반해 버리고 말았다.

검고 윤기가 흐르는 칼날에는 켈라바르의 문자인 듯한 문양이 새겨져 있었는데, 손에 들자 마치 검이 몸의 일부가 된 듯한 느낌이 들 정도였다. 아르제스도 검을 배운 사람이었기에 이 검이 얼마나 심혈을 기울여서 만든 명검인지 알 수 있었다.

"아! 정말 훌륭한 검이군요!"

검은빛 검날에 비치는 자신의 모습을 보며 아르제스는 황홀한 표정으로 중얼거렸다. 그러나 쉽게 받을 수는 없는 노릇이었다.

"하지만 이렇게 귀한 것을 받을 수는 없습니다."

그는 검집에 다시 검을 집어넣고서는 세바노프에게 내밀었다. 하지만 세바노프는 눈을 감고 고개를 가로저었다.

"아까 싸움 보았습니다. 아르제스님과 아르제스님 시종, 좋은 검 배웠습니다. 저는 비록 검술 잘 못하지만 용맹한 켈라바르 인, 검술 보는 눈은 있습니다. 아르제스님께 어울리는 검입니다. 이것 저 혼자의 선물 아닙니다. 켈라바르의 감사입니다."

세바노프의 간절한 말에, 아니, 내심으로는 이미 이 검에 끌렸던 아르제스다.

"켈라바르의 깊은 친절에 감사드립니다."

아르제스는 결국 검을 받아들였다.

"켈라바르닌."

세바노프가 검을 받아 든 아르제스에게 미소를 지으며 말했다.

"네?"

"검 이름입니다. 켈라바르의 검이란 뜻입니다."

"하하하, 켈라바르닌… 좋은 이름입니다."

세바노프는 검에 이어서 작은 주머니도 함께 건네주었다. 주머니 속에는 완두콩만 한 씨앗이 몇 개 들어 있었다. 처음 보는 모양의 씨앗이었는데, 세바노프는 그것을 '약속의 씨앗'이라고 말했다. 그 씨앗을 심어 자란 나무는 계절에 관계없이 낙엽이 지지도 푸름을 잃지도 않는다는 것이었다. 그 약속의 나무처럼 켈라바르와 아르제스의 우정도 영원하자면서.

태양이 판테아 대해로 넘어가면서 네모 시에도 조금씩 어둠이 깔리고 있었다. 집으로 돌아가는 아르제스의 마음은 흐뭇하기 이를 데 없었다. 좋은 일을 했다는 뿌듯함도 있었지만, 당당하면서도 행동과 말에 진심을 담을 줄 아는 켈라바르 인들과의 만남이 너무도 즐거웠기 때문이다.

"아차! 깜빡할 뻔했네."

아르제스는 동문 근처에 당도하자 잊은 것이 생각났다며 켈라바르닌을 마르쿠서스에게 맡기고는 잠깐 기다리라 하였다. 그리고는 급히 골목으로 뛰어 들어가더니 꽤 시간이 지나서야 돌아왔다.

"도련님, 어서 가시지요. 성문이 닫히면 귀찮아집니다. 근데… 그건 뭡니까?"

아르제스가 기름종이에 싼 사각형의 물건을 들고 있자 마르쿠서스가 궁금해서 물었다.

"음, 엘레나님에게 줄 선물."

"오호! 벌써부터 선물을 주고받는 사이가 되신 겁니까?"

마르쿠서스의 놀리는 듯한 말이었지만 아르제스의 대답은 자못 심각했다.

"그런 선물이 아니야. 이건 생사가 걸린 문제니까……."

"……?"

마르쿠서스로서는 선물에 생사가 걸려 있다는 말을 이해할 수 없었지만 이미 저만치 앞서서 걸어가는 아르제스를 급히 뒤따라갔다.

가이우스 별장에 도착하자 집사와 엘레나가 웃는 얼굴로 맞이하였다.

"잘 다녀오셨습니까, 도련님?"

"응… 오랜만에 즐거운 외출이었어."

망토를 벗어 집사에게 건네면서 아르제스가 밝은 목소리로 말했다.

"아… 어… 그리고 엘레나님, 이건 엘레나님에게 드리는 선물입니다."

잠시 망설이던 아르제스는 기름종이에 싸여진 물건을 엘레나에게 내밀었다.

"와! 고마워요, 아르제스님!"

엘레나는 어린아이처럼 기뻐하며 지금 풀어봐도 되냐고 물었다. 그러자 아르제스는 조금은 멋쩍은 듯 머리를 긁적이면서

"아… 아니요. 제가 없을 때 보세요."

라고 한 뒤에 자기 방으로 도망치듯 가버렸다.

아르제스가 사라지자 선물이 뭔지 너무나 궁금한 엘레나, 아까부터 선물의 정체가 궁금했던 마르쿠서스, 덩달아 궁금해진 집사가 머리를 맞대고 기름종이를 벗겨내었다.

"어머… 책이네?!"

기름종이에 싸여 있던 선물은 책이었다.

"근데 제목이 무슨 책… 풉… 큭… 큭……."

"쿡쿡쿡……. 흠흠!!"

일류 요리사와 함께하는 요리 초보 탈출.

이란 제목의 책이 엘레나의 손에 들려 있었고, 집사와 마르쿠서스는 터져 나오는 웃음을 참느라고 무진장 애써야만 했다.

제5장
결심

아르제스 전기

"아아아~아암."

검술 수련을 끝내고서 수욕을 마친 아르제스는 긴 하품을 했다. 시내 외출에서 돌아온 후 며칠간은 정말 피곤한 날의 연속이었다. 엘레나가 보통 때보다 1시간이나 일찍 잠을 깨웠기 때문이다. 아침잠 많은 아르제스에게는 지옥과 같은 나날이었다. 아무래도 선물의 부작용인 듯하였다. 갖은 애교와 아양을 떨어서 겨우 오늘 아침에는 제대로 잠을 잘 수 있었지만, 쌓인 피로가 하루 만에 풀리진 않았다. 또 단지 그것만이 아르제스가 이렇게 피곤해하는 이유는 아니었다.

그날의 외출 이후 아르제스는 큰 고민에 빠져 있었다. 지금까지 삶의 대부분을 가이우스 별장에서 보낸 아르제스이지만 누구보다 혈기 왕성하고 호기심이 많은 청년이었다. 부둣가에서의 신나는 싸움, 신비스러운 켈라바르 인들과의 만남. 그 모든 것이 아르제스를 잠 못 이루고 자신의 미래에 대해서 고민하게 만들었다.

이제 자신의 나이 17세이다. 다른 귀족 가문의 자제들은 가정도 이루고, 행정보좌관 같은 적당한 관직에도 진출하여 출세를 생각할 나이인 것이다. 하지만 아르제스는 성년의 출발점으로 이미 다른 길을 가기로 결심을 굳히고 있었다. 이런 결심을 처음으로 털어놓은 상대는 어머니 코넬리아가 아니라 발가르와 마르쿠서스였다. 발가르는 이런 아르제스의 결심을 격려해 주면서 자신도 함께하겠다는 약속을 했다. 마르쿠서스는 아르제스의 몸종이니 따르는 것이 당연했다.

저녁 식사는 단지 음식을 먹는 행위가 아니다. 길고 넓은 소파 형의 의자에 자유로운 자세로 앉아 음식을 먹으면서 하루에 있었던 일, 정치, 경제, 농담 등의 이야기를 주고받는 대화의 시간이기도 하다. 어머니와 발가르, 엘레나가 모인 저녁 식사 자리에서 아르제스는 자신의 결심을 코넬리아에게 말했다.

"어머니, 저 장교가 되겠습니다."

코넬리아는 아르제스의 말에 조금은 놀랐다. 이제 아르제스도 관직에 나가는 것이 당연한 나이지만, 명문 귀족의 자제들은 보통 행정보좌관이나 법무보좌관 등으로 5년 정도 근무한 후 치안관을 거쳐 행정관, 법무관으로 나아가는 것을 최고의 엘리트 코스로 생각하고 있었기 때문이다.

"조금은 의외이구나. 그렇지만 넌 현명한 아이니까, 많이 생각하고 내린 결정이라고 믿으마."

코넬리아는 아르제스가 내린 결정을 존중하기로 했다. 어릴 적부터 총명하고 책 읽기를 좋아하던 아들이 성년의 첫 출발을 군(軍)에서 하기로 한 것은 의외였지만, 검술과 기마술에 그토록 열중하던 아르제스에게 장교도 어울린다는 생각이 들었다.

"그럼, 치안대에 지원할 생각이니?"

"아닙니다, 어머니. 우티카로 갈 작정입니다."

"아르제스!"

코넬리아가 놀라며 기대어 있던 소파에서 몸을 세웠다.

이케니아에서 군대는 보통 도시의 치안을 유지하고 화재를 방지하는 치안대를 말한다. 하지만 이케니아에서도 진짜 전쟁을 수행하는 군대가 2곳에 있다. 바로 우티카와 세노아인 것이다. 그곳은 해적들이나 메디아 왕국과의 전투가 빈번하게 일어나는 최전선인 것이다.

"그 위험한 곳을?! 게다가 우티카로 간다는 것은 네모를 떠나겠다는 말이지 않니?"

코넬리아가 걱정스럽게 말했다.

하지만 아르제스는 코넬리아의 눈을 똑바로 바라보며 결연하게 말했다.

"어머니, 어머니께서 걱정하시는 마음을 잘 알고 있어요. 하지만 저는 그냥 행정관이나 바라보며 관청에 틀어박혀 있고 싶지는 않아요. 아직은 스스로도 잘 알 수 없지만, 전 좀 더 큰 목표를 가져 보고 싶습니다. 이 이케니아를 넘어서는 꿈을 꾸고 싶어요. 하지만 이케니아의 막대한 부(富)도, 훌륭한 문화와 예술도 그 꿈을 이루는 데는 아무런 도움이 되지 않는다는 것을 깨달았습니다."

"아르제스……."

"전 온몸으로 부딪쳐 가면서 그 꿈의 해답을 찾고 싶어요."

아르제스의 결의에 찬 대답에 코넬리아는 한참 동안이나 아무 말도 하지 않았다. 이제 자신을 떠나가려는 아들에 대한 슬픔과 대견함에 목이 메어왔기 때문이다. 하지만 결국은 보내줘야 한다는 것을 코넬리아는 알고 있었다.

"다른 도시에 가서 관직에 지원하려면 아무래도 소개장이 필요할 게다. 지금 행정관인 티벨리우스는 우리 가이우스 가와 먼 친척이 되니 쉽게 소개장 정도는 써주실 거다. 그리고 치안관도 이 어머니와 잘 아는 사이이니 미리 말해놓으마."

코넬리아도 떠나보낼 바에는 적극적으로 아르제스를 도와주기로 마음먹었다.

"그리고 발가르님… 우리 아르제스와 함께해 주시겠습니까?"

"이미 약속했습니다, 코넬리아님."

"감사합니다."

발가르가 동행한다는 말에 코넬리아는 그나마 안심이 되었다.

"그럼… 결혼 문제는 어떻게 할 작정이니?"

코넬리아의 말에 엘레나는 심하게 가슴이 뛰었다.

"결혼은 미루겠지만, 약혼은 하겠습니다."

하지만 정말 중요한 것은 그것이 아니었다. 코넬리아, 발가르, 아르제스 뒤에 서 있던 마르쿠서스, 집사, 그리고 당사자 중 하나인 엘레나까지 모든 시선이 집중되었다. 누구와 하느냐가 문제였다.

하지만 아르제스는 결혼 문제에 대해서 나름대로 생각이 있었다.

"……."

잠시 침묵하던 아르제스가 이윽고 말문을 열었다.

"엘레나, 세리아님 모두와 약혼하겠습니다."

"허엇?!"

"아르제스!"

아르제스의 엄청난 발언에 모두 크게 당황하고 말았다.

"후우~ 오늘은 정말 놀라는 일의 연속이구나! 도대체 그게 무슨 말이니, 아르제스?"

코넬리아는 조금은 따지듯 아르제스에게 물었다.

이케니아는 근본적으로는 중혼을 허락하지 않는다. 단 두 가지 예외가 있는데, 하나는 이케니아의 왕에 오른 자와 이케니아 연맹에 큰 공을 세웠다고 귀족평의회가 인정하는 자이다. 그들은 영광의 상징으로 이름 대신 쓸 수 있는 명예로운 별칭과 함께 항상 검을 휴대할 권리와 중혼 권리가 주어지는데, 이중에서 중혼의 권리는 함부로 누리려 하지 않는 것이 보통인 것이다.

"지금의 이케니아 왕도 누리지 않은 권리를 네가 누리려는 것이니? 사람들이 가이우스 가를 어떻게 생각하겠니?!"

코넬리아는 조금은 화가 난 듯 따져 물었다.

"어머니, 조금 오해하신 것 같네요. 전 지금 정식으로 약혼하겠다는 말이 아닙니다. 그저 엘레나님과 세리아님 모두에게 저의 의지를 알린 후 제가 자격이 될 때까지 결혼을 미루겠다는 이야기였어요."

'그 말이 그 말 아닌가?'

내심 마르쿠서스는 이런 생각을 했지만 입 밖으로 내지는 못했다.

그때 엘레나가 말했다.

"전 아르제스님의 의견을 따르겠어요."

"……!!"

엘레나의 말에 모두가 의외라는 표정을 지었다.

"아르제스님이 그럴 자격을 갖추신다면 저도 반대할 이유가 없습니다. 하지만 저와 상의도 없이 세리아님까지 욕심내고 계셨다니 좀 괘씸하네요."

예외없이 중혼을 금지하는 라인 제국 귀족 출신의 엘레나로서는 상당히 파격적인 결정이었다. 하지만 엘레나도 나름대로 오기가 생겨 아르제스를 포기할 수 없었다.

'어디 두고 봐!'

겉으로는 웃으며 말하고 있지만 속으로는 훗날을 다짐하며 이를 갈고 있었다. 여기서 자신이 포기하면 아르제스를 세리아에게 넘겨주는 꼴이 되는데, 그럴 생각은 눈곱만큼도 없는 엘레나였다. 하지만 엘레나가 승낙했다고 해서 문제가 해결되는 것은 아니었다. 코넬리아는 걱정스럽게 말했다.

"하지만 넬로스 가 쪽에서 어떤 반응을 보일지……."

"제가 직접 세리아님을 만나보겠습니다, 어머니."

"그래… 그게 제일 좋겠구나."

아르제스가 직접 이야기하겠다는 데 코델리아가 반대할 이유는 없었다. 그리고 내심 세리아가 아르제스의 제안을 거절하길 바랐다. 그럼 아무런 문제 없이 엘레나와 아르제스 간의 약혼을 성사시킬 수 있었다.

3일 후, 아르제스는 마르쿠서스와 함께 시내로 나갔다. 먼 길이라도 걸어서 가는 것이 보통인 아르제스였지만 이날은 마차를 끌고 갔다. 관청에 들러서 행정관과 치안대장의 추천서를 받은 다음 향한 곳은 토넬리노 언덕에 있는 넬로스의 저택이었다.

세리아를 만나는 것은 비밀로 해야 했기에 넬로스 가의 하인으로 하여금 세리아에게 편지를 전달하게 하였다. 편지를 받고 몰래 저택을 나온 세리아는 아르제스의 마차에 올랐다. 마차에 오른 세리아는 쓰고 있던 모자를 벗고는 환하게 웃으며 말했다.

"다시 만나게 돼서 너무나 기쁩니다, 아르제스님!"

"건강하게 지내셨나요, 세리아님?"

"그런데 어떻게 여기까지 오셔서 절 보자고 하신 것입니까?"

아르제스는 크게 숨을 들이켠 후 엘레나와 세리아, 모두에게 비공식적으로 약혼을 한 후 자신이 크게 공을 세워 자격이되면 두 여인 모두와 결혼하겠다는 등등의 이야기를 하기 시작했다.

'음… 전에 이야기할 때는 몰랐는데, 내가 들어도 참 황당한 이야기구나.'

아르제스는 자기 입으로 말하면서도 참 어이없는 이야기라 생각하고 속으로 쓴웃음을 지었다.

"……."

이야기를 다 듣고서 한동안 가만히 있던 세리아가 오른손을 들었다. 아르제스는 세리아가 뺨을 때리려는 줄 알고 흠칫하며 눈을 감았다. 하지만 세리아는 들어올린 손으로 아르제스의 손을 꼭 쥐었다.

"어쨌든 저와의 약혼에 찬성하신 거군요. 세리아는 지금 너무 기쁘답니다. 아르제스님이 큰 인물이 되실 때까지 이 세리아, 아르제스님을 기다리겠습니다."

감동한 듯 눈물까지 글썽이면서 말하고 있었다.

"아니……! 저기… 세리아님… 다시 한 번 생각해 보시는 게… 아… 그리고 넬로스님의 의견도……."

"아니에요. 아버님께는 제가 잘 말씀드리겠습니다. 당분간은 아르제스님의 말씀대로 저와 아버님만 아는 비밀로 하는 게 좋겠군요."

이미 단호한 결심의 세리아에게 아르제스는 더 이상 아무 말도 할 수 없었다.

"전 이제 들어가 봐야 해요. 아르제스님, 그리고 이건……."

"네?"

쪽!

"후훗, 이건 약혼 선물이랍니다."

세리아는 대담하게도 아르제스에게 키스를 해버린 다음, 마차에서 내려 재빨리 저택 쪽으로 사라져 버렸다. 그리고 마차 안에는 조금은 넋이 나간 표정의 아르제스만이 남게 되었다.

세리아가 사라지자 마부 석에 있던 마르쿠서스는 냉큼 마차의 문을 열고 물었다.

"도련님! 어떻게 됐습니까? 세리아님이 뭐랍니까?"

웃는 듯 우는 듯 기묘한 표정의 아르제스는 탄식하듯 말했다.

"에휴… 거 정말 희한한 아가씨들이네. 그날이 언제 올 줄 알고 기다려 준단 말이냐구!"

"헛! 승낙받으신 겁니까? 거참, 도련님은 재주도 좋으시군요. 근데 표정이 왜 그러십니까?"

사실 두 명 모두와 약혼하겠다는 아르제스의 폭탄 발언에는 나름대로 생각이 있었다. 엘레나에게는 자신에 대한 애정이 확고한지에 대한 시험이었고, 세리아에게는 스스로 아르제스를 포기하도록 만들고자 하는 의도가 숨어 있었던 것이다. 둘 다 자신의 제안을 거절할 경우에도 그냥 미련없이 우티카로 떠나 버릴 생각이었다. 엘레나는 어머니가 잘 보살펴 줄 것이고, 미모의 부잣집 아가씨 세리아도 다른 좋은 상대를 만나는 것이 어렵지 않을 것이기 때문이다.

아르제스 나름대로는 좋은 방법이라고 생각했지만 예상치 못하게 엘레나와 세리아 모두가 자신의 생각에 찬성해 버린 것이었다. 비록 그 이유는 달랐지만 말이다. 결국 아르제스에게는 두 명의 젊은 아가씨를 노처녀로 만들지 않기 위해서라도 하루빨리 성공해야만 하는 과제가 주어졌다.

훗날 역사가들은 말한다. 전장에서는 누구보다 빠르고 대담했고, 정치에서는 합리적이면서도 냉혹하기 그지없었던 아르제스도 젊은 날의 여자 문제만큼은 우유부단함과 어리석음의 극치를 달렸다고.

*　　　*　　　*

세 사람만이 길을 떠나는 것이라 준비하는 데는 크게 시간이 걸리지 않았다. 떠나기 직전 아르제스가 한 일은 정원 한 구석에 세바노프가 준 약속의 씨앗을 심은 것과 가족과 하인들에게 작별 인사를 한 것이 전부였다. 세리아에게는 장문의 편지로 이별의 인사를 대신했다. 홀가분한 기분으로 떠나는 길은 아니었지만 긴 여행은 처음인지라 아르제스는 들뜬 마음으로 우티카로 향하였다.

네모에서 아토필리 가도를 따라 북동쪽으로 말을 달려 2일만 가면 네모와 함께 이케니아 2대 항구 도시인 우티카에 도착할 수 있다. 네모가 상업으로 유명한 데 비하여 우티카는 이케니아 해군의 중심지로서의 역할을 해왔다.

아르제스 일행이 우티카에 도착했을 때에는 늦은 오후였다. 우티카는 항구 도시로서는 특이하게 도시가 항구와 접해 있지 않고 시내에서 아토필리 가도를 따라 언덕을 넘어서야 항구가 나온다. 그래서 일단은 시내 여관에서 하룻밤을 묵기로 했다.

다음날 아침, 아르제스와 발가르는 해군 장관의 관저로 향했다. 네모 시 행정관과 치안관의 소개장을 보여주자 쉽게 해군 장관의 접견이 허용되었다. 부관인 듯한 젊은 장교의 안내를 받으며 아르제스와 발가르는 해군 장관의 집무실로 향했다. 집무실에 들어서자 넉넉한 풍채가 인상적인 장년인이 가이우스 일행을 기다리고 있었다.

"가이우스 가의 아르제스라고 합니다. 그리고 이쪽은 가이우스 가문의 가신이자 저의 검술 스승인 발가르입니다."

아르제스는 군례를 올린 후 일행의 소개를 했다.

"하하하… 반갑네. 우티카의 해군 장관인 '바티우스 우티카 바렌'이라네. 우티카에 온 것을 환영하네."

서로 간의 인사가 끝나자 바티우스는 아르제스에게 자리를 권하며 부관에게 차를 내올 것을 명했다.

"가이우스 가의 자제이면 네모에서도 법무보좌관이나 행정보좌관 자리 정도는 쉽게 얻을 수 있을 텐데, 이곳까지 와서 군대에 몸담으려고 하다니 조금은 의외로구먼."

"책상 앞에서 문서 작업이나 하기에는 아직 제가 너무 젊은가 봅니다."

"하하… 혈기 왕성한 젊은이구만."

바티우스는 호방하게 웃으며 즐거운 표정을 지었다.

"하지만 우티카는 해적들과의 전투가 빈번한 곳이라네. 이곳 분위기 파악도 해야 할 테니, 일단은 참모부의 일원으로 활동하는 것이 좋겠군."

귀족의 자제가 군에 몸을 담을 때는 참모에서 시작하는 것이 일반적이었고, 이것에 대해서는 아르제스도 바티우스의 제안에 큰 이견이 없었다.

"그리고 자네의 부관으로 관리 한 명을 붙여주겠네. 통역관 출신에 서류 작업에도 능한 자이니 꽤 도움이 될 것이네. 나중에 불편한 점이 있음 언제라도 말하게. 허허허……."

"꽤나 신경 써주는 눈치군. 역시 이케니아 3왕가 중 하나인 가이우스 가의 힘일까? 후후……."

접견이 끝난 후 관저를 나서면서 발가르가 말했다.

"흥, 그럴 리 있겠습니까. 그것보단 차라리 어머니의 입김이 닿았다는 말이 맞겠지요."

"하하하."

퉁명한 아르제스의 대답에 발가르는 기분 좋게 웃음을 터뜨렸다.

"그나저나 저 바티우스라는 사람, 발가르님이 볼 때는 어떤가요?"

"확실히 성격도 좋고, 능력도 있어 보이는군. 하지만 전투 지휘관 타입이라 하기보단 정치가 같은 느낌이 강한 것 같구 먼⋯⋯."

"음, 그렇긴 해도 오히려 저런 정치가 기질의 사람이 비위만 맞춰준다면 다루기 쉬울 수도 있어요."

아르제스와 발가르가 이런저런 말을 주고받고 있을 때, 문관 복장의 한 사람이 아르제스에게 다가왔다.

"아르제스님이십니까? 전 '융' 이라고 합니다. 앞으로 아르제스님을 모시게 되었습니다."

융이라고 자기를 소개한 그는 검은 곱슬머리에 갈색 피부를 가진 이국적인 용모를 가진 남자였다.

"이름이 특이하군. 자네, 론 출신인가?"

발가르의 물음에 융은 조금은 놀랍다는 반응을 보이며 말했다.

"저희 부모님은 론 출신이십니다만, 전 소로스 왕국에서 자랐습니다. 그렇지만 이케니아와 론은 중앙해 양끝에 위치하고 있는 먼 거리인데, 용케 론 사람의 생김새를 알아보시는군요."

"한때 라인의 군대에 몸담았었네. 그때 론 제국과 전투를 치러본 적이 있지."

"아⋯ 그러시군요."

융은 그제야 이해가 간다는 표정이었다.

"일단 장교 숙소로 안내해 드리겠습니다. 저를 따라오시죠."

융의 안내를 받으며 아르제스와 발가르는 배정받은 장교 숙소로 향했다. 단순한 구조였지만 고위 장교용으로 지어진 것인지 넓고, 내부가 잘 갖춰진 숙소였다. 여관에 남아 있던 마르쿠서스와 짐들은 융이 사람을 보내어 숙소로 옮겨 오게 했다. 짐 정리가 끝나자 아르제스는 융에게 우티카 항의 안내를 부탁했다.

융이 제일 먼저 아르제스 일행을 안내한 곳은 항구 뒤편으로 높게 솟아 있는 언덕이었는데, 봉화대와 관측대가 있기도 한 곳이었다.

"정말 멀리까지 보이는군요."

아르제스는 언덕 위에 서서 눈앞에 펼쳐진 광경을 바라보았다. 항구에는 수많은 군함이 위풍당당하게 늘어서 있었고, 남쪽에 위치한 작은 항구는 민간용으로 쓰이는 곳인지 많은 고깃배들이나 상선이 정박해 있었다. 그리고 언덕 뒤편으로는 우티카 시내의 광경이 눈에 들어왔다. 이 언덕을 중심으로 항구와 도심은 7킬로미터 정도 떨어져 있었고, 네모에서 시작된 아토필리 가도는 우티카 도심을 지나 항구까지 연결되어 있었다.

"맑은 날에는 오르피스 군도까지도 볼 수 있습니다. 항구로서 이렇게 좋은 조건을 갖춘 곳도 드물 겁니다."

융의 말에 발가르도 고개를 끄덕이면서도 생각보다 군선

이 적어 보이기에 그 이유를 물었다. 그러자 융이 말했다.

"그것은 라인 제국이 배를 징발해 갔기 때문입니다. 원래는 400여 척이나 되던 배가 지금은 100여 척 정도밖에 남지 않았습니다. 듣기로는 론이 다시 한 번 큰 규모의 병력으로 헤르마니아 섬을 노리고 있다고 하는군요. 해군력이 약한 라인으로서는 우티카의 군선을 급히 징발해 갈 수밖에 없었다는 것이죠. 덕분에 오르피스 군도의 해적들만 물 만난 물고기처럼 날뛰고 있는 실정입니다."

융의 말에 발가르는 자신이 은둔한 지난 1년 동안 많은 것이 변했다고 느꼈다. 라인 제국에서 추방당한 몸이었지만, 여전히 스스로를 라인 제국의 시민이라 생각하고 있는 발가르이기에 라인 제국의 동향에 신경이 쓰이는 것은 어쩔 수 없었다. 언덕에서 내려온 아르제스 일행은 해군 부두로 가서 조선소를 둘러보고, 군선에 올라 배를 살펴보는 일로 하루를 보냈다.

고위층 자제들이 군대에 들어올 때는 전투 시 안전한 후방에 위치하는 참모부에 들어와 군대 경력이나 쌓고 나가는 경우가 대부분이다. 그래서 이런 부류의 참모들은 그다지 공식적으로 해야 할 일이 많지 않다. 아르제스의 경우도 아침에 형식적인 참모회의에 참석하는 것 이외에는 특별한 일이 주어지지 않았다. 하지만 이것이야말로 아르제스가 처음부터 전투 장교를 지원하지 않은 이유이기도 했다.

아르제스가 장교로서 제일 먼저 한 일은 쾌속정 한 척을 배정받는 일이었다. 융의 도움을 받아 허름하지만 빠르고 튼튼한 배를 고른 다음 조선소에 맡겨 배를 개조하기 시작했다.

배를 배정받는 건 바티우스가 쉽게 허락해 주어 큰 문제가 없었지만, 배를 개조하는 비용은 어디까지나 개인이 부담해야 되는 문제였다. 하지만 이번에도 인장 반지의 사파이어를 몽땅 빼서 판 덕분에 충분히 자금을 마련할 수 있었다. 조선소 사람들에게 수고비를 두둑이 주는 것도 잊지 않았다. 아르제스의 큰 씀씀이에 마르쿠서스가 불평을 늘어놓았지만, 단지 그것뿐이었다.

배의 개조는 열흘도 안 걸려서 끝났다. 선저를 단단한 목재로 보강한 이 배는 흘수(吃水)가 얕아서 암초 지대도 자유롭게 지나갈 수 있으며, 돛과 노를 같이 사용하여 기동성이 좋은 배였다. 아르제스는 이 배를 사용하여 오르피스 군도를 살펴볼 생각이었기 때문에 무엇보다 기동성이 가장 중요한 점이었다. 아무리 장교의 신분이지만 개인적으로 하는 일에 강제로 선원들을 동원할 수는 없었기에, 용감하고 실력 좋은 선원들을 골라 두둑한 보수를 약속하고서야 출항에 나설 수 있었다.

탐사의 목적은 이 지역 어부들이나 군선의 선장들을 통해 아르제스가 대략적으로 만든 해도를 교정하는 작업이었다.

300여 개나 되는 섬으로 이루어진 오르피스 군도 전체를 배한 척으로 돌아보는 것은 불가능하지만, 항구와 가까운 섬들과 해전 시 요충지가 될 만한 지역을 알아보는 것은 가능한일이었다. 수많은 탐사를 통해 해도에는 섬들 위치와 해협들의 위치, 암초의 위치와 깊이, 시간과 날씨에 따른 해류의 흐름이나 바람의 방향들이 자세하게 기록되기 시작했다.

가끔 해적들의 위협을 받기도 했지만, 멀리서 해적선이 보이기만 해도 재빨리 도망쳤기에 해적에게 당하는 일은 없었다. 이 작업은 두 달 동안이나 계속되었고, 바티우스도 이 의욕적인 귀족 청년이 하는 일에 별 관심을 두지 않았다.

*   *   *

아르제스가 우티카에 온 지 어느덧 3달이란 시간이 흘러 5월의 초여름으로 접어들고 있었다. 그동안 아르제스가 주로 한일은 해도를 작성하는 일이었지만, 다른 일도 게을리 하지는않았다. 마르쿠서스와 더불어 검술 수련도 꾸준히 하며 바다나배에 관한 서적을 읽는 일에도 많은 시간을 보냈다.

두 달 동안 거의 매일 되풀이되는 탐사에 발가르는 뱃멀미를 극복할 수 있었지만, 초췌해진 얼굴의 발가르는 보기가 안쓰러울 정도였다. 더욱이 발가르는 아르제스의 부관 자격으로 보병들의 훈련을 담당하는 교관도 맡고 있었기에, 어찌 보면 가장 바쁜 사람이었다.

아르제스는 사적인 시간에는 주로 어머니에게 편지를 썼다. 엘레나와 세리아에게 편지를 쓰는 것도 잊지 않았다. 아르제스의 상냥한 편지에 감동한 세리아가 우티카로 오겠다고 하는 바람에 사람을 따로 보내 말리는 일도 있긴 했지만, 타지 생활에서 사랑하는 사람들의 편지는 큰 위안이 되어주었다.

바쁜 나날을 보내고 있는 아르제스만큼이나 5월의 우티카 군항도 활기가 넘치고 있었다. 조선소에서는 철야로 군함이 제작되었고, 훈련의 빈도도 잦아지기 시작했다.

여름은 항해하기에 좋은 계절이다. 그것은 지금도 활발한 해적들의 활동이 더욱 활발해진다는 의미도 된다. 이미 이케니아 동부 해안선의 많은 마을들이 더욱 심해진 해적들의 약탈로 피해를 보고 있었고, 라인 제국과 이케니아를 왕래하는 많은 상선들 또한 해적들의 목표가 되고 있었다.

이러한 해적들로 가장 큰 피해를 보고 있는 곳은 이케니아와 라인 제국이었다. 해군력이 빈약한 라인 제국은 300만 데르의 군자금을 지원하며 이케니아에 해적을 토벌해 줄 것을 요청했고, 그 때문에 우티카는 지금 해적들과의 전쟁 준비로 여념이 없는 것이다.

참모회의를 마친 바티우스는 편안한 마음으로 포도주 잔을 기울였다. 라인 제국에서 지원해 준 군자금으로 군함의 건조도 착착 진행되어 가고 있었고, 이케니아의 왕 '아르테우스 카라카스 아르펜'의 칙령으로 각 도시에서 징집된 병사 2만 명과 우티카 주둔군 1만여 명, 총 3만 명이 이번 해적 토벌 전쟁의 총사령관으로 임명된 자신의 지휘하에 훈련을 거듭하고 있었다. 사실 이케니아의 역사에서 오르피스 섬의 해적들을 소탕하기 위해 함대를 파견한 적이 없었던 것은 아니지만, 이 정도의 병력이 동원된 것은 단연코 이번이 처음이라 할 수 있었다.

"해적 놈들… 라인 제국이 군함을 징발해 간 덕에 한동안 날뛰었다만, 네놈들의 운명도 얼마 남지 않았다. 하하하하!"

이제 곧 갖추어질 200여 척의 군선과 3만 명의 정병으로, 단번에 해적들의 본거지인 오르피스 섬으로 초토화할 생각을 하면서 바티우스는 흐뭇함을 감추지 못했다. 무엇보다 이번에 해적 소탕전을 성공시킨다면, 차기 이케니아의 왕을 뽑는 귀족 선거에서 자신과 바렌 가문이 가장 유리한 위치를 차지할 것이 분명하다. 이런 생각에 자신의 정치적 입지를 굳히게 해줄 해적들이 고맙게까지 느껴졌다.

"쳇, 빌어먹을 바티우스……."

참모회의를 마치고 발가르와 마르쿠서스가 기다리고 있는 숙소로 돌아온 아르제스의 입에서 욕이 튀어나왔다.

"흐흐흐, 이제 도련님도 욕이 입에 붙었군요."

"아아, 뭐, 이래 보여도 나도 군인이니까."

오늘 있었던 참모회의를 생각하면 화가 치밀어 오르는 아르제스였다.

"내 의견 따윈 어린아이의 걱정으로 취급해 버리더군. 요 몇 달 동안 바다를 돌아다니며 해도를 작성하고, 융과 함께 해적들의 정보를 모아온 건 나인데 말이야."

아르제스는 투덜거리며 외출용 망토를 벗어 마르쿠서스에게 건네주고는, 탁자 위에 놓여 있는 목검을 습관처럼 집어 들었다.

"이것도 다 바티우스 때문이겠지. 아르펜 가문의 인물이 이케니아의 왕위에 올라 있는 지금, 바렌 가문의 인물들로만 해적 토벌대가 구성된 것부터가 바티우스나 바렌 가문이 정치 공작을 하느라 해적들의 동향을 파악할 시간이 없었다는 의미가 아니겠는가. 공에 눈이 멀어버린 것이지."

거실 한쪽 구석에서 마른 헝겊으로 검을 손질하던 발가르가 말했다.

"오늘 참모회의는 승리 후에 포상을 얼마나 할지에 대한 말뿐이더군요. 그들은 마치 이미 승리라도 한 듯이 들떠 있어요. 오르피스 군도 해적들 자체는 그리 대단하지 않지만, 분명히 그들 뒤에는 메디아 왕국이 버티고 있어요."

아르제스가 해적의 배후로 메디아 왕국을 지목하자 발가

르도 흥미로운 듯 물었다.

"메디아 왕국이 해적들을 지원해 주었다면 해적들 활동이 활발해진 것이 이해가 가긴 하지만, 증거가 부족하지 않나? 역시 가장 큰 이유는 라인 제국이 군함을 징발해 간 것이라고 봐야 할 것 같은데……."

"저도 처음에는 그렇게 생각했지만, 해적들이 동부 해안 마을들을 마구잡이로 약탈하기 시작한 시점은 군함이 징발되기 전부터였습니다. 그리고 그때는 겨울이었습니다. 오르피스 군도 일대는 겨울이 되면 웬만한 배로는 항해가 어려울 만큼 바다가 거칠어집니다. 그런 바다를 뚫고 수십 차례나 해안 마을을 약탈한다는 건 보통 해적으로는 불가능한 일이에요. 분명히 세노아 섬을 노리는 메디아 왕국이 해적들을 지원해서 우티카의 해군을 묶어두려는 수작이겠죠."

탁!

아르제스는 벽에 걸린 지도의 한 부분을 목검 끝으로 찍으며 말했다. 검끝은 이케니아 반도 남쪽에 있는 한 섬을 가리키고 있었다.

"일리있는 말이군."

발가르도 듣고 보니 아르제스의 말이 상당히 그럴듯한지 고개를 가볍게 끄덕였다.

세노아(이케니아 연맹 소속의 도시 국가 이름이기도 한) 섬은 메카나 대륙과 이케니아 반도가 만나는 포스키타 해협에 있는 섬이다. 포스키타 해협은 세노아 섬을 기준으로 세노아—네모 시 사이의 북포스키타 해협, 세노아—루투아 사이의 남포스키타 해협으로 나뉘는데, 대부분의 무역은 북포스키타 해협을 통해 이루어지고 있는 실정이었다. 그것은 세노아 섬이 이케니아 도시 국가 연맹에 속한 섬이기 때문이었다. 당연히 메카나 지방의 최대 실력자인 메디아 왕국은 세노아 섬을 손에 넣기 위해 빈번히 침략해 왔다. 하지만 세노아의 강력한 저항과 뱃길로 겨우 하루 남짓한 거리에 있는 우티카의 강력한 해군 때문에 번번이 패퇴당하곤 했다.

"이건 단지 해적들과의 전쟁이 아니란 말이야……."

아르제스가 중얼거리듯 말했다.

*　　　*　　　*

6월 5일 아침. 바다의 신이 축복이라도 한 듯 하늘을 맑았고 바다는 잔잔했다. 우티카의 항구는 푸른 깃발을 휘날리는 수많은 군선들의 출항 준비로 한창이었다. 수많은 병기들과 물자들이 부두를 가득 메우고 있었고, 선원들과 병사들이 분주하게 움직이고 있었다.

바야흐로, 100여 척의 갤리선과 100여 척의 범선, 그리고 중무장 보병 1만여 명이 포함된 2만 5천 명의 병력이 동원되는 역사에 남을 만한 해적 토벌 작전이 시작되려 하고 있었다.

항구 중앙에 위치한 넓은 연무장에는 1만여 명의 중장 보병들이 가운데로 뻗은 길을 중심으로 좌우에 빽빽이 늘어서 있었다. 그 사이로 빛나는 은빛 갑주를 입은 바티우스가 말을 탄 채로 병사들의 사열을 받으며 지나가고 있었다. 병사들을 지나 사열대에 도착한 바티우스는 글라디우스를 하늘을 향해 뽑아 들었다.

"자랑스러운 이케니아의 병사들이여! 바다의 신이 축복해 주시는 가운데 우리의 바다를 더럽히고 있는 해적들을 토벌하기 위해 떠나게 되었다. 그대들은 누구보다 용맹하고 자랑스런 병사들이기에 나는 우리의 승리를 의심하지 않는다. 병사들이여! 저 웅장한 우리의 함대를 이끌고 우리가 가져야 할 것은 오로지 승리뿐이며, 오늘은 푸른 바다를 해적들의 피로 붉게 물들게 될 것이다. 전사들이여! 온 이케니아의 시민들이 그대들의 용맹을 찬양하게 하자! 신의 가호를!"

"와아아……!!"

쿵쿵쿵쿵……!!

바티우스의 연설이 끝나자 병사들은 일제히 방패로 땅을 치며 환호했다.

뿌우우우~ 뿌우우…….

이때 제4시(오전 10시)를 알리는 네 번의 긴 나팔 소리가 울렸다. 출정의 시간이 다가온 것이다.

"출정이다!"

바티우스의 출정 명령이 떨어졌다.

"각 중장 보병들은 부대 깃발을 따라 승선하라!"

장교들의 지휘하에 연무장에 모인 병사들이 100여 척의 갤리선에 차례로 승선하기 시작했다. 범선들도 닻과 돛을 올리고 항구 밖으로 나가 서서히 포진하기 시작했다.

우티카의 군항 뒤편, 감시 초소가 있는 언덕 위에서 아르제스 일행은 멀어져 가는 함대의 모습을 보고 있었다. 아르제스는 이번 해적 토벌 함대에 동행하지 않은 것이다. 아니, 정확히 말하면 못했다고 하는 것이 옳지만.

"결국은 토벌 함대에 끼지 못했군요."

마르쿠서스가 멀어져 가는 함대를 바라보며 아쉬운 듯 말했다.

"뭐, 내가 요즘 참모회의 때마다 사사건건 걸고넘어졌으니 그럴 만도 하지."

"그렇기도 하지만, 이미 바티우스 스스로가 이 싸움의 승리를 확신하고 있는 시점에서 자네에게 공적을 나눠주고 싶지는 않겠지. 예전 같지는 않다지만, 여전히 가이우스 가는 이케니아 3왕가 중 하나니까."

"물론… 승리해서 공을 세운다면 말이죠."

아르제스는 나직이 혼잣말로 중얼거렸다.

함대의 출정을 지켜본 후 아르제스와 바티우스는 말을 타고 병사를 소집하기 위해 언덕 아래로 향했다. 가는 도중 발가르는 그래도 바티우스가 잘한 것이 있다고 말했다.

"그게 뭐죠?"

아르제스의 물음에 발가르는 이렇게 말했다.

"그 사람… 연설 하나는 잘하더구면."

제6장

해적

아르제스 전기

　토벌 함대에 동행하지는 못했지만, 아르제스는 바티우스의 함대가 해적에게 지길 바랄 만큼 속이 좁지는 않았다. 하지만 자신에게 주어진 임무를 무시해 버릴 만큼 바티우스를 믿지도 않았다.

　아르제스에게 주어진 임무는 3,000여 명의 중무장 보병과 1,000여 명의 궁병으로 혹시나 있을지 모르는 적의 상륙으로부터 주력이 빠져나간 우티카 항을 지켜내는 일이었다. 이 수비대장이라는 감투는 가이우스 가의 위신은 지켜주면서도 공을 세울 기회는 없는 자리, 즉 나름대로 바티우스가 머리를 쓴 결과였다. 하지만 아르제스와 발가르는 바쁘게 움직였다.

먼저 중무장 보병들을 연무장에 모은 다음 100명씩 짝을 지어 백인대를 만들고 5개의 백인대를 하나로 묶어 한 개 대대를 만들었다.

라인 제국의 부군단장 출신인 발가르는 능숙하게 3천여 명의 병사들을 하나의 군단으로 편성해 가기 시작했다.

"이제부터 제군들은 백인대 단위로 움직인다. 백인대는 항상 뭉쳐 다니며 흩어지지 않는다. 백인대장은 고참병들 중에서 선발하겠다. 백인대장은 군단장의 명령을 전달하며, 전열을 유지하는 일을 맡는다. 각 대대는 5개의 백인대로 이루어진다. 자기가 속한 대대를 기억해라. 대대는 대대 깃발을 따라 움직인다. 기수는 명령받은 자리를 절대 이탈하지 마라. 우리의 임무는 만약을 대비해서 우티카를 지키는 것이다. 토벌 함대의 승리를 확신한 나머지 임무에 태만한 자는 엄한 군율로 다스리겠다. 군단장은 나, 발가르가 맡는다."

발가르가 군단 편성에 여념이 없을 때, 아르제스는 궁병들과 부두 일꾼을 동원해 방어선을 보수하는 작업을 하고 있었다. 우티카 항구를 감싸고 있는 언덕에는 능선을 따라 벽돌로 쌓아 올린 나지막한 성벽이 있다. 100여 년 전에 쌓여진 이 성벽은 보수를 하지 않아서 많은 곳이 허물어져 있는 상태였다.

조선소에 쌓여 있는 목재들의 한쪽 끝을 날카롭게 깎아 그 부위를 불에 그슬려 단단하게 한 후 방책을 만들었다. 그리고

서는 방책과 성벽 뒤에 여분의 화살을 쌓아놓게 한 다음, 아르제스는 궁병과 중무장 보병을 어떻게 배치시킬 것인가를 생각하기 시작했다. 설사 아무런 일이 일어나지 않더라도 병사들에게는 좋은 훈련이 될 터였고, 쌓아놓은 방책도 그냥 놔두면 그만이었다.

*   *   *

이케니아 함대는 우티카 항에서 출항한 다음, 2갈래로 갈라졌다. 바티우스가 생각한 작전은 이랬다.

범선 50척과 보병을 태운 갤리선 100척은 일직선으로 오르피스 군도로 전진하며 적을 격파한다. 그리고 나머지 범선 50척은 빠른 속도로 북쪽으로 우회하여 저항하는 적을 격파하며 오르피스 군도 후위를 포위하며 다른 해적선의 접근을 막는다.

일단 오르피스 섬에 1만여 명의 중장 보병이 상륙하기만 하면 전투는 이긴 것이나 다름없다는 것이 바티우스의 생각이었다. 오르피스 군도에서 활동하는 해적선이 400여 척이 넘는다고 해도 잘 무장된 군함에 비할 바는 아니었다. 이것은 압도적인 전력으로 단숨에 해적을 포위하여 적을 섬멸하기 위한 작전이었고, 바티우스는 이 전투의 승리를 확신하고 있었다.

오르피스 섬으로 직접 향하는 함대는 바티우스가 지휘하고 있었다. 몇몇 해적들이 길을 가로막았지만, 150여 척이나 되는 군선을 당할 수는 없었다. 해적들은 멀리서 활로 산발적인 공격을 하다가 재빨리 도망가 버렸다. 결국 바티우스의 함대는 우티카 항구를 나온 지 4시간도 되지 않아 오르피스 섬을 코앞에 두게 되었다. 이에 대항하여 100여 척의 크고 작은 해적선들이 오르피스 항의 입구에 포진하고 있었다.

"전방 2킬로미터 해적선들이 항구 앞에 포진!"

관측병의 외침이 들렸다.

"공격 명령을 하달하게."

바티우스는 눈앞의 해적선단을 바라보며 곁에 있는 부장에게 말했다.

"전 함대 돌격 진형으로 적의 중앙을 돌파한다. 보병이 탄 갤리선은 대열 뒤를 따른다. 각 함에 전달."

부장의 큰 목소리와 함께 기함에서 붉은 깃발이 돛대 높은 곳에 올랐다. 기함을 시작으로 붉은 깃발이 각 함선으로 물감 퍼지듯 번져 나갔다.

"함대 전속력."

"예! 함대 전속력!"

돛을 전개한 바티우스의 함대는 무서운 기세로 해적선을 향해 돌진하기 시작했다.

"와아아……."

150여 척, 1만 8천 명의 병사가 내지르는 함성이 진동했고, 양쪽 함대에서는 화살이 빗발치기 시작했다. 교전이 벌어졌지만 바티우스의 함대는 쉽게 해적들을 격파하면서 오르피스 섬의 항구로 몰아붙였다.

"해적 놈들이 도망간다!"

바티우스의 함대 병사들은 해적들이 퇴각하자 사기가 잔뜩 올랐다. 앞 다투어 해적들을 추적하기 시작했고, 순식간에 오르피스 섬의 해적 항구를 포위했다.

"바티우스님, 이대로라면 쉽게 승리하겠습니다."

"후후, 보병의 상륙을 준비하라. 이 기세로 단번에 섬을 친다."

"네!"

부장은 복명한 후 수기 신호를 명하기 시작했다.

"각 함에 신호를! 전투함은 좌우로 산개하여 활로 엄호를! 갤리선을 앞으로!"

"갤리선 앞으로!!"

3단층 갤리선들이 주력이 된 상륙 함대가 항구를 향해서 진격해 나가자 바티우스의 눈에는 이 전투의 승리가 보이는 듯하였다.

오르피스 군도 남쪽. 수직으로 솟은 높은 절벽으로 이루어진 섬은 오후로 접어든 태양에 의해 동쪽으로 그림자를 드리우고 있었다. 그리고 그 절벽 그늘 속에는 수많은 배들이 길게 늘어서 몸을 숨긴 채 서서히 움직이고 있었다. 그중 기함으로 보이는 배의 뱃머리에는 건장한 체격에 화려한 갑옷을 입은 사내가 서 있었다. 검은 피부와 두터운 입술을 가진 전형적인 메카나 지방 사람의 모습이었다.

멀리서는 아련히 함성 소리가 들려오고 있었고, 바람에는 타는 냄새가 실려왔다.

"크크크… 카말라스 녀석, 일을 제대로 하고 있나 보군."

그는 팔짱을 끼고 선두에 서서 오르피스 섬 쪽을 바라보며 해적단의 총두령 격인 카말라스가 약속한 대로 일을 잘해내고 있다는 생각에 웃음을 터뜨렸다.

처음부터 해적단은 시간을 끌며 이케니아의 함대를 항구로 유인하는 것이 목적이었다. 그리고 자신의 함대는 우티카 항에서 성대한 출정식을 거행되고 있다는 정보를 입수한 후부터 이곳에 몸을 숨긴 채 이케니아 함대의 배후를 노리고 있었던 것이다.

이케니아의 함대가 항구를 포위하면서 일부 함대가 항구로 진격하기 시작하자 이 사나이는 지금이 공격을 시작할 적기임을 알았다. 일단 저 정도 규모의 함대 일부가 항구에 머리를 집어넣어 버리면 진형을 변경하는 것은 거의 불가능한 것이다.

"전진 나팔을 울려라. 오늘에야말로 우티카 녀석들을 짓밟아 버리는 것이다."

"네, 아쿠타 장군!!"

힘차게 대답한 부관이 명령을 전 함대에 전달하기 시작했다.

"북을 울려라! 함성을 질러라!"

함선 양옆의 노가 수면을 치면서 파도를 갈랐다.

둥둥둥둥!

북소리가 울리면서 리듬을 만들었고, 리듬에 따라 노가 저어지면서 수많은 군선이 이케니아 함대의 후미를 노리며 진격하기 시작했다.

이케니아의 함대는 항구 양옆으로 포진하면서 포위망을 만들고, 중무장 보병을 실은 갤리선이 충각(衝角)을 앞세우고 항구로 돌진하는 중이었다. 일단 충각이 해적선의 옆면에 박히면 사다리와 갈고리가 걸리게 된다. 그리고 이케니아의 중무장 보병이 해적선에 뛰어오르게 되면 해적들은 정규군의 상대가 되지 못한다. 하지만 그런 기회를 가지기도 전에 이케니아 함대의 전열이 흐트러지기 시작했다. 이케니아 함대 후방에서 섬의 그림자를 뚫고 수백여 척의 함선이 모습을 나타낸 것이다.

"뭐야, 저 함대는?!"

느닷없이 후방에 나타난 함대를 보며 병사들이 외쳤다.

"북으로 우회한 아군 함대가 아닌 건가?"

"아니야, 도대체 어디의 함대인 거냐?"

"메디아! 메디아 놈들의 함대다!"

바다를 울리는 북소리와 함께 갑자기 나타난 메디아 함대로 인해 이케니아 함대는 순식간에 혼란에 빠졌다. 승리를 확신하고 있던 바티우스도 이 사태에 크게 놀랐다.

"어디서 나타난 함대란 말이냐?! 메디아 함대라니? 정찰 함대는 도대체 뭘 했단 말이냐?"

바티우스는 흥분하여 말했다.

"해적들의 소굴인 오르피스 군도에서 소수의 함대로 정찰 활동을 하는 것은 불가능합니다."

"제길, 각 함에 전달! 갤리선은 그대로 진격해서 항구를 점거. 나머지 함대는 반전해서 메디아 함대에 응전한다!"

바티우스는 목이 터져라 외쳤다.

하지만 바티우스의 함대는 보병들을 태운 상륙선을 제외하고는 모두 범선이었다. 제자리에서 방향을 바꾸는 것은 거의 불가능했고, 좁은 해역이 모여 있는 탓에 반전하려던 백여 척의 군함이 제멋대로 엉키면서 진형을 흐트러뜨렸다.

"크하하하! 빠르게 진격하라. 사정거리에 들어오면 불화살을 쏴라."

아쿠타가 이끄는 메디아 함대는 빠르게 접근하여 이케니아 함대의 우익부터 공격하기 시작했다. 곧바로 이케니아 함선 몇 척에서 불길이 솟기 시작했다. 불화살을 쏘아대면서 접근한 메디아 갤리선마다 백 명 이상의 중장 보병이 타고 있었다. 하지만 중장 보병들 전부를 상륙선 격인 갤리선에만 태웠던 이케니아의 후위 함대에는 궁병들을 포함한 경장 보병 및 선원들만이 타고 있었다.

갈고리를 던지며 배를 접근시킨 메디아 함대에서는 걸쳐진 널빤지를 통해서 보병들이 쏟아져 들어왔다. 이케니아 병사들은 활을 쏘아대고 창으로 탑승을 막으면서 저항했지만, 일단 메디아 중장 보병이 배에 오르자 경보병들과 선원들로 상대한다는 것은 불가능했다. 진형이 흩어진 상태에서 후미로부터의 공격을 받은 이케니아의 함대는 전멸이라는 운명을 향해 걸어갈 수밖에 없었다.

이날의 전투는 해가 질 때까지 계속되었다. 오르피스 섬을 북으로 우회해 포위하기로 했던 함대는 해적들의 격렬한 저항을 받아 바티우스의 함대가 전멸할 즈음에서야 전장에 도착할 수 있었고, 그들을 기다리고 있는 것은 기세등등하게 포위 진형을 펼치고 있는 수백 척의 메디아 함대였다.

결국 바티우스는 전사했고, 1만여 명의 보병도 항구에 포위된 채로 땅을 밟아보지도 못하고 대부분 전사하고 말았다. 수많은 이케니아의 군함이 불에 타오르면서 바다를 붉게 물들였고, 이 불빛은 우티카 항구에서도 보일 정도였다. 전투는 메디아 함대의 일방적인 승리로 끝났고, 겨우 10여 척의 함선만이 도망칠 수 있었다.

*　　　*　　　*

바티우스 함대에 닥친 이 비극적인 소식이 아르제스에게 전해진 것은 늦은 오후가 다 되어서였다. 이 소식을 들은 우티카의 병사들은 충격과 공포에 휩싸였다.

"제길, 한 방 먹었군. 바티우스가 해적들을 치는 동안 세노아 섬을 노릴 것이라고 생각했는데. 직접 바티우스를 노리다니……."

아르제스가 언덕 위 망루에서 바라본 동쪽 바다는 아직도 이케니아 함대의 불길로 노을처럼 붉게 물들어 있었다.

"대담하기도 하지만, 어떻게 보면 세노아 섬을 노린 것보다 더 훌륭한 작전입니다. 주력 함대를 격파하고 우티카 일대를 점령해서 약탈하면, 이케니아는 이곳으로 병력을 집중할 수밖에 없습니다. 그때 세노아 섬을 점령할 속셈이겠죠. 그리고 이케니아 연맹이 군대를 집결하여 이곳으로 몰려올 때쯤이면 세노아는 점령되고, 저놈들은 퇴각해 버리는 겁니다."

곁에 있던 융이 말했다.

"흐음, 그렇군……."

아르제스는 낮게 신음했다.

동이케니아 해를 붉게 물들이며 치러진 2만 명이 넘는 군인들의 성대한 장례식은 해질녘까지 계속되었다. 이를 바라보는 모든 이케니아의 병사들은 침통함에 빠졌다.

이제 우티카의 운명을 책임지게 된 17세의 아르제스는 이 참담한 패배를 담담히 받아들였다. 해전에서 대승을 거둔 메디아의 함대가 정비가 끝나는 대로 오랫동안 눈엣가시였던 우티카를 노릴 것이 분명했기에, 당장 우티카의 수비를 강화해야만 하는 것이다. 작전상 후퇴란 말 따위는 이미 아르제스의 머릿속에 없었다. 그런 짓이나 하려고 일부러 군대에 지원한 것은 아니었다.

일단 우티카 군항 남쪽에 위치한 민항의 민간인들을 모두 대피시켰다. 그리고 우티카 시내로 전령을 보내어 바티우스의 사망과 함대의 패배를 알리고, 급한 대로 병력을 모아 자신들을 지원해 줄 것을 요청했다.

곧 우티카 항을 감싸 안고 있는 언덕을 중심으로 방어선을 구축하기 시작했다. 방책을 2중으로 만들기 시작했고, 목책에는 쇠침이나 갈고리를 박아 넣었다. 항구 쪽에 배치되어 있던 투석기를 언덕 위 방어선으로 끌어 올리고, 기름 항아리와 돌덩이, 나뭇조각을 잔뜩 모아오게 했다.

이 명령은 백인대장을 통해 전달되어 4천여 명의 병사들은 일사불란하게 움직였다. 몇몇 병사들이 겁에 질려 탈영하기도 했지만, 발가르는 자신의 손으로 직접 훈련시킨 이 병사들을 잘 통제했다. 이들 병사들 대부분이 신병이 아닌 해적들과의 전투를 경험한 우티카 주둔군이었다는 것이 큰 행운이었다.

조선소나 부두에서 일하던 일꾼 등도 대부분 대피시켰지만, 싸우길 원하는 자들에게는 창을 지급하고 방책의 방어를 돕게 했다. 하지만 이들의 인원은 채 100명이 못 되었다. 몇몇 장교는 일꾼들도 강제적으로라도 싸우게 해서 병력을 보충하는 것이 어떠냐고 제안했다. 하지만 아르제스는 '싸울 의지가 없는 자는 아군의 사기만 떨어뜨릴 뿐이다' 라고 말하며 딱 잘라 거부했다.

"발가르님! 3개 대대와 500명의 궁수로 방어선을 지켜주십시오. 저는 나머지 병력으로 아토필리 가도를 방어하겠습니다."

발가르로부터 전투의 많은 것을 배우기는 했지만, 아직 전장 전체를 아우르는 판단력은 발가르가 훨씬 위였기에 운영의 묘가 필요한 방책 방어는 발가르의 몫이 되었다.

"걱정하지 말게!"

발가르는 흉갑을 입은 가슴을 주먹으로 치면서 자신감을 표현했다. 테레니우스 황제와 함께 싸웠던 에레냐드 정벌전 이후 실로 3년 만에 발가르는 피가 끓어오르는 긴장감을 느꼈다. 아르제스는 발가르에게 방어선의 지휘를 부탁하고는,

마르쿠서스와 나머지 절반의 병력을 이끌고 네모에서 시작되는 아토필리 가도의 종점이자, 우티카 시내에서 항구로 들어오는 입구이기도 한 곳으로 이동했다.

'이 가도를 따라 2시간만 가면 우티카 시내가 나온다. 메디아 군과 해적들은 반드시 이 가도로 몰려올 것이다.'

양쪽으로 서 있는 석조 망루 사이로 위치한 폭 20미터의 오래된 관문이 그가 정한 결전의 장소였다. 아르제스는 이곳에서 직접 적을 맞서 싸우기로 한 것이다. 이렇게 좁은 장소라면 적은 수로 다수를 상대하기도 좋을뿐더러, 임시 방책과 주변의 성벽을 이용해 화살 공격으로부터 자유로울 수 있기 때문이었다.

하지만 이곳은 제대로 된 방어선을 설치하기가 용이하지 않았다. 이곳만은 석회로 땅을 다져 가면서 가도를 만든 곳이라 땅을 파서 방책을 박아 넣거나 할 수 없었기 때문이다. 결국 병사로 막아야 하는 곳이었지만, 이것마저 장점으로 이용하기로 한 아르제스였다. 이곳을 뚫기 위해 많은 병력이 모여들수록 방책을 방어하는 발가르의 부담이 줄어들기 때문이었다.

방어 진지 구축은 예상보다 빠르게 진행되었다. 바티우스의 승패와는 상관없이 오전부터 수비 진지를 구축하라고 한 아르제스의 명령 덕분이었다. 작업을 끝낸 병사들에게는 배불리 식사한 후 최대한 조용히 휴식을 취하라는 명령이 내려졌다.

*　　　　*　　　　*

바티우스 함대를 격파한 아쿠타의 메디아 병사들은 사기
가 잔뜩 올라 있었다.

"크하하하하! 이것으로 우티카의 점령은 시간문제다."

아쿠타는 불타오르는 이케니아 연맹의 군함들을 보면서
대소를 터뜨렸다. 메디아가 세노아 섬을 노릴 때마다 번번이
방해하던 우티카의 해군력을 이번 한 번의 싸움으로 대부분
없애 버린 것이다. 이제 우티카를 마음껏 약탈하고 본국으로
돌아가면 거대한 부와 개선장군의 영광을 누릴 것이다.

아티카는 지체없이 우티카 항으로의 진격을 노렸다. 하지
만 승리한 병사들이 이케니아의 배에서 노략질을 그치지 않
아 진격이 조금 지체되고 말았다. 아쿠타는 승자의 권리를 행
사하는 병사들의 사기를 꺾고 싶지 않아 잠시 동안 묵인해 주
었다. 하지만 제2야경시(밤 9~12시)에 들어서기 전에 함대를
정비해 우티카로 진격할 수 있었다. 그 와중에 해적들은 이미
자신들은 약속한 책무를 이행하였다며, 아쿠타의 함대를 따
르지 않겠다는 말을 전해왔다.

해적단의 총두령인 카말라스에게는 딴생각이 있었다. 그
는 아쿠타 함대의 승리가 확실해지자 50여 척의 빠른 배를 이

끌고 우티카 북쪽으로 6킬로미터 즈음에 있는 해안으로 향하였다. 아쿠타가 우티카 항구를 점령할 동안 빠르게 우회하여 우티카 시내에서 약탈을 자행할 생각이었던 것이다. 아쿠타는 해적들의 협력을 조건으로 우티카를 약탈하고 약탈 물품의 1/3을 주기로 약속했지만 카말라스는 그 말을 믿지 않았던 것이다.

"시간이 없다. 빨리 노를 저어라!"

카말라스는 노를 젓는 노예들을 채찍질하며 길을 재촉했다.

제3야경시에 접어든 우티카 항구는 기묘한 정적에 잠겨 있었다. 군항의 입구는 굵은 밧줄로 연결된 배들이 닻을 내려 입구를 막고 정박해 있었는데, 적의 상륙을 방해하기 위해 아르제스가 배를 바리케이드로 쓰라고 지시한 결과였다. 민항에는 급조한 100여 기의 기병들을 파견하여 언덕의 망루에서 시야가 완전치 않은 민항을 감시하게 하고 시민들의 대피를 독려했다. 어차피 기동성을 발휘할 수 있는 공간이 주어진 전투가 아니기 때문에 기병을 정찰용으로 사용한 것이다.

얼마나 시간이 흘렀을까?

이윽고 밝은 보름달이 비춰주는 바다 위로 수평선을 가득 메우듯이 늘어선 점들이 보이기 시작했다.

삐이익~ 삐이익!

망루에서 날카로운 신호음이 울려 퍼지며 메니아 함대의 출현을 알렸다.

"전원 위치로! 3중 대형을 만들어라!"

백인대장들은 방책에 기대어 휴식을 취하고 있는 병사들을 독려하기 시작했다. 그들은 검으로 방패를 치면서 집합을 알리며 뛰어다녔고, 병사들은 급조된 대대 깃발 아래 집결하기 시작했다. 이케니아의 병사들은 터질 듯한 긴장감에 휩싸였다. 3만은 넘을 것이 분명한 대군을 맞아 2킬로미터가 넘는 방어선을 4천 명의 군사로 막아야 되는 전투가 그들을 기다리고 있었다.

우티카 항의 코앞까지 온 아쿠타의 함대는 거칠 것 없이 항구로 진격했다. 해전에서 잡은 포로를 심문한 결과 우티카 항은 겨우 4천 명의 병력만이 남아 있었고, 20살도 안 된 대장이 지휘하고 있다는 것을 알아내었기 때문이다. 하지만 그들이 도착했을 때, 군항 입구는 키를 망가뜨리고 굵은 밧줄로 뒤엉키게 해놓은 수십 척의 텅 빈 배들이 입구를 막고 있었다.

"밧줄을 잘라내고, 배에 밧줄을 연결해서 끌어내라!"

선두함의 선장들은 선원들에게 지시하며 배를 끌어내려고 했다. 항구를 막은 배를 향해 메디아 함대의 선원들이 바다로 뛰어들었다. 선원들은 갈고리를 걸어 승선한 후 밧줄을 자르고, 배를 끌어내기 위해 메디아 군함과 이케니아 군함을 밧줄로 묶기 시작했다.

그때 항구를 막고 있던 배들 중 몇 척에서 불길이 솟아오르기 시작했고, 이어서 몇 명의 이케니아 병사들이 바다로 뛰어들어 도망쳤다. 아마 배에 불을 지르고 도망치는 듯하였다. 기름을 미리 먹여놓은 것인지 배들은 순식간에 타오르기 시작했고, 메케한 연기와 유황 냄새가 바람을 타고 군항 입구를 뒤덮었다.

게다가 밤에는 육지에서 바다 쪽으로 육풍이 불어온다. 연기는 순식간에 메디아 함대 쪽으로 번져 나갔다. 이렇게 되자 메디아 군도 군항 입구를 막고 있는 배를 끌어내기가 쉽지 않아졌다.

"쥐새끼 같은 놈들! 약은 수를 쓰는구나……."

아쿠타는 그 광경을 지켜보며 새로운 명령을 내렸다.

"갈바가 이끄는 3함대는 여기 남아 군항의 입구를 확보하는 즉시 군항을 점령해라. 나머지는 남쪽의 작은 항구로 이동한다."

명령이 하달되고 횃불로 신호가 전달되자 200여 척의 배가 남쪽으로 뱃머리를 돌리기 시작했다. 어차피 민항은 대형 함선이 많은 메디아 함대가 한꺼번에 정박할 수 없었기 때문에, 갈바의 함대를 남겨 바리케이드를 뚫게 한 것이다.

두두둑! 두두둑!!

말발굽 소리와 함께 민항에 파견되었던 기병대가 관문으로 달려오고 있었다.

"길을 열어라!"

그들을 알아본 대대장이 명령하자 3각형으로 짜여진 이동식 목책이 치워지고, 100여 기의 기병이 방어선 안쪽으로 들어왔다.

"메디아 함대가 민항 쪽으로 몰려오고 있습니다. 이미 일부는 상륙을 시작했습니다."

기병대의 대장은 도착 즉시 아르제스에게 보고했다.

"수고했다. 게릭토스, 민간인의 대피는 끝났는가?!"

"네, 끝났습니다."

30대 후반으로 보이는 짧은 머리에 말끔하게 생긴 기병대장 게릭토스는 아르제스에게 깍듯이 보고했다. 상명하복(上命下服)의 군율이 몸에 배인 인물이었다.

"기병대를 이끌고 후방 진지에서 명령을 대기하라!"

"네."

게릭토스가 기병대를 이끌고 이동하자, 그와 함께 아르제스는 병사들을 독려하기 시작했다.

"전투가 임박했다! 우리 뒤편에는 여러분의 부모와 아내, 이케니아 연맹의 시민들이 살고 있는 우티카 시가 놓여 있다! 우리가 물러서면 그들은 죽임당하고 강탈당하며 겁간당할 것이다. 우리의 손으로 그들을 지키자! 나는 선두에서 여러분과 함께 조금도 물러서지 않을 것이다!"

"우오오오!"

아르제스는 짧은 연설로 병사들을 독려하고 켈라바르닌과 방패를 움켜쥐었다. 처음 겪어보는 전투였지만 두려움보다는 묘한 흥분으로 몸이 조금씩 떨려왔다.

"훗… 도련님, 도련님의 연설도 바티우스 못지않게 훌륭하군요."

아르제스의 옆에 선 마르쿠서스가 갑주를 입은 팔꿈치로 아르제스의 방패를 툭 치며 말했다.

"크크큭! 바티우스는 연설만 잘했지만, 나는 싸움도 잘하지."

"크하하하!"

아르제스의 농담에 긴장감으로 잔뜩 굳어 있던 병사들 사이로 웃음이 번졌다.

민항으로 상륙한 아쿠타의 군대는 아무런 저항도 받지 않았다. 민간인들은 이미 피신한 듯 보이지 않았다. 아쿠타는 병사들의 약탈을 금지하고, 빠르게 진형을 정비시켰다. 진짜 목적은 우티카 시내로 진군하는 것이었기에 이곳을 약탈하느라 시간을 소비할 수 없었다.

군항의 입구를 뚫기 위해 남겨둔 갈바의 함대를 제외하고도 2만 명의 대병력이 아쿠타의 지휘 아래 아토필리 가도를 따라 이동하기 시작했다. 5배가 넘는 병력으로 간단히 방어선을 돌파하고 우티카 시내로 향할 작정인 것이다. 그동안 갈바는 우티카 군항을 점령하고 선단을 정비한 후 재빨리 자신의 군대와 합류하기로 한 것이다.

"아쿠타 장군님! 정찰병의 말에 의하면, 항구 언덕에서 수천 명의 병사가 방어선을 쌓고 있다고 합니다. 그중 우티카 시내로 향하는 가도의 관문에는 천여 명의 병사가 포진해 있는 걸로 보입니다. 방책을 쌓은 방어선은 꽤나 견고해 보입니다만, 가도 관문의 방책은 허술합니다."

적의 방어선 앞쪽에서 군대의 정렬이 마무리되자 부장 바투가 아쿠타에게 정찰병의 보고를 전했다.

"포로의 말과도 일치하는군. 겨우 수천이라니, 우하하하!!"

기분 좋게 웃은 아쿠타는 부장에게 명했다.

"바투! 너는 1만의 병력을 이끌고 넓게 퍼져서 방어선을 공략해라."

"네! 장군!"

아쿠타는 믿을 만한 장수인 부장 바투에게 병력 나눠 주어 방어선 전역을 공격하게 했다.

"그리고 나는 직접 군사를 지휘해 아토필리 가도로 통하는 관문을 뚫겠다. 진격이다. 출진의 나팔을!"

뿌—우! 뿌—우!

뿔 나팔 소리가 울리면서 2만의 대군이 방어선으로 이동하기 시작했다. 방어선 근처에 도달한 아쿠타의 2만 병력은 넓게 산개(散開)하기 시작했다. 방어선으로 삼은 언덕 아래로는 폭 150미터에서 3백 미터가량의 완만한 경사로 이루진 공간이 있었고, 그곳에서 일제히 방어선의 여러 지점을 공격할 생각이었던 것이다. 대형이 완성되자 뿔 나팔 소리와 함께 2만여 명의 메디아 군이 일제히 방어선을 향해 무리 지어 돌격했다. 이후, 우티카 방어전이라고 명명된 전투의 시작이었다.

제7장

우티카 방어전

아르제스 전기

메디아 군의 돌격과 동시에 수천 발의 화살비가 날아올라 이케니아 군을 덮치기 시작했다.

"방패 위로! 목책으로 밀착하라."

"궁병은 후방 목책에 진형을 유지한 채 밀착!"

발가르와 백인대장들은 목이 터져라 외치며 병사들을 움직였다.

쉬이이잉!!

보름달이 뜬 밤하늘을 가득 메운 화살들은 날카로운 소리를 내며 날아 들어왔고, 이내 목책과 방패에 박히면서 요란한 소리를 내었다.

투두둑!

텅텅!

"크악!"

방패 사이를 비집고 들어온 화살에 허벅지를 맞은 한 병사가 비명을 질렀다.

"진형을 유지하라!"

발가르는 진형을 유지시키며 병사들의 혼란을 막았다.

그리고는 화살을 맞은 병사에게로 기어가 화살을 뽑아내고서는 자신의 망토를 찢어 상처 부위를 묶어주었다.

"견뎌라! 이겨서 같이 살아남자!"

발가르의 말에 병사는 아픔에 눈물을 흘리면서도 '네! 발가르 군단장님!' 이라고 크게 대답했다.

한동안 몰아치던 화살 공격이 끝나고 엄청난 함성 소리와 함께 땅이 울리기 시작했다.

"놈들이 몰려온다. 전원 위치로! 한 놈도 방어선을 돌파하게 해선 안 된다!"

"와아아!"

발가르가 칼을 빼어 들며 외치자 병사들이 함성으로 답했다.

"투석기 발사 준비!"

"궁병들은 신호와 동시에 일제 사격! 이후 화살이 떨어질 때까지 자유 사격하라!"

대대장과 백인대장들의 명령과 함께 아르제스 진영에서의 반격이 시작되었다. 투석기에서는 노끈을 감아 불을 붙인 기름 항아리가 발사되기 시작했고, 500여 명의 궁수는 방책 뒤로 물러나 몇 번의 일제 사격을 한 후에 전방 방책에 달라붙어 미리 뚫어놓은 사격 구멍을 통해 화살을 발사하기 시작했다.

높은 곳에서 낮은 곳의 대군을 향해 발사하는 화살의 적중률은 놀랍도록 높았다. 수백 명의 메디아 군들이 화살에 쓰러졌고, 투석기로 발사된 기름 항아리가 터지면서 곳곳에서 불길이 치솟았다. 하지만 방패를 뒤집어쓰고 접근한 수천 명의 메디아 병사들이 목책에 사다리나 갈고리를 거는 데 걸린 시간은 그리 길지 않았다. 방책을 중심으로 뚫으려는 자와 막으려는 자의 혼전이 시작되었다.

"막아라! 사다리를 걷어내란 말이다!"

발가르는 전체 전선을 뛰어다니며 병사들을 지휘했다. 이케니아 군은 긴 창으로 방책을 기어오르는 메디아 군을 찍어내리거나, 투창이나 돌 등을 던지면서 최대한 방책으로 넘어들어오는 것을 막았다. 이미 방책에 박아둔 쇠갈고리에는 수많은 메디아 군들의 시체들이 매달려 있었다.

"크아아아!!"

"죽어! 죽어라!"

비명이 터져 나오면서 방어선 앞은 메디아 병사들의 시체로 쌓여갔고, 메디아 군의 화살에 맞아 방책 밑으로 떨어진 이케니아 병사는 성난 메디아 병사의 칼과 창을 맞아 처참하게 죽어갔다. 하지만 가장 처절한 전투는 아르제스가 지키고 있는 관문에서 벌어지고 있었다.

"으악!"

비명 소리와 함께 돌진하던 메디아 병사들 백여 명이 쓰러졌다. 아르제스가 데려온 궁수들의 직사(直射) 때문이었다. 높은 곳에서 아래로 쏘는 궁병의 화살은 대부분 메디아 군의 몸통에 박혀들었다. 하지만 적들은 순식간에 거리를 좁혀왔고, 아르제스는 궁병들을 보병 뒤로 대피시켰다.

"크아아아아아……."

괴성을 지르며 달려오는 메디아 병사들은 돌격병들인지 튼튼한 갑주와 도끼, 대검 등의 양손 무기로 무장하고 있었다. 임시로 입구를 막고 있던 방책은 오래 버티지 못하고 무너졌다.

"방패 들어!"

아르제스는 마르쿠서스와 나란히 선두에 서서 병사들에게 명령했다. 이제부터는 본격적인 보병전의 시작이었다.

척!

20미터 남짓한 폭의 관문을 막아선 병사들의 직사각형 방패가 거대한 벽처럼 들어올려졌고, 방패 위로 방책을 뚫고 온 메디아 병사들의 공격이 퍼부어졌다.

투투퉁!! 쿠쿠쿵!!

방패와 병기가 부딪치는 소리와 함께 메디아 병사들이 방어 진형을 뚫기 위해 파고들기 시작했다.

"진형을 지켜라!"

아르제스는 이렇게 외치며 자신에게 휘둘러진 도끼를 방패로 밀쳐 내며 켈라바르닌으로 적 병사의 옆구리를 찔렀다. 날카롭기 그지없는 켈라바르닌이 적병의 갑옷을 뚫고 박히자 적병은 바람 빠지는 듯한 소리를 지르고는 앞으로 꼬꾸라졌다. 최초의 살인에 대한 감상에 젖을 겨를도 없이, 쉴 새 없이 퍼부어지는 공격을 막으며 아르제스는 켈라바르닌을 적의 틈에 찔러 넣었다.

메디아 돌격병들의 기세는 엄청났지만, 이케니아 병사들은 누구도 대열을 이탈하지 않고 전열을 유지했다. 몇몇의 병사들이 돌격병의 희생양이 되었지만, 2번째 열의 병사가 바로바로 빈자리를 메웠다.

약 10분 동안 이어진 공세를 막아내고 나자, 메디아 병사들의 기세가 약간 주춤해졌다. 그 틈을 놓치지 않고 아르제스는 목에 걸려 있는 피리를 불었다.

삐—

날카로운 피리 소리와 함께 최전선에 서 있던 1열의 병사들이 동시에 빠른 동작으로 2열 병사들의 사이로 빠져나가

맨 뒤쪽으로 빠지고 2열의 병사들이 한 발 나아가며 최전선에 섰다. 이렇게 함으로써 모든 병사들의 체력을 분배할 수 있는 것이다.

후방으로 빠진 병사들은 재빨리 정비를 시작했다. 찌그러진 방패는 새것으로 교체하고, 부상당한 병사들은 응급 치료를 했다. 그리고 약간의 물과 치즈를 입에 털어 넣은 후 곧바로 3번째 열로 가서 진형을 이루었다. 이 3열 횡대의 전투 방법은 발가르가 아르제스에게 알려준 독특한 라인 제국의 방식이었다.

잠시 주춤하던 메디아 병사들이 다시 공격하기 시작했다. 이번에는 둥근 방패와 휘어진 칼을 든 전형적인 메디아 보병들이었다.

"카미르 아 다타나!!"

메디아의 지휘관으로 보이는 사람이 메디아 말로 외치자 메디아 병사들이 함성을 지르며 돌격해 왔다. 원형 방패로 이케니아 군의 스쿠툼(사각형 방패)을 밀치면서 틈을 만들고 그 사이로 칼을 휘두르기 시작했다. 방패들이 부딪치며 만들어내는 굉음은 귀를 멍하게 할 정도였다.

삑— 삑—

상황을 지켜보던 아르제스는 호루라기를 두 번 불며 외쳤다.

"2열 창 들어 전방으로!"

"창 들어!!"

2열 병사들 사이로 복창의 외침이 번져 나가며 땅에 가지런히 놓아둔 창을 들었다. 먼저 창끝이 하늘로 향하게 든 다음 창을 내려 1열 병사 방패 사이사이에 위치시키고서는 맹렬한 기세로 메디아 병사들을 찔러 나갔다. 가볍고 단단한 나무 끝에 날카로운 날을 단 이 창은 길이가 3.5미터에 이르기에, 2열의 병사들이 들어도 충분히 메디아 병사들을 공격할 수 있었다.

틈을 노리면서 칼을 휘두르던 메디아 병사들은 오히려 그 틈 사이로 찔러 나오는 창에 속수무책으로 찔리고 말았다. 하지만 그럼에도 불구하고 물러서지 않고 계속 몰려 들어왔다. 관문 앞은 수많은 시체들이 발 디딜 틈도 없이 쌓여갔다.

아르제스를 비롯한 모든 병사들은 피 냄새에 취해 잔뜩 흥분한 상태였다. 그러면서도 진형을 유지하며 명령을 잘 따르고 있었고, 집중력도 잃지 않았다. 메디아 병사들의 반 시간에 걸친 맹공을 수십여 명의 사상자만으로 막아내고 있었던 것이다.

삑!

호루라기를 몇 번이나 분 것인지 기억도 나지 않았다. 아르제스는 1열에서 맨 후방으로 빠져 가쁜 숨을 몰아쉬며 물로 입을 축였다. 그때 우티카 시내 쪽에서 기병 한 기가 달려오더니 아르제스를 찾았다.

"대장님!"

온몸에 피를 뒤집어쓴 아르제스를 보고 잔뜩 놀랐지만, 곧 자신이 가지고 온 소식을 보고했다. 그는 아르제스가 바티우스의 패배를 알리고 구원병을 청하기 위하여 우티카에 보낸 기병이었다.

"무엇이냐?"

병사는 좌우를 살피더니 아르제스에게로 다가와 귀에 대고 속삭였다.

"우티카 시내에 해적들이 쳐들어왔습니다. 우티카를 우회해서 상륙한 모양인데, 시내로 진입해서 약탈을 하고 있다고 합니다. 지원을 위해 소집한 병사들은 해적들을 막는 데 투입되었지만, 해적들의 수가 많아서 고전하고 있습니다."

병사의 보고를 들은 아르제스는 가슴이 무거워졌다. 이제 우티카에서의 지원병은 한동안 기대할 수 없는 것이다. 어차피 해적들이야 약탈이 목적이라 약탈이 끝나면 돌아가겠지만, 그때 즈음이면 이 전투의 승부는 이미 가려져 있을 것이기 때문이다. 오히려 아르제스 쪽에서 우티카 시를 지원해야 할 형편이었다. 우티카 시가 해적들에게 유린된다면 이 방어전은 의미가 퇴색하는 것이다.

"병사! 이름이 뭐냐?"

"타티누스입니다."

"타티누스, 기병 진지로 가서 기병대장 게릭토스에게 명을 전해라. 기병대는 우티카 시내로 가서 해적들의 배후를 공격하라고!"

아르제스는 타티누스에게 명령을 내린 후 잠시 벗어놓았던 투구를 고쳐 매고 다시 전장으로 향했다. 하지만 나쁜 소식은 이것만이 아니었다. 다시 전선으로 가는 아르제스에게 피투성이가 된 장교 하나가 뛰어왔다. 이름은 기억나지 않지만 아르제스는 그가 1대대에 속한 장교 중 한 명임을 금방 알아볼 수 있었다. 숨을 헐떡거리며 뛰어온 그는 군례를 취할 겨를도 없이 아르제스에게 외쳤다.

"대장님! 방책의 일부분이 무너졌습니다. 그쪽으로 메디아의 병사들이 몰려오고 있지만 지금 병력으로는 오래 버티지 못합니다."

메디아 군이 방책에 갈고리를 걸어서 방책을 끌어당겨 무너뜨렸고, 무너진 방책 사이로 적들이 몰려오고 있는 상황이라는 것이다.

아르제스 군이 5배나 많은 적을 상대로 이만큼이나 버티고 있는 것은 전선을 유지하고 있기 때문이다. 하지만 한 군대라도 뚫려 버리게 되면 압도적인 수의 적에게 포위되어 전멸하게 된다. 그리고 이제 곧 군항 쪽의 바리케이드를 뚫고 1만여 명의 메디아 병력이 추가로 도착하게 된다.

"가서 전해라! 원군을 보내겠다고. 10분만 버텨라! 절대로 전선을 돌파당하면 안 된다!"

"네!"

장교는 군례를 취하고서는 소식을 전하기 위해 뛰어갔다.

적은 수의 군사로 대군을 상대하기 위해선 유기적인 움직임이 필요했다. 아르제스는 즉시 4대대장에게 대대를 이끌고 무너진 방책의 지원을 명했다. 그리고 궁병대에게 창을 들고 4대대를 뒤따르라고 했다. 이미 이런 혼전에서 화살마저 바닥나기 시작한 궁병대는 큰 쓸모가 없었고, 창은 궁병들이라도 쉽게 다룰 수 있는 수비에 적합한 무기였다. 이렇게 해서 관문을 지키는 아르제스에게 남겨진 병사는 겨우 2개 대대 900여 명이 되었다.

"제길! 도대체 뭣 하고 있느냐! 5배나 되는 병력으로 3시간째 저 허름한 방책 하나 돌파하지 못하는 것이냐!"

아쿠타는 지금 화가 머리끝까지 치밀어 올라 있었다. 해전에서 바티우스의 함대를 격파하고 이곳에 상륙할 때까지만 해도 1시간 안에 수비선을 뚫고 우티카의 시내로 진군할 생각이었다. 하지만 3시간이 넘도록 방어선도 허물지 못하고 있었고, 아군의 사상자가 생각 이상으로 늘어가고 있었다.

사실, 아쿠타 자신도 이케니아 군이 설마 4천의 병력으로 이토록 결사적으로 맞설 줄은 생각하지 못했다. 그는 수비대가 적당히 싸우다가 우티카 시내로 퇴각한 다음, 농성전을 펼치리라고 생각했다. 그렇다면 성벽마저도 제대로 갖춰지지 않은 우티카 시 따위는 단숨에 함락되었을 것이다.

"20살도 안 먹은 꼬마가 지키고 있다고 했지 않은가!! 뚫어라! 내 기필코 그놈의 목을 따고 말겠다. 병력을 더 보내라! 반드시 저 관문을 뚫으란 말이다!"

격분한 아쿠타의 명령에 잠시 물러나 있던 대군이 다시 몰려가기 시작했다.

뚫려 버린 방책 사이로 메디아 군이 끊임없이 몰려왔다. 발가르는 겨우 30명의 병사로 이 구멍을 메우고 있었다. 발가르는 괴력을 발휘하며 몰려드는 적을 베어나갔다. 하지만 주위의 병사들이 하나둘 쓰러지고, 점점 방어선이 옅어지고 있었다. 아르제스는 10분만 기다리면 병력을 보내준다고 했지만 10분을 버틸 수 있을지마저 의문이었다.

"제길! 궁병! 기름을 가져와라, 기름! 뚫려진 방책 사이로 탈 수 있는 것을 모조리 던져 넣어라!"

이미 화살이 떨어져 돌이나 나뭇조각을 던지며 싸우던 일부 궁병들이 발가르의 명령에 나무나 풀 더미 등을 방책이 무너진 부분에 던져 넣었고, 그 위에 기름을 뿌리기 시작했다. 이미 방책을 넘어온 메디아 병사들에게 죽어나가는 아군들도 많았지만 발가르의 명령은 충실하게 수행되었다.

"불을 놓아라!"

발가르의 명령에 횃불이 던져지며 불길과 연기가 치솟기 시작했다. 방책을 지키다 죽어간 병사들의 시신도 같이 불에 타기 시작했지만, 그들에 대한 미안함보다는 이곳을 지키려는 의지가 더 강했다. 불길과 연기 때문에 메디아 병사들은 잠시 주춤했지만, 갈고리가 달린 긴 창 따위로 불에 타고 있는 것들을 끌어내면서 불을 끄기 시작했다. 이케니아의 병사들도 돌 따위를 던지며 불을 끄지 못하게 방해하면서 최대한 시간을 끌었다.

아르제스는 벌써 3시간째 관문을 지켜내고 있었지만, 압도적인 병력 앞에서 조금씩 뒤로 물러날 수밖에 없었다. 20명으로 막을 수 있었던 좁은 관문의 입구는 이미 적의 시체로 가득 차버렸고, 이제는 뒤로 밀려나 150여 명이 반원형으로 둘러서서 적을 막고 있었다. 다행히 관문 주위의 성벽은 높고, 튼튼했기에 약간의 병사만으로 성벽을 넘어오려는 적들을 방어할 수 있었다. 그래서 아르제스는 문 앞으로 몰려오는 적들만 신경 쓰면 되었다.

"더 이상은 물러서면 안 된다. 전원 위치를 고수하라!"

아르제스는 목이 터져라 외치며 병사들을 지휘했다. 자신도 병사들도 지칠 만큼 지쳤지만, 언덕 위로 3시간 넘게 쉴 새 없이 맹공을 해대던 메디아의 기세도 눈에 띄게 누그러져 있었다.

'이미 이것은 병력 싸움이 아닌 시간 싸움이 되어버렸다. 버티면 승리한다!'

아르제스는 싸움의 승패가 시간에 달려 있다고 생각하며, 이 불가능할 것만 같았던 우티카 방어전에서 한가닥 희망을 느낄 수 있었다.

삐익!

이제 병사들은 피리 소리에 맞추어 물 흐르듯이 대형을 바꾸고 있었다. 병사들 중 상처를 입지 않은 병사는 아무도 없었지만, 그들은 이미 마약과도 같은 자신들의 용맹에 취해 있었다.

"와아아!!"

그때 메디아 군 쪽에서 함성이 울렸고, 일단의 병사들이 몰려왔다. 아르제스는 직감적으로 이것이 적의 마지막, 그리고 가장 강렬한 공격이 될 것이란 것을 알았다.

"버티자! 이번 공격만 막아내면 승리한다! 적도 이제 더 이상 힘이 남아 있지 않다!"

아르제스가 병사들을 독려했다.

맹렬한 공격을 해대던 메디아 보병들이 뒤로 물러나기 시작했다. 하지만 물러나는 보병 뒤에는 긴 창과 방패를 든 병사들이 나타났다. 긴 창과 방패를 들고 밀집 대형을 유지하며 파도가 움직이듯 몰려오는, 전형적인 팔랑크스(밀집 방진)였다.

아르제스는 이 진형을 깨는 것이 승부의 갈림길이 될 것이란 것을 직감했다. 일단 진형이 갖추어지면 이런 좁은 곳에서의 장창을 든 팔랑크스는 압도적인 위력을 발휘하기 때문이다. 팔랑크스가 다가오는 것을 기다리지 않고 아르제스는 병사들에게 명령했다.

"방패 앞으로!"

아르제스는 제1열로 나섰다. 팔랑크스의 위압감에 눌려 뒤로 물러섰다가는 팔랑크스의 먹이가 될 것을 누구보다 잘 알고 있었다. 이제 이 한 번의 전투에 승패가 달려 있는 것이다.

"신호하면 돌격한다. 좌우로 명령을 전해라."

아르제스는 옆의 마르쿠서스에게 낮은 목소리로 명령을 전달했다. 돌격은 동시에 이루어져야 하기 때문에 미리 말을 맞출 필요가 있었다. 그러는 중에도 팔랑크스는 천천히 다가오고 있었다.

아르제스는 크게 숨을 들이키며 칼을 고쳐 쥐었다. 그리고 나직이 마르쿠서스에게 말했다.

"마르… 나를 지켜줘."

"제 목숨으로……."

마르쿠서스는 엄숙한 목소리로 주인의 신뢰에 대답했다. 이윽고 팔랑크스가 관문 입구 앞에 이르자 아르제스는 돌격 명령을 내렸다.

"전원 돌격!!"

"우아아아아!!"

명령과 함께 모든 병사들이 일제히 팔랑크스를 향해 돌격했다. 창병들이 들고 있는 창은 4미터에 이르는 길고 무거운 창이었다. 그만큼 위력적이기도 하지만 대응이 느릴 수밖에 없었다. 순식간에 거리를 좁힌 아르제스와 이케니아의 병사들은 이제 막 관문을 넘어선 팔랑크스를 감싸듯 포위했다. 몇몇 병사들이 긴 창에 찔리면서 비명을 질렀지만 누구도 돌격을 멈추지 않았다. 피해를 감수하고서라도 붙어버리면 4미터나 되는 긴 창은 80센티 남짓한 글라디우스를 든 이케니아 병사들에게 상대가 될 수 없었다. 그리고 뒤쪽 열에 있는 팔랑크스 병들의 창들도 진형도 갖추기 전에 거리를 좁혀 버린 이케니아의 병사들에게 큰 위협이 되지 못했다. 긴 창이 오히려 방해가 되는 것이다. 게다가 시체들과 부서진 방책들을 넘어와야 했기 때문에 팔랑크스의 진형은 흐트러져 있었다.

"밀어붙여라!!"

백인대장들은 자기 부하들을 독려하며 무서운 기세로 팔랑크스를 몰아붙이고 있었다. 몇몇 팔랑크스의 창병들은 창을 버리고 칼을 뽑아 대항해 왔지만, 이미 기세에서 밀려 버리고 진형이 흐트러진 상태에서 계속 밀려 나갈 수밖에 없었다.

"죽이자! 최대한 죽여야 한다!"

이케니아의 병사들은 이미 악에 받쳐 있었다. 이제 이 관문을 지키는 병사도 700명 남짓, 그들은 이미 지칠 대로 지쳐 있었다. 이번 돌격에 모든 힘을 쏟은 지금, 물러서면 죽음만이 기다리고 있었다.

광기였다. 이케니아의 병사들은 4시간을 향해 달려가고 있는 이 전투의 끝에서 마지막 광기를 발산하고 있었다. 그러한 광기는 팔랑크스를 공포로 몰아넣었다. 한번 시작된 공포는 물에 떨어진 잉크가 퍼져 나가듯 걷잡을 수 없이 확산되었다. 깨어지지 않을 것만 같았던 팔랑크스가 무너지면서 선두 병사들 중 일부가 도주하기 시작했다.

아쿠타는 조금 전부터 침통한 표정으로 전선을 바라보고 있었다. 이미 3천여 명의 병사가 죽고, 그 몇 배가 넘는 병사들이 부상을 당했다. 물론 계속 몰아붙이면 결국은 자신이 승리할 것이라고 확신했다. 자존심 때문에 아직 전투에 투입하고 있지는 않았지만, 이미 군항의 바리케이드를 뚫고 온 갈바의 부대도 합류한 상태였다.

하지만 이쯤에서 생각을 다시 할 수밖에 없었다. 자신이 맡은 가장 큰 임무는 해적을 공격하는 이케니아의 해군을 기습해 전멸시키는 것이다. 그리고 그것이 성공할 경우 우티카에 상륙하여 일대에서 농성하며 이케니아의 주의를 끌면 그사이 본국에서 세노아 섬을 공략할 틈을 만드는 데 있었다. 이미 완벽하게 제1의 목표를 달성한 지금, 비록 승리하더라도 절반이 넘는 병사를 잃어버린다면 자신의 공이 희석될까 두려워졌다. 게다가 자신의 병사들은 공성전의 경험이 많지 않았다. 얼마나 더 많은 병사가 희생될지 알 수 없는 상황이었다.

아쿠타가 고민으로 미간을 좁히고 있을 때, 팔랑크스 군단의 일부가 패주하는 모습이 그의 눈에 들어왔다. 아쿠타는 씁쓸하게 웃었다. 결심을 굳힌 것이다.

"크크크, 수비대장 녀석… 대단하구나. 하지만 이 치욕을 언젠가는 꼭 갚아주겠다."

이렇게 말한 아쿠타는 옆에 서 있는 갈바에게 말했다.

"이쯤에서 물러선다. 퇴각을 알려라."

"장군! 하지만……!!"

"퇴각한다!"

갈바가 뭐라고 말하려 했지만, 아쿠타는 고개를 저으며 퇴각을 명했다.

뿌오!!

아쿠타 진형 후방에서 긴 뿔 나팔 소리가 울렸다. 퇴각을 알리는 신호였다.

"퇴각한다. 궁병대는 퇴각하는 아군을 엄호해라."

갈바는 각 부대 지휘관들에게 퇴각 명령을 전달하며 대열을 수습하기 위해 노력했다.

"와아아아!"

메디아 군이 퇴각하기 시작하자 이케니아 병사들은 터질 듯한 함성을 질렀다. 그들의 함성은 살아남은 자의 기쁨이었고, 승리한 자의 환희였다. 이케니아의 병사들은 퇴각하는 메디아 군을 보며 서로 눈물을 흘리며 부둥켜안았다. 아르제스도 피에 흠뻑 젖은 켈라바르닌을 움켜쥐면서 온몸을 타고 흐르는 짜릿한 희열에 몸을 떨었다.

제멋대로 퇴각하는 적을 추격할 여력도 없을 만큼 지치고 힘든 승리였다. 아르제스와 5, 6대대가 필사적으로 관문을 방어하는 동안, 발가르도 4대대 구원병에 힘입어 결국은 방어선을 지켜내었다.

그리고 얼마 있지 않아 또 하나의 낭보가 날아왔다. 우티카 시를 지원하기 위해 보냈던 기병대가 해적들의 뒤를 급습해 해적들에게 큰 피해를 입혔고, 메디아 군의 고전을 눈치 챈 해적들은 곧바로 퇴각했다는 것이다. 그리고 퇴각하는 해적들을 추격하는 와중에 해적들의 수괴인 카말라스를 생포했다는 보고였다.

이날 전투에서 아르제스 군은 700여 명의 병사를 잃었고, 이중 반 이상은 아르제스와 관문을 사수하던 병사였다. 살아남은 병사들도 대부분 크고 작은 부상을 입었다. 메디아 군의 피해는 셀 수도 없었지만, 그중 나중에 화장한 메디아 군의 시체만 3천 구가 넘었다. 이날의 전투는 메디아 군이 우티카 항에 불을 지르고 빠르게 퇴각하는 것으로 끝이 났다. 살아남은 자들을 축복하듯, 퇴각하는 메디아 함대 뒤로 눈부신 아침의 태양이 떠오르고 있었다.

*   *   *

이케니아 연맹의 함대가 해적들과 결탁한 메디아 왕국의 함대에 의해서 대패한 소식은 삽시간에 이케니아 전역과 라인 제국으로 퍼져 나갔다. 하지만 사람들의 관심은 이케니아 함대의 전멸과 메디아 함대의 승리보다는, 가이우스 가의 한 청년이 이루어낸 우티카 방어전의 결과에 있었다. 자칫 이케니아 연맹 전체의 위기로 이어질 수도 있었던 이번 전투에서 4천의 병사로 3만의 대군을 막아낸 아르제스의 승리는 대중들을 열광시키기 충분했다.

분명, 결과적으로는 참담한 패배였다. 대부분의 해군력을 잃고 우티카 항구마저 불타 버렸다. 하지만 오히려 그러한 패배에 대한 보상 심리는 군중에게 아르제스를 영웅으로 칭송하게 만들었다. 하지만 아르제스는 그러한 대중들의 반응에 들뜨지 않고 현실을 직시하고 있었다.

6월 10일, 치열했던 우티카 방어전이 끝난 지도 며칠이 흘렀다. 시체들이 치워지고, 불타 버린 건물들이 헐리고 있었지만 땅에 배인 피 냄새는 쉽게 가시지 않았다.

우티카 방어전의 소식이 전해진 후 왕명에 의해 급히 징병된 2만의 병사 중 1만은 세노아로 급파되었고, 나머지는 우티카로 와서 우티카 항구를 재건하기 위한 작업에 투입되었다. 우티카에 기반을 둔 바렌 가문에서도 돈을 풀어 항구 재건 공사에 일꾼들을 투입시켰다.

바렌 가 입장에서 이번 해적 토벌 작전은 참으로 수치스러운 전투였다. 바렌 가의 바티우스는 자신의 함대를 잃어버리고 전사하였고, 결국 우티카는 가이우스 가의 어린 청년에게 구함을 받은 것이나 마찬가지였기 때문이다.

더구나 우티카 항구가 불타 버린 것은 큰 타격이었다. 대대로 아르펜 가는 학문과 예술, 그리고 건축 사업으로 유명하였고, 바렌 가는 해운업과 조선업으로 시작하여 이케니아의 해군력을 담당하는 가문의 역할을 해왔다. 그런데 우티카 항을 잃어버림으로써 자신들의 입지가 크게 좁아졌기 때문이다. 바렌 가문으로서는 지금 당장 우티카 항을 재건하는 것이 급선무였다. 그나마 다행이라면, 바렌 가문도 넬로스 가 못지않은 부자란 사실이었다.

우티카 항구는 병사와 일꾼들의 작업으로 활기를 띠어가고 있었다. 바다에는 몇 척의 군선들이 순찰하듯 오가고 있었고, 우티카 방어전 당시 목책으로 대체되었던 석벽의 무너진 부분들도 다시금 벽돌로 복구되고 있었다. 어디를 보나 바쁘게 돌아가는 우티카 항이었지만 몇몇 인물들은 예외였다.

"아아, 날씨 참 조오오~다!"

팔다리에 붕대를 감은 아르제스는 오늘도 방파제에서 낚싯대를 드리우며 초여름의 햇살을 만끽했다. 우티카 시를 약탈하려다 크게 피해를 입고 두목마저 잡혀 버린 해적들은 요즘 거의 모습을 드러내지 않았고, 걱정했던 세노아 섬도 메디아 왕국이 도발하려는 낌새는 아직 보이지 않았다. 보름 전의 그 치열했던 전투는 꿈이었던 듯, 아르제스 일행에게는 이래저래 한가한 날들이 계속되고 있었다. 하지만 그렇다고 마음이 편한 것만은 아니었다.

"하지만 정말 한심하군요. 목숨을 걸고 지켜낸 것은 우리인데, 전투가 끝나자마자 냉큼 와서 지휘권을 낚아채 가다니… 바렌 가 녀석들."

일행 중 유일하게 상처 하나 없는 융이었다.

"뭐, 이곳은 바렌 가의 영역이니까. 아! 그리고 네 녀석은 싸우지도 않고 기병 진지에 처박혀 있었잖아!"

낚싯대를 잡고 찌를 노려보고 있던 발가르가 어이없다는 말투로 말했다.

"흐흐흐, 이거 왜 이러십니까. 군항을 배들로 막아서고 불을 지르게 한 계책은 제가 아르제스님에게 알려드린 겁니다. 저도 이번 전투에 일등 공신입니다."

"쿵!"

능청스러운 융의 대답에 발가르도 코웃음을 치고 말았다.

반면에 마르쿠서스는 한마디 말도 없이 낚시에 집중하고 있었다. 낚시가 생전처음인 그는 처음 느낀 짜릿한 손맛에 반했는지 낚시에 푹 빠져 있었다. 다만, 큰 덩치에 붕대를 칭칭 감고서 쭈그리고 앉아 낚시에 집중하는 모습이 조금은 희극적으로 보였다.

"제길, 그나저나 우리는 어떻게 되는 건지 모르겠구먼."

발가르가 조금은 짜증난다는 투로 말했다.

우티카 방어전 이후 아르제스와 발가르, 그리고 전투에 참가한 병사들은 대중들 사이에선 영웅 대접을 받고 있었지만, 사실 그들은 미묘한 입장이었다. 당장 시내 퍼레이드를 하더라도 이상하지 않을 터이지만, 그들은 지금 우티카 항구의 지휘권을 반납하고 반강제적으로 1개월의 포상 휴가를 받은 상태였다.

요즘 카라카스에 있는 왕궁에서는 매일 이번 해적 토벌전 이후의 대책과 논공행상을 가리는 회의가 열리는 모양이었지만 그다지 쉽게 결론이 나지 않았다. 이번 전투의 영향으로 자신들의 입지가 어떻게 변할지 서로서로 눈치 보기에 바빴기 때문이다. 대놓고 말할 수 없는 입장인 바렌 가도 이제 이케니아 제일의 유명인 중 하나가 되어버린 아르제스를 암중에서 견제하고 있었다.

또한 우티카 시를 지켜내긴 했지만, 바렌 가문의 가장 큰 기반인 우티카 항구의 소실을 막아내지 못한 아르제스가 밉기까지 한 입장이었다. 하지만 표면적인 이유는 '용감하게 싸우다가 전사한 사령관'인 바티우스의 부하일 뿐인 아르제스에게 지나치게 큰 공적을 인정하는 것은 무리가 있다는 것이었다.

아르제스도 이러한 것을 모르는 바는 아니었다. 가이우스 가문은 이름만 남은 명문 귀족이다. 재산이라곤 살고 있는 별장 한 채에 넓은 포도밭, 네모 시내에 임대 중인 몇 채의 건물이 고작이다. 시내 왕궁 옆에 웅장하게 서 있는 예전의 본가 저택도 지금은 어느 부호의 저택이 되어 있고, 가이우스 가의 소유였던 항구 운영권도 상업 조합에 넘긴 지 오래였다. 이케니아에서 미모로 이름 높은 어머니 코넬리아가 아니었으면 이미 세인에게서 '잊혀진 명문가'일지도 몰랐다. 부유한 데다 이케니아 전역에 영향력을 뻗치고 있는 바렌 가에 비할 바가 못 된다는 것을 누구보다 잘 알고 있었다.

하지만 지금 당장은 그들에게 항의할 생각도, 이번 전투에서 얻은 명성을 통해 무언가 얻어낼 생각도 없었다. 그저 지옥과 같은 전장에서 살아남아 이렇게 낚시를 즐길 수 있다는 사실이 너무나 행복했다.

"어어… 물었다. 큰 놈인가 봐요."

마르쿠서스의 낚싯대에 큰 물고기가 물리자 융과 발가르

는 마르쿠서스에게 달려가 '당겨!', '여기 그물' 하며 요란스럽게 물고기를 끌어 올렸다.

몇 분에 걸친 사투(?) 끝에 건져 올린 것은 30센티에 달하는 돔이었다.

"우하하하! 큰 놈입니다!"

마르쿠서스는 흰 이를 드러내며 어린애처럼 환하게 웃었다.

"오… 이놈은 매운탕을 끓이면 맛있겠는데요?!"

융이 물고기를 바라보며 말했다.

"응?! 매운탕? 그게 어떤 요리인가?"

흥미있는 듯한 발가르의 물음에 융은 소로스 지방 전통 요리인 매운탕에 대해서 설명하기 시작했다.

"그게 말이죠. 이놈의 몸에 칼집을 숭숭 낸 다음에 고추, 마늘, 소금으로 양념을……."

융은 한참 요리에 대한 설명에 열을 올렸고, 발가르와 식탐의 대가인 마르쿠서스도 침을 삼키며 설명에 집중했다.

그사이 아르제스는 팔베개를 한 채 6월의 따뜻한 햇살 아래서 잠이 들어버린 상태였다.

제8장
세노아

아르제스 전기

    3기의 기병들이 아토필리 가도 위를 달리고 있다. 가파르지는 않지만 꽤나 긴 오르막길을 오르자 공사가 한창인 우티카 항이 기병들의 눈에 들어왔다. 그중 선두에 달리는 자는 왼쪽 팔에 붉은 완장을 차고 있었는데, 그 표시는 이케니아 연맹의 문서를 전달하는 공무를 수행하고 있다는 뜻이었다.

    우티카 항구로 들어온 전령들은 화재 탓에 외벽이 검게 그슬린 해군 장관의 관저로 들어갔다. 그들이 공무 수행 중임을 알아본 부관이 바로 해군 장관에게 안내해 주었다. 지금의 우티카 해군 장관은 바렌 가의 인물로, 얼마 전에 새로 부임한 크라티누스라는 50대에 접어든 사내였다. 크라티누스를 접견한 전령은 군례를 올리면서 가죽 주머니에서 봉인된 문서를 꺼냈다.

"이케니아의 왕이신 '아르테우스 카라카스 아르펜' 님과 귀족평의회에서 결의된 공문입니다."

하지만 크라티누스는 공문은 받을 생각도 하지 않고 전령에게 되물었다.

"아르제스 네모 가이우스의 포상에 대한 공문인가?"

"저도 전령일 뿐인지라 자세한 건 알지 못합니다. 다만 아르제스님에 대한 공문은 맞습니다만……."

"그렇구면. 그럼 직접 전해주는 것이 좋겠군. 지금도 항구 내에 있으니 말이야. 부관이 안내할 것일세."

크라티누스는 부관에게 안내를 명하고서는 전령을 내보냈다. 아직 영내에 해당하는 군항에 있다 하더라도 공식적으로는 휴가 중이기 때문에 아르제스를 오라 가라 할 권리도 없을 뿐더러, 바렌 가문의 도시인 우티카를 지켜내어 유명해진 가이우스 가의 젊은이를 보는 것도 크라티누스에게는 그리 유쾌한 일이 아니었다.

부관의 안내를 받아 전령들이 향한 곳은 부두였다. 부두에는 네 사람이 앉아 있었다. 세 사람은 등을 보이고 있었는데 낚시를 하는 모양이었고, 한 사람을 불을 지펴놓고서는 청동으로 된 냄비에 무언가를 요리하고 있었다.

"아니, 네모 가이우스님에게 안내한다고 하지 않았소?"

전령 중 우두머리 되는 자가 자신을 안내한 부관의 귀에 대고 속삭였다. 전령의 눈에는 제멋대로인 옷차림에 엄연한 군항의 부두에서 요리까지 하고 있는 그들이 도저히 우티카 전투의 영웅들로 보이지 않았다.

"이분들이 가이우스님과 그 일행이오."

부관이 아르제스의 일행이 맞음을 확인해 준 후에야, 전령은 군례를 올리며 큰 소리로 공문이 왔음을 알렸다.

"이케니아의 왕이신 '아르테우스 카라카스 아르펜' 님과 귀족평의회에서 아르제스님에게 보내는 공문입니다."

"응?!"

낚시에 여념이 없던 마르쿠서스와 발가르가 전령의 큰 목소리에 뒤를 돌아보면서 몸을 일으켰다.

'흐읍!'

전령들은 아르제스 일행이 뒤를 돌아보자 흠칫하는 기분이 들었다. 큰 키와 거대한 덩치에 온몸에 흉터가 가득한 검은 피부의 노예와 온몸에서 투기가 풍기는 중년의 남자가 자신들에게 다가왔기 때문이다.

"음… 드디어 왔군. 거, 오래도 걸리는구만."

발가르는 전령이 엉거주춤한 자세로 들고 있는 공문을 빼앗듯이 받아 들고는 낚싯대를 드리운 채로 여전히 졸고 있는 아르제스에게 다가갔다.

"이봐, 아르제스. 아르제스 대장님! 좀 일어나 보시지?"

발가르가 아르제스의 어깨를 흔들어 깨웠다.

"웅?! 으… 음, 왜 깨우시는 겁니까?"

따가운 햇살에 눈살을 찌푸리면서 기지개를 켜는 아르제스의 눈앞에 발가르가 공문을 들이밀었다.

"드디어 왔다네."

아르제스는 반쯤 감긴 눈으로 발가르의 뒤에 서 있는 전령들을 본 후 드디어 기다리던 소식이 왔음을 알았다.

"음… 그렇군요. 그래도 휴가가 끝나기 전에 오긴 오는군요. 어디 볼까요?"

눈을 비비고서 공문의 봉인을 뜯어내 두루마리로 된 공문을 펼쳐 천천히 읽어 나갔다. 잠시 시간이 흐르고 공문을 모두 읽은 아르제스는 전령에게 말했다.

"그래, 수고했네. 이만 가보게."

"네!"

전령은 군례를 올리고 부관과 함께 되돌아갔다.

"무슨 내용인가?"

발가르가 공문의 내용에 대해서 묻자 아르제스는 공문을 발가르에게 건네었다.

"한번 직접 읽어보십시오."

공문을 건네받은 발가르는 처음부터 쭉 훑어보았다.

"역시나… 라고 해야 하나."

공문을 읽어본 발가르는 조금은 미묘한 표정을 지었다.

전투에서의 활약을 치하한다느니 하는 공치사를 제외한 공문의 내용은 크게 다음과 같았다.

1. 아르케스를 3만의 병력을 통솔할 수 있는 지휘권을 가진 사령관에 임명하고, 휘하 장수의 인사권을 부여한다.

2. 아르케스는 8월 이전까지 케노아 섬으로 이동하여 그곳의 방위를 책임진다.

3. 우티카에서 어느 정도의 병사를 징발할 권리를 가지되 현지 최고행정관과의 협의에 따른다.

4. 사령관의 임기는 케노아에 도착한 날로부터 2년으로 한다.

"융, 자네는 어떻게 생각하나?"

발가르가 융에게 공문을 건네주면서 물었다. 융은 비록 하급 관리에 불과했지만, 이케니아를 비롯한 중앙해 각국 사정에 밝을뿐더러 정치의 본질을 꿰뚫어 보는 날카로운 식견을 가진 인물이었다. 공문을 읽어본 융은 자신의 생각을 말하기 시작했다.

"글쎄요. 20세도 안 되는 나이에 3만이나 되는 병사의 통솔권을 가지는 건 이례적이긴 하군요. 이것은 아무래도 대중을 납득시키기 위한 조치이겠지요. 하지만 나름대로 속셈이 있는 것 같습니다. 먼저, 부임지가 세노아라는 것은 아르제스님과 발가르님의 실력을 이용하겠다는 실리적인 이유인 것 같습니다. 그러기 위해서 인사권과 우티카의 병력 일부를 차출할 권리를 준 것이겠지요. 뭐, 병력을 크라티누스님이 얼마나 내어줄지는 알 수 없지만 말입니다. 그리고…….”

“그리고?”

융이 잠시 말을 끝자 발가르는 대답을 재촉했다.

“보통 5년인 군사 사령관 직을 2년으로 제한한 것은 2년이면 우티카의 해군력을 모두 복구할 수 있다고 바렌 가에서 판단했기 때문일 것입니다. 아르제스님이 세노아 섬에서 2년만 버티어주면, 그 다음부터는 바렌 가문에서 알아서 하겠다는 이야기가 되는 것이지요. 아르펜 가에서는 아르제스님을 이용해서 바렌 가의 차기 왕권에 대한 도전을 견제하겠다는 속셈이 아닐까 합니다. 어차피 왕은 40세를 넘지 않으면 될 수 없기 때문에 아르제스님은 안중에도 없을 것입니다. 그리고 바렌 가로서는 아르제스님이 메디아 군대와의 전투 중에 전사해 버리길 바라는 심정이겠죠.”

“풉…….”

아르제스는 융의 마지막 말이 농담처럼 들렸는지 짧은 웃음을 터뜨렸다. 하지만 발가르는 진지한 표정으로 융의 의견이 충분히 일리가 있다고 생각하며 고개를 끄덕였다.

“후후후, 결국은 바렌 가와 아르펜 가 사이에서 일어난 타

협의 산물이군요."

아르제스가 재미있다는 듯 웃었다.

"뭐, 일단은 그들의 생각을 따라주기로 하지요. 하지만 2년은 그들의 생각보다도 훨씬 긴 시간이 될 것입니다."

"하하하! 당연히 그래야지!"

아르제스의 말에 발가르는 통쾌한 듯 웃음을 터뜨렸다.

"그나저나… 도련님."

"응? 뭔가, 마르?"

"이 매운탕… 다 타버려서 먹지 못하겠는데요."

이미 불이 사그라지고 있는 모닥불 앞에 쪼그리고 앉은 마르쿠서스는 새까맣게 타버린 냄비를 아깝다는 표정으로 쳐다보고 있었다.

*   *   *

"하하, 안녕하셨습니까, 크라티누스님?"

해군 장관의 집무실로 들어서면서 아르제스는 반갑다는 듯 인사를 건넸다.

'매일 오면서 뭐가 '안녕하셨습니까' 냐! 이놈!'

속으로는 욕을 하고 있었지만 겉으로 그럴 수야 없었다.

"그래, 허허……. 아르제스님도 안녕하신가?"

요즘 크라티누스는 미칠 지경이었다. 이미 50세를 넘어 사소한 일에 감정이 격해질 시기는 지났건만, 이 가이우스 가의 청년은 자신의 속을 매일매일 뒤집어놓고 있었다.

"어떠십니까? 생각해 보셨습니까?"

아르제스가 능청을 떨며 물었다.

다름 아닌 병력 차출에 대한 건이었다. 매일매일 찾아와서 자신과 함께 우티카 방어전에 참가했던 병력을 포함한 3,000여 명의 차출을 허가해 달라는 것이었다. 하지만 처음부터 이 젊은이가 마음에 들지 않았던 크라티누스는 계속 이런저런 핑계로 거절하고 있었다. 이미 왕의 재가를 얻어 바렌 가 자체적으로 병력을 보강하여 3만에 가까운 병력이 우티카에 주둔 중이었기에, 3천여 명의 병력이 아까운 것은 아니었다. 순전히 개인적 감정이 그 이유였다.

"허, 거참… 몇 번이나 불가능하다고 하지 않았습니까. 무례하시군요! 아르제스님!"

크라티누스는 화가 치밀어 올랐다.

"하하… 진정하십시오. 그리고 무례하다니요? 섭섭합니다. 저는 그냥 병력 차출을 요구할 수 있는 권리를 행사하는 것뿐이고, 크라티누스님은 거절할 권리를 행사하시는 것뿐이지 않습니까?"

아르제스는 이미 세노아 방어 사령관으로 임명되었기에 우티카 해군 장관인 자신과 동급의 위치에 있었다. 능글맞게 굴면서 귀찮게 해대는 아르제스에게 상호 존칭까지 써가면서, 기껏해야 '안 됩니다' 라는 말밖에 할 수 없는 크라티누스였다. 이미 말로는 크라티누스가 이길 수 있는 싸움이 아니었다.

"뭐, 알겠습니다. 아직 시간은 많이 있으니까. 하하하, 저녁에 또 들르겠습니다. 그럼 이만."

아르제스는 가볍게 인사하고는 집무실을 벗어났다. 어차피 시간은 많았다. 이케니아 연맹에서 명령한 세노아 섬 도착 기한은 8월까지이다. 지금은 6월 말이니 아무리 준비하는 데 시간이 걸린다 해도 뱃길로 겨우 하루 거리인 세노아 섬까지는 차고 넘치는 시간이었다.

'후후, 언제까지 버티나 두고 봅시다.'

아르제스는 밝은 표정으로 집무실을 나설 수 있었다.

병력 차출의 문제는 아직 해결되지 않았지만, 휘하에 둘 장교의 문제는 금방 해결되었다. 발가르는 처음부터 아르제스의 가신 자격으로 군문(軍門)에 투신했기에 문제 될 것 없었고, 마르쿠서스는 어차피 아르제스의 몸종이었다. 융의 경우는 참모로 승진시킨 후 자신에게 배속시킬 수 있었다. 그리고 우티카 시내를 습격해 온 해적을 공격해서 큰 공을 세운 게릭토스도 100여 기의 기병과 함께 자신의 휘하에 둘 수 있었다.

이미 세노아 섬에는 궁병 이외에도 기존 병력 1만과 우티카 방어전 이후 파견된 1만, 도합 2만의 중장 보병이 대기하고 있었기에 우티카에서 3천의 병력만 차출받으면 바로 세노아 섬으로 떠날 생각이었다. 다만, 미리 세노아 섬의 상황을 파악할 필요가 있었기에 융을 미리 파견해 둔 상태였다.

아르제스의 예상대로 크라티누스는 오래 버티지 못하고 병력의 차출을 승인했다. 이제 아르제스도 더 이상 우티카에 머무를 이유가 없었다. 출발 준비는 이미 끝마쳐 놓았기에 10척의 갤리선에 나누어 타고 세노아로 떠나는 일만 남은 상황이었다.

＊　　　＊　　　＊

파도 소리가 유난히 선명하게 들리는 새벽이었다. 아직 잠에서 깨기에는 이른 제4야경시(새벽 3~6시) 초입이었지만 아르제스는 책상 앞에서 촛불을 밝힌 채 편지를 쓰고 있었다. 그때 방금 잠에서 깬 마르쿠서스가 거실로 나오다가 책상 앞에 앉아 있는 그를 발견하곤 놀라 말했다.

"우와! 도련님이 이 시간에 깨시다니요?! 엘레나님이 보면 놀라서 기절하시겠는걸요?"

"뭐, 어제 오후 6시부터 잠자리에 들었으니까……. 그리고 군대에 있다 보니 잠이 일찍 깨는 것이 습관이 되었나 보다."

"그런데 편지 쓰시는 중이었습니까?"

"응. 어머님께."

"그럼, 세노아로 가는 길에 네모에 들르지 않으실 생각입니까? 반나절이면 될 텐데."

마르쿠서스는 아쉽다는 듯이 말했다.

아르제스 일행이 집을 떠나온 지 반년이 다 되어간다. 마르쿠서스는 은근히 세노아로 가는 길에 네모에 들르길 바랐던 것이다. 아르제스가 사령관인 마당에 어려울 것도 없을 텐데 네모에 들르지 않겠다고 하자 은근히 섭섭한 기분이 들었다.

"나라고 어머님과 엘레나님이 보고 싶지 않은 것은 아니야. 하지만 나는 지금 군인의 신분이고, 큰 무리의 군대를 통솔하는 입장이 되었다. 네모에 들러 집으로 간다는 것은 지금의 내 신분과 처지에 어울리지 않는 행동이야."

이렇게 말하는 아르제스의 말에는 약간의 외로움이 묻어 있었다. 17년간 유일한 가족인 어머니와 3일 이상을 떨어져 지낸 적이 없는 아르제스였다. 하지만 당당한 아들의 모습으로 어머니에게 돌아갈 때까지 외로움은 자신의 몫임을 아르제스는 잘 알고 있었다.

어느덧 새벽(6시)이 되었다. 계절이 여름인지라 밖은 이미 환하게 밝아 있었다. 아르제스는 고심 끝에 쓴 그리 길지 않은 편지를 잘 말아서 봉인한 후, 전령을 불러서 네모의 가이우스 별장으로 전달하게 했다. 그 다음, 은으로 정교하게 양각(陽刻)된 화려한 갑옷 차림에 사령관을 상징하는 붉은색 망토를 걸치고, 우티카에 온 뒤로 쭉 묵어왔던 장교 숙소를 나섰다. 문밖에는 주황색 망토를 걸친 발가르와 짐을 잔뜩 든 마르쿠서스가 기다리고 있었다.

"편지는 다 쓰신 겁니까?"

마르쿠서스가 미소 지으면서 말했다.

"그래. 그런데 마르, 그 짐은 뭐냐? 병사들에게 맡기지 않고서는……."

마르쿠서스가 짐을 가득 들고 있자 이상한 듯 아르제스가 물었다.

"흐흐흐, 도련님의 짐을 아무에게나 맡길 수는 없죠."

"그래. 뭐, 네 맘대로 해라."

언제나 아르제스에게 충성스러운 마르쿠서스였다.

"자, 이제 출발하지? 총사령관 나으리, 세노아가 우리를 기다리고 있다네."

발가르가 아르제스를 재촉했다.

"네, 발가르님!"

"그런데 말이지……."

"네?"

"흐흐흐, 쭉 생각해 봤는데 말이야. 이제 나보다도 상관이니 존칭은 안 써도 될 텐데?"

왠지 음침한 미소를 머금은 발가르가 아르제스를 팔꿈치로 쿡쿡 찌르며 말했다.

"하하하, 바로 그겁니다. 존칭을 쓰든 말든 제가 발가르님의 상관입니다! 바로 그게 중요한 거지요."

"하하하하… 그렇군. 내가 졌구먼!"

아침부터 유난히 유쾌하게 웃은 두 사람은 병사들이 기다리고 있는 연무장으로 향했다. 명색이 출정식이었지만 거창한 사열식이나 연설 따위는 없었다. 아르제스가 모여 있는 병사들에게 한 말은 '잠은 잘 잤는가? 출발하자' 밖에 없었던 것이다.

7월 1일 새벽. 아르제스는 보병 3천1백 명, 기병 100기를 태운 갤리선과 함께 새로운 부임지인 세노아 섬으로 향했다.

*   *   *

"코넬리아 마님! 아르제스 도련님에게서 편지가 도착했습니다!"

집사는 몇 가닥 남지도 않은 머리카락을 휘날리며 코넬리아의 응접실로 뛰어 들어가면서 외쳤다. 응접실에 있던 코넬리아와 엘레나는 집사에게서 빼앗듯 편지를 받아 들었다. 이미 우티카 방어전에서의 승리로 아르제스는 네모에서도 가장 유명한 인사가 되어 있었다. 코넬리아는 전쟁터나 다름없는 곳에 나가 있는 아르제스가 걱정되면서도, 한편으로는 한없이 자랑스럽게 느껴졌다.

"코넬리아님, 지난번 편지에 세노아 섬으로 가게 되었다고 했으니까… 가는 길에 네모에 들르겠다는 소식일 거예요!"

엘레나는 들뜬 목소리로 말했다.

"그래! 아마 그런 것 같구나!"

"어서 읽어보세요, 코넬리아님!"

엘레나는 코넬리아에게 편지를 읽어보라고 재촉했다.

"호호호, 얘는… 그래, 어서 읽어보자꾸나."

코넬리아는 웃으면서 봉인을 뜯고 편지를 읽기 시작했다. 하지만 편지를 읽어가는 코넬리아의 입가에서 점점 미소가 사라지기 시작했다. 하지만 편지를 다 읽어갈 무렵에는 눈물을 머금으며 다시 미소를 지었다.

"그래… 아르제스, 이제 어엿한 가이우스 가의 가장이 되었구나."

마치 편지가 아르제스의 얼굴인 듯 편지에 대고 조용히 말하는 코넬리아였다.

"코넬리아님, 무슨 내용인데 그러세요?"

말없이 코넬리아가 건네는 편지를 받은 엘레나는 빠르게 편지를 읽어나갔다.

사랑하는 어머니, 그리고 엘레나님에게.

오늘은 세노아로 떠나는 날입니다. 출발인 새벽 시간보다 3

시간이나 일찍 일어나 이 편지를 쓰고 있지만, 도무지 어떻게 써야 할지 생각이 나지 않아 고민하다가 출발 시간이 다 되어서야 이렇게 글을 시작합니다.

실망하시겠지만, 저는 네모에 들르지 않을 생각입니다.

어머니와 엘레나님을 보고 싶은 마음은 제 눈앞에 펼쳐진 바다보다 깊고 넓지만, 지금은 이케너아 연맹의 명을 받은 공인의 입장으로서 생각하고 행동하기로 했습니다. 이런 저를 용서해 주세요.

어머니.

지난번 편지에 제가 심어놓고 떠난 씨앗에서 싹이 터 푸르고 튼튼한 나무로 자라나고 있다고 하셨지요? 그 나무가 푸른한 저의 몸과 이상(理想)도 항상 푸를 것임을 약속드립니다. 제가 돌아가는 그날까지 건강하고 즐겁게 지내세요.

추신:케리아님에게도 안부 전해주세요.

편지를 다 읽은 엘레나도 섭섭함을 감출 수 없었다. 하지만 그 서운함은 아르제스에 대한 것이 아니라, 단지 아르제스를 볼 수 없다는 사실 자체에 대한 감정이었다.

"잘하시겠죠……?"

무엇을 잘한다는 건지 자신마저 의미를 알 수 없는 말이었지만, 엘레나는 그 말밖에 할 수 없었다. 하지만 확실한 것은 지금 자신의 감정이 외로움만은 아니라는 것이었다. 엘레나는 치열하게 꿈을 찾고 있는 아르제스를 생각하며 가슴이 따뜻해지는 것을 느낄 수 있었다.

'언젠가는 저도 아르제스님과 같은 꿈을 꿀 수 있겠지요?'

이런 생각에 엘레나의 입가에는 화사한 미소가 피어올랐다.

"코넬리아님! 내일 저녁 식사에 세리아님을 초대하는 것이 어떨까요?"

엘레나의 갑작스런 말에 조금은 놀란 표정을 지은 코넬리아였지만, 이내 웃으며 좋은 생각이라고 맞장구쳤다.

7월 2일. 가이우스 가 별장의 저녁은 이렇게 저물어가고 있었다.

*　　　　*　　　　*

전날 새벽에 우티카를 떠난 아르제스의 함대는 다음날 아침 무렵에 세노아 항구에 근처까지 도달할 수 있었고, 아르제스는 뱃전에 서서 멀리 보이는 세노아 항구를 바라보고 있었다.

한때는 몇 개의 번성한 마을이 있던 작지 않은 섬이었지만, 지금의 섬은 세노아란 섬의 이름과 같은 '세노아' 도시 국가 하나만 남아 있었다. 빈번했던 메디아 왕국의 침입에 버틸 수 있었던 도시가 세노아뿐이었기 때문이다.

항구에 다가가자 서서히 세노아 항구의 자세한 모습이 보이기 시작했다. 아르제스가 본 세노아 항구는 우티카 항구에 비해 규모는 반 정도밖에 안 되지만 방파제를 쌓아 만든 200미터도 안 되는 좁은 입구에, 근처 절벽에는 구멍을 뚫고 관측소와 공성 병기가 설치되어 있었다.

"휴우! 어떻게 세노아 섬이 수십 년에 걸친 메디아 왕국의 맹공을 막아낼 수 있었는지 이제 알겠군."

이케니아 건축 기술이 집약된 듯한 세노아 항구의 방어 시설은 아르제스를 놀라게 하기에 충분했다.

"그렇습니다. 오랜만에 와보는 것이지만, 저 철벽같은 세노아 항구는 여전하군요. 세노아 항구를 뚫으려면 진입하기도 전에 함대의 반을 잃을 각오를 해야 한다는 말이 있을 정도이니까요."

어느덧 기병 장교 게릭토스가 아르제스의 뒤에 다가와 있었다.

"게릭토스, 세노아에 와본 적이 있는 건가?"

"네, 2년 동안 세노아에서 복무한 적이 있습니다. 세노아는 큰 섬이지만 배를 댈 만한 곳이 딱 2군데뿐입니다. 이곳 세노아 항구와 항구 반대편에 있는 해변이 그곳입니다. 그래서 세노아 주둔 병력의 절반 이상은 그 해안 쪽에 주둔하는 것이 보통입니다."

하지만 아르제스는 고개를 저었다.

"게릭토스…… 자네 말도 맞지만, 우티카의 해군 지원을 기대할 수 없는 지금 메디아에서 마음먹고 뚫으면 세노아 항구도 결국 지키기 힘들 거야."

비록 아르제스의 말을 완전히 이해할 순 없었지만, 이미 게릭토스는 아르제스라는 인물에 심취해 있었기 때문에 그저 고개를 끄덕일 수밖에 없었다. 그들이 대화하는 중에 함대는 이미 세노아 항구로 진입하기 시작하였다.

각 배마다 선원들과 병사들이 상륙 준비로 바쁘게 움직이기 시작했다. 서서히 항구로 접근한 배가 부두에 고정되고, 상륙용으로 쓰이는 널빤지가 배와 부두 사이에 걸쳐졌다. 아르제스 일행이 세노아에 발을 들여놓는 순간이었다. 부두에는 미리 세노아에 파견되었던 융이 나와 있었다.

"오셨습니까? 아르제스님, 발가르님!"

인사하는 융을 바라보며 아르제스는 재미있다는 듯 웃었다.

"하하하, 거 갑옷이 그렇게 안 어울리는 군인은 첨 보는군."

한때 문관이었지만 지금은 아르제스의 참모가 된, 즉 군인의 신분이 된 융은 가벼운 가죽 갑옷을 걸치고 있었다. 하지만 평생 문사복만 입고 지낸 사람이라서 그런지 영 군복이 어울리지 않는 모습이었던 것이다. 하지만 유쾌하게 웃는 아르제스와는 다르게 융의 표정은 그리 밝지 않았다.

"아르제스님……."

"응? 무슨 문제가 있나?"

융의 표정이 심상치 않음을 느끼고 아르제스가 이유를 물었다.

"심각한 문제이죠. 일단 자리를 옮기시죠."

아르제스는 심각한 문제라는 것이 무엇인지 궁금했지만, 부두에 계속 서 있을 수도 없는 노릇이었다. 일단은 융의 안내로 임시로 마련된 사령관 관저로 향했다.

관저 집무실에 마련된 회의 테이블에 둘러앉은 일행에게 융이 세노아의 사정을 말하기 시작했다.

"제가 아르제스님의 명을 받고 세노아에 왔을 때는 알려진 대로 2만의 병력과 50척의 갤리선 선단이 주둔해 있었습니다. 군수 보급 물자도 생각보다 많이 있어서 3만 병력이 4달을 버틸 정도는 되더군요."

"잘됐군. 그런데 뭐가 문제란 말이냐? 뜸 들이지 말고 좀 말해보게."

"네, 발가르님. 문제는 추가 병력 1만을 이끌고 온 사람이었습니다."

"그 사람이 누구인가, 융?"

이렇게 묻고 있었지만 나름대로 짐작 가는 것이 있는 아르제스였다.

"칼쿨루스 우티카 바렌입니다. 30세에 접어든 남자로, 바티우스님의 조카뻘 되는 인물이죠."

"바렌?!"

바렌 가의 인물이란 말에 발가르가 소리를 질렀다.

"웃기는 일이군! 도대체 어디까지 방해하겠다는 것인가. 게다가 추가 병력을 이끄는 사람이 바렌 가의 사람이라는 소리는 어디서도 없었지 않았는가?"

바렌 가의 집요함에 발가르는 화가 치밀어 올랐다.

"문제는 그것뿐이 아닙니다. 추가로 파견된 병력은 '해안 방어군' 이란 이름으로 파견되어 세노아 항구의 맞은편 쪽에 있는 해안에 진을 치고 있습니다. 아르제스님과는 독립적으로 칼쿨루스의 지휘 아래서만 움직이는 병력이란 말이죠. 결국 아르제스님이 칼쿨루스의 상관인 것은 분명하지만, 단지 그것뿐이라는 겁니다. 아르제스님이 도착한 지금도 그는 해안 진지에 틀어박혀 모습을 드러내지 않고 있습니다. 자신에게는 상관하지 말라는 무언의 시위지요."

"그럴 수가?! 전쟁을 무슨 가문 간 주도권 싸움의 도구처럼 생각하는 것인가?!"

융의 이 말에 평소에는 조용하던 게릭토스마저 어이없다는 반응을 보였다. 하지만 아르제스는 시종일관 침착한 표정으로 일관했다.

"그럼 우리에게 주어진 병력은 전함 60척과 보병 1만 3천 100, 그리고 기병 100명, 그리고 세노아에 주둔하고 있는 궁병대가 되는 거로군."

명색이 사령관인 아르제스가 거느리게 될 병력이라고 하기에는 조금은 초라했다.

"융, 한 가지 물어볼 게 있다."

아르제스는 열변을 토하고 난 뒤 숨을 몰아쉬고 있는 융에게 질문을 던졌다.

"그 칼쿨루스라는 사람… 어떤 재능을 가진 사람이던가?"

"네?"

느닷없는 재능 이야기에 조금은 당황했지만, 눈치 빠른 융은 금방 아르제스의 의도를 알아차리고는 바로 대답했다.

"바티우스님 같은 정치가 타입은 아닙니다. 자존심과 고집은 강하지만, 분명 군사적 재능은 있어 보이는 남자였습니다."

"그래? 그럼 된 거 아닌가? 건너편 해안 방어는 칼쿨루스에게 맡겨 버리고 우린 우리 할 일만 하면 되겠군!"

"……?!"

"자신의 역할에 충실해 주기만 한다면, 지휘권이 나눠졌다고 해도 꼭 나쁘다고는 할 수 없지."

다들 놀라든 말든 상관없다는 듯, 아르제스는 속 편하게 혼자 결론지어 버렸다. 이후 아르제스는 태연하게 세노아 최고

행정관을 만나는 등의 공식 일정을 치르는 것으로 세노아에서의 하루를 마쳤다.

*   *   *

세노아에 방어 사령관으로 임명된 아르제스가 도착했다는 소식이 들어온 지 벌써 며칠이 지났건만, 칼쿨루스는 아르제스를 만날 생각 따윈 눈곱만큼도 없었다. 가문의 원로들로부터 아르제스를 견제하라는 당부를 받은 것도 있지만, 바티우스 휘하에 있었으면서도 바티우스를 지키지 못하고, 우티카 항도 지켜내지 못한 아르제스를 그는 인정할 수가 없었다.

해안 절벽 뒤편에 지어진 막사로 장교 차림의 남자가 들어섰다. 그리고는 곧바로 칼쿨루스의 집무실로 걸음을 옮겼다.

"다녀왔습니다, 칼쿨루스 대장님."

세노아 시에서 돌아온 칼쿨루스의 부관이었다.

"그래, 아르제스란 녀석은 어떻게 하고 있던가?"

아르제스를 무시하고 있다지만 궁금하지 않은 것은 아니었다. 그렇기에 부관을 파견해서 동정을 살펴보도록 지시한 것이다.

"세노아 주둔군 1만을 인수받아 훈련을 실시하고 있는 것 이외에는 별다를 것이 없습니다. 아! 그리고 이상하게 기병을 편성하더군요."

214

"기병?"

부관의 말에 칼쿨루스는 조금은 의문이 생겼다. 도대체 섬에서 기병을 편성해 무얼 하겠다는 것인가? 하지만 특별히 주의할 것도 아닌 사항이었기에 그냥 듣고 넘겼다.

"아, 그리고 나에 대한 언급은 없던가?"

명색이 상관인 아르제스가 도착했지만, 얼굴도 내비치지 않았기에 그의 반응이 궁금했던 것이다. 내심 아르제스가 자존심이 상해서 화가 나 있기를 바라는 심정이었다. 하지만 부관의 대답은 뜻밖이었다.

"네… 그게 별 반응이 없습니다. 오히려 저에게 대장님에게 안부를 전해달라고 했습니다."

"흠……."

조금은 의외였지만, 오히려 잘됐다는 생각이 들었다. 최소한 자신에게 귀찮은 간섭을 할 인물은 아니란 생각이 들어서였다. 칼쿨루스는 해안 방어에만 신경 쓰기로 했다. 비록 아르제스를 인정하지 못한다고 해도, 그는 군인으로서의 공과 사는 지킬 줄 아는 인물이었다.

지금은 잠잠하다고 하지만, 우티카의 해군력이 전멸한 지금 메디아 왕국이 세노아 섬을 노리지 않을 리가 없었다. 실제로 칼쿨루스는 세노아에 도착한 후부터 해안 방어선을 튼튼히 하기 위한 노력을 게을리 하지 않고 있었다.

칼쿨루스가 1만의 보병, 3천의 궁병과 함께 주둔하고 있는 해안 뒤로 100여 기의 기병이 모습을 드러내었다. 뒤쪽 편에 있는 언덕에 올라서자 해안이 한눈에 들어왔다. 아르제스가 발가르와 함께 게릭토스의 기병을 이끌고 시찰을 나온 것이다. 이미 칼쿨루스에게 전령을 보내 멀리서 보고 돌아갈 것이라고 알렸기 때문에, 언덕 위에 나타난 기병을 보고 동요하는 해안 방어군은 없었다.

"괜찮은 진형인 것 같은데 어떻습니까, 발가르님?"

칼쿨루스의 주둔지를 바라보던 아르제스는 발가르에게 의견을 물었다.

"음… 교본에 충실한 방어 진형이야. 꽤나 신경 쓴 것 같군. 방책의 구성이나 진지의 위치도 좋은 편이고."

발가르도 생각했던 것보다 칼쿨루스의 진형이 훌륭하다는 것을 인정했다.

"융의 말이 옳았군요. 분명 군사적 재능은 있는 사람입니다. 직접 와서 보니 안심이 되는군요."

아르제스는 만족하고 있었다. 하지만 게릭토스에게 한 가지 명령을 내렸다.

"게릭토스!"

"네, 사령관님!"

"자네는 휘하의 기병으로 하여금 매일 오전과 오후 한 차례씩 이곳 해안 진지를 관찰하게 하고, 그 결과를 내게 직접

보고하게. 내가 칼쿨루스에게 참견할 수 없다고 해서 이곳의
사정을 몰라야 된다는 것은 아니니까."

"네! 명령대로 하겠습니다."

"이만 돌아가자."

곧, 아르제스는 기병대와 함께 언덕 뒤로 사라져 갔다.

*   *   *

8월 중순이 되자 메디아 군의 움직임이 눈에 띠게 활발해
지고 있다는 첩보가 날아들기 시작하였다. 메디아의 세노아
침공이 임박했다는 것은 이미 기정사실이 되고 있었다. 아르
제스는 때때로 중무장한 정찰 함대를 내보내어 해역을 순찰
하게 하고, 정보를 수집하는 데 심혈을 기울였다. 그리고 모
아온 정보는 정리되어 이케니아 연맹으로 보내졌다

또한, 아르제스는 세노아에 도착한 직후부터 군단을 정비
하고 병사들을 훈련시키는 일을 게을리 하지 않았다. 아르제
스가 제일 먼저 한 일은 군단장 급의 인재를 찾는 것이었다.

규칙처럼 정해져 있는 것은 아니지만 1개 군단은 대략 5, 6천
명 전후로 구성되기 때문에 아르제스의 병력은 3개 군단에 해
당한다.

따라서 총사령관인 아르제스가 군단장을 겸한다 하더라도
발가르와 함께 일익을 담당해 줄 장수가 필요했다. 그래서 선

발된 인물은 '메텔로'라고 하는 세노아 귀족 출신의 남자였다.

세노아의 치안관을 지낸 적도 있는 이 인물은 사실 발가르처럼 대단한 군사적 재능을 가진 사람은 아니었다. 하지만 그의 성실함과 우직함을 높이 산 아르제스에 의해 발탁된 것이다. 군단장 급의 인재는 사령관의 명령에 대한 믿음과 명령을 충실히 수행할 수 있는 능력만 있으면 충분하다는 것이 아르제스의 생각이었다.

사실은 칼쿨루스가 군단장으로 제일 적격이라고 생각하는 아르제스였지만, 그가 허락할 리가 없었다.

아르제스는 약간의 추가 징병을 통해서 1만 4천의 중장 보병단을 구성했다. 이 보병단은 아르제스가 4천, 발가르와 메텔로가 각각 5천씩 거느린 3개 군단으로 편성되었다. 이중 아르제스가 지휘하는 4천은 우티카 방어전을 경험한 베테랑 병사들이 중심으로 구성되었고, 발가르와 메텔로가 지휘하는 병사들은 기존의 세노아 주둔군이 중심이었다.

보병들의 훈련은 발가르가 중심이 되어 메텔로가 보좌하는 방식으로 진행되었다. 이케니아 군단은 라인 제국과는 달리 백인대, 대대, 군단으로 이어지는 구성이 보편화되어 있지는 않았다. 이케니아의 전통적인 용병(用兵) 단위는 사령관과 2~3명의 부관이 이끄는 2천에서 3천 단위의 부대였다. 다만,

우티카에서는 발가르가 훈련을 맡은 덕에 백인대 단위로 군사들을 움직일 수 있었던 것이었다.

그래서 보병 훈련에서 가장 급선무는 그들에게 최소 전투 단위인 백인대를 기본으로 하는 대대 단위의 움직임을 몸에 익히게 하는 것이었다. 군사에 있어서는 후진국에 속하는 이 케니아 병사들에게 선진 라인 제국의 군사 제도를 도입한 셈이다.

그것이 익숙해진 후, 다음 목표는 3열 횡대 전투 방식을 자유자재로 구사하게 만드는 데 있었다. 하지만 이번 훈련은 조금은 특이하게 진행되었다.

원래 보병의 묘미는 '무거움과 단단함'에 있다. 우티카 방어전에서도 그런 특징을 살려 승리할 수 있었다. 그러나 이번 훈련에서는 보병에게 '기동성'도 강조했다. 그것도 단순한 기동성이 아니라, 일사불란한 집단적 기동성이었다.

병사들은 대열을 흩뜨리지 않고 전력 질주를 할 수 있을 정도의 수준까지 훈련을 받았다. 엄청난 강도의 훈련이었지만, 아르제스와 발가르도 직접 보병들 틈에 끼어 훈련을 받았기에 누구도 불평하지 않았다.

그리고 또 한 가지 신경 쓴 것은 보병의 투창 훈련이었다. 비록 세노아 항구에는 칼쿨루스가 데려간 3천 명을 제외하고도 2천 명 이상의 궁병들이 주둔하고 있었지만, 원거리에서는 큰 위력을 발휘하는 궁병도 근접전이 되면 중장 보병이나 기병의 먹잇감에 지나지 않는다. 활을 제외한 무장은 가죽으로 된 흉갑에 단검 하나가 전부이니 당연한 일이었다.

아르제스는 다른 형태의 원거리 공격 방법도 필요하다고 생각했고, 그래서 도입한 것이 다용도로 쓸 수 있는 투창이었다. 많이 사용되긴 하지만 이케니아 보병의 필수 휴대 무기는 아닌 투창을 아르제스는 군단 보병의 필수 무기로 만들었다.

이케니아 군이 보편적으로 쓰는 투창은 무겁고 단단한 1.5미터의 나무 자루에 청동이나 철재의 창날을 끼워 넣은 형태였다. 창날의 길이는 20센티 남짓에 모양은 라일락 잎사귀와 흡사한 형태였다.

하지만 발가르가 제안해 아르제스가 채택한 라인 제국식의 투창은 이와 많이 달랐다. 라인 제국에서 투창으로 쓰이는 창의 종류는 2가지로 보면 된다. 둘 다 필룸(Pilum)이라는 같은 이름으로 불리고 있고, 전체적 모양은 흡사하지만 기능과 목적은 달랐다.

먼저 투창의 직접적인 살상 기능에 중점을 둔 필룸은 50센티가량의 호리호리한 목재의 끝에 뾰족한 깔때기 모양의 철을 덧씌운 창날을 1.2미터 길이의 목재로 된 자루에 연결시킨 형태였다. 창날과 자루는 철제로 된 파이프 모양의 소켓 양쪽으로 끼워서 완성하게 된다. 창의 무게 중심에 위치하는 이 소켓은 창의 손잡이 역할을 함과 동시에 투척 시 관통력을 높여주는 무게 추 역할도 겸하고 있었다.

이 창의 특징은 50센티나 되는 긴 창날이 끝 부분을 제외하고는 가는 목재로 되어 있기 때문에 한 번 던지고 나면 충격에 의해 창날이 부러진다는 데 있었다. 이것은 적이 투창을 주워 아군에게 되사용하지 못하게 하기 위해 의도된 것이었다.

또 다른 하나의 필룸은 투창임과 동시에 일반 창으로도 사용이 가능하였다. 이 창은 살상만을 위한 필룸과 소켓 및 자루의 형태는 똑같지만, 창날의 재질과 모양에서 차이가 있었다.

전부 철로 만든 약 50센티 길이의 끝이 뾰족한 창날을 사용했는데, 창날의 끝은 미늘 형태(낚싯바늘 끝의 갈고리 모양)로 되어 있어서 한 번 박히면 전투 중에는 좀처럼 뺄 수가 없었다. 이 특징 때문에 직접적인 살상 이외에도 적의 방패에 던져 방패를 무력화시키는 목적으로도 사용할 수 있었다. 2미터 가까운 창을 매달고 있는 방패는 더 이상 방패가 아니게 되기 때문이다.

이 창들 중에서 아르제스 군단이 채택한 창은 후자였는데, 여러 상황에서 사용이 가능한 무기를 택한 것이다. 다만 2미터나 되는 투창은 능숙하게 던지는 데 많은 훈련이 필요하고 사정거리가 짧다는 문제가 있었다.

숙달시키는 것은 반복적인 훈련만 해주면 해결이 되지만,

사정거리를 늘리는 것은 다른 대책이 필요했다. 그래서 생각한 것이 투석에 쓰이는 투석구(Sling)을 개량하여 창에 적용시키는 것이었다. 이 방법으로 투창의 사거리를 40~50미터까지 되도록 늘일 수 있었다. 석궁이나 장궁을 제외한 일반적 활의 사거리가 60미터 전후인 것을 생각하면 결코 짧은 거리가 아니었다.

또 보병 이외에 아르제스가 가장 신경 쓴 부분은 기병의 확보였다. 사실 기병은 보병보다 양성하는 데 훨씬 오랜 시간이 걸리는 병종이다.

일단 기마술에 뛰어나려면 어려서부터 말을 타야 하는데, 말을 흔히 접할 수 있는 곳이 아니면 귀족 집 자제나 되어야 어려서부터 기마술을 익히기 때문이다.

결국 인구가 10만이나 되는 세노아에서 모은 기병이 겨우 300기에 불과했고, 우티카에서 데려온 기병과 합쳐도 400기가 약간 넘는 수였다. 하지만 기병은 수보다는 질이 중요하다고 생각하는 아르제스였기에, 추가로 기병을 모으기보다는 이미 모집한 기병의 훈련에 더욱 주력하도록 명령했다.

*   *   *

9월로 접어들자 세노아 섬 주위에서 메디아의 정찰 함대가 모습을 드러내기 시작했다. 세노아 섬에는 서서히 전운이 감돌고 있었다. 메디아 군이 먹이를 노리는 독수리처럼 기회를 노리며 세노아 섬을 맴돌고 있는 것이다.

9월 12일 늦은 오후, 여느 날과 마찬가지로 훈련을 마치고 집무실에 앉아 잠시 휴식을 취하고 있었다. 17세의 젊은 나이 지만 날마다 열리는 참모회의와 쌓여만 가는 문서들 처리, 거기에 직접 보병들과 같이 하는 훈련까지……. 아르제스는 몸이 열 개라도 모자랄 지경이었다.

"하아~암."

하품이 절로 나왔다.

문서들을 훑어보던 아르제스는 집무실 의자에 몸을 깊숙이 파묻고는 눈을 감았다. 직책상 한번에 오래 자는 일이 드물었기에 짧게 여러 번 잠드는 습관이 생겨 버린 아르제스였다. 그는 눈을 감은 지 얼마 되지도 않아 금방 잠이 들어버렸다.

얼마 있지 않아 게릭토스가 집무실의 문을 열고 들어왔다. 군례를 올리려던 게릭토스는 아르제스가 잠든 것을 보고는 슬그머니 손을 내렸다. 깨울까 생각도 했지만, 아르제스가 날마다 얼마나 많은 일을 해야 하는지 알고 있기에 차마 그럴 수 없었다. 그의 손에는 노끈으로 묶은 조그만 두루마리가 들려 있었는데, 봉인도 되지 않은 걸로 봐서는 중요한 문서는 아닌 듯했다.

'흠…… 오늘의 정찰 보고서는 그냥 집무 서탁 위에 놓아

두어야겠군.'

게릭토스는 조심스럽게 눈에 잘 띄는 곳에 문서를 놓고 조용히 집무실을 벗어났다. 그가 두고 간 문서는 아르제스가 지시한 칼쿨루스 주둔지에 대한 보고서였다.

게릭토스가 직접 정찰을 갔다 왔을 때는 짧게 구두(口頭)로 보고하는 경우가 대부분이지만, 오늘은 부하를 보내 정찰을 시켰기에 부하가 작성한 간단한 보고서를 가져왔던 것이다.

아르제스가 잠에서 깬 것은 1시간 정도 지나서였다.

"으~음."

의자에서 몸을 세우며 크게 기지개를 켰다. 그런 아르제스 앞에 언제 왔는지 융이 안쓰러운 눈으로 바라보고 있었다.

"많이 피곤하셨군요. 그렇다고 해서 이렇게 문서들을 책상에 널어놓고 주무시다니요."

천성이 문관인지라 문서나 책이 어질러져 있는 꼴을 못 보는 융은 가지런히 문서들을 정리하기 시작했다.

"하하, 미안하게 됐군. 그 문서들 다 본 것들이니까… 저쪽 책장에 쌓아둬."

"그러겠습니다."

융은 능숙한 솜씨로 문서들을 정리해 문서 보관용 책장 한편에 쌓았다.

9월 13일, 새벽부터 날씨가 심상치 않았다. 원래 섬의 기후가 예상하기 어렵다고 하지만, 동쪽 바다에서부터 잔뜩 몰려오는 낮은 구름과 습기를 잔뜩 머금은 강풍은 계절에 어울리는 날씨가 아니었다. 융과 함께 새벽 항구를 순시하던 발가르는 심상치 않은 날씨에 눈살을 찌푸렸다.

"날씨가 좋지 않군…… 섬의 날씨는 원래 이런가?"

"글쎄요…… 저도 비록 바닷가 출신이긴 하지만 섬 날씨에 대해서는 잘 모르겠습니다. 하지만 확실히 예사 날씨는 아니군요. 꼭 태풍이 불기 전 날씨 같습니다만."

"태풍? 태풍이 불 시기는 2달도 더 지난 것 같은데?"

발가르는 설마 하는 표정이었다. 실제로 이케니아 반도에 찾아오는 태풍은 6월에서 7월에 걸쳐 찾아오는 것이 보통이고, 때로는 태풍 없이 한 해가 지나가기도 할 정도로 가끔 찾아오기 때문이었다.

"그러게 말입니다. 저도 아직까지는 이맘때 태풍이 불었다는 이야길 들은 적이 없으니까요. 어쩌면 그냥 지나가는 폭풍 같은 것일지도 모릅니다."

"그렇겠지. 그나저나 오늘은 오랜만에 푹 쉬겠구먼. 비가 오면 훈련도 못 할 테니 말이야."

발가르로서는 오랜만에 쉴 생각을 하니 오히려 이런 날씨가 반가웠다.

"음…… 해안에 주둔 중인 칼쿨루스는 괜찮을까요?"

융이 조금은 걱정스러운 듯 말했다.

"크게 걱정할 필요는 없어. 내가 직접 방책과 진영을 보고 왔는데, 해안과의 거리도 충분하고 방책도 2중으로 튼튼하게 지었더군. 설사 태풍이 분다 해도 전방의 방책 정도만 일부 파손되고 말겠지."

그들이 이런저런 이야기하며 순시를 가장한 아침 산책을 하는 동안에도 부두의 선원들은 비바람에 대비해서 배를 단단히 부두에 고정시키느라 여념이 없었다.

오전 10시가 조금 넘자 빗방울이 굵어지며 바람이 심하게 불기 시작했다. 그것을 시작으로 육지에서 온 병사들은 처음 겪어봤을 만한 비바람이 2일간 몰아쳤다.

9월 15일 아침.

전혀 예상치 않게 찾아왔던 태풍이 지나가고 있었다. 새벽부터 빗방울이 잦아들기 시작하더니 이제는 거세던 바람도 멈추었다. 경험 많은 뱃사람들도 좀처럼 겪어본 적이 없다고 할 정도로 때늦은 태풍이었지만, 세노아의 훌륭한 항만 시설은 한 척의 배도 파손시키지 않고 잘 지켜내었다. 세노아 시민들도 태생이 섬사람이어서 그런지 갑작스러운 태풍에 잘 대처한 덕분에 큰 피해 없이 넘길 수 있었다.

병사들과 마찬가지로 아르제스에게도 어제는 오랜만에 찾아온 휴가 같은 날이었다. 거센 비바람 때문에 훈련도 쉴 수 있었고, 메디아 군이 군사적 행동을 할 염려도 없었기 때문이다. 아르제스는 개운한 기분으로 참모회의를 마치고 집무실 서탁 앞에 앉아 있었다. 약간의 짬을 이용해서 어머니께 편지를 쓸 작정이었다. 펜을 집어 들고 편지의 첫머리를 어떻게 시작할까 생각하는 중에, 게릭토스가 집무실로 들어오며 군례를 올렸다.

"명령하신 일은 끝마쳤습니다."

아침 조회에서 게릭토스에게 지시한 상황에 대한 보고를 하는 것이었다.

"수고했어."

아르제스는 여전히 편지를 쓰는 것에만 열중하면서 건성으로 대답했다.

"편지를 쓰시는 겁니까?"

"어머니께 편지를 쓴 지 오래되어서 말이야. 이래 보여도 난 효자거든."

"하하하……."

게릭토스는 가볍게 웃었다.

"그럼 저는 해안 정찰을 다녀오겠습니다. 이틀 동안 태풍 때문에 못 갔으니까 오늘은 직접 갔다 오겠습니다. 아무래도 태풍에 의한 피해가 없진 않을 것입니다."

"음, 수고해."

군례를 올리고 집무실 밖으로 나가려던 게릭토스는 갑자

기 생각난 듯 물었다.

"아! 그나저나 제 보고서는 읽어보셨습니까?"

"무슨 보고서를 말하는 것이지?"

"이틀 전 칼쿨루스 진지에 대한 보고서를 말하는 것입니다 만… 제가 보고하려고 들어왔을 때 워낙 깊이 잠들어 계셔서 깨우지 않고 서탁 위에 두고 갔습니다."

게릭토스의 말에 아르제스는 약간 미간을 찌푸리며 말했 다.

"아, 그러고 보니 요즘 내가 너무 정신이 없어서 보고를 못 받은 것도 모르고 있었군. 다음부터는 아무리 깊이 자고 있더 라도 꼭 깨우도록 해!"

"네, 사령관님!"

게릭토스는 크게 대답하고는 집무실을 나갔다.

아르제스는 문서 보관용 책장으로 걸음을 옮겼다. 분명히 융이 문서를 정리할 때 섞여 들어간 것이 분명했다. 문서를 뒤지던 아르제스는 노끈으로 묶여 있는, 한 번도 본 적 없는 작은 문서를 발견했다. 한눈에 자신이 찾는 문서라는 것을 알 수 있었다. 문서를 정리하는 사람은 융과 아르제스뿐인데 문 서를 묶는 매듭이 달랐기 때문이다. 쉽게 풀리지 않는 매듭으 로 단단히 묶은 것으로 보아 익숙하지 않은 병사가 묶은 모양 이었다. 어렵게 매듭을 푼 아르제스는 천천히 보고서를 읽어 나갔다.

9월 12일 오전.

해안 진지에서 분주하게 병사들이 움직임. 자재를 모으며 작업 준비를 하고 있음.

9월 12일 오후.

후방의 일부 방책들을 일부 철거하고 있음. 병사들에게 물어본 결과, 진지와 방어선을 해안선 쪽으로 전진시키는 공사를 한다고 함.

짧은 보고서였다. 하지만 아르제스는 가슴이 덜컥 내려앉는 기분이었다.

"게릭토스! 게릭토스, 어디 있나!!"

아르제스는 급히 집무실을 뛰어나가면서 외쳤다. 마침 관저 앞에서 부하와 이야기를 나누던 게릭토스는 아르제스의 외침에 급히 관저로 뛰어 들어갔다. 아르제스는 뛰어 들어온 게릭토스의 양 팔뚝을 움켜쥐었다. 놀란 눈으로 자신을 바라보는 게릭토스에게 아르제스는 다급한 음성으로 말했다.

"게릭토스! 그 보고서… 칼쿨루스가 방어선을 바다 쪽으로 전진시키고 있다는 보고 말이다. 도대체 얼마나 전진시킨 거냐?!"

아르제스가 시찰했을 때는 바다와 가장 짧은 거리도 100미터 이상을 유지하고 있었다. 그 정도라면 어제의 태풍이라도

2중 방책 전체가 파손되는 일은 없을 것이다. 전방의 방책이 비바람을 막아주어 최소한 후방 방책만은 온전할 것이기 때문이다.

하지만 진영을 전진시킨다는 표현을 쓴 것은 못해도 수십 미터 정도 방어선을 이동시켰다는 뜻이고, 그렇다면 방책 전체가 위험할 수도 있다. 그것은 거리의 문제도 있지만 지반의 차이 때문이기도 했다. 해안에서 1백 미터 떨어진 곳은 흙으로 다져진 단단한 땅이지만, 거기서 30미터만 전진해도 모래 사장이 펼쳐지기 시작한다. 그곳에 세워진 방책이 적을 막는 것에는 문제가 없겠지만, 태풍이 동반하는 강풍과 파도까지 막을 수 있을지는 의문이었다.

"아! 그 보고서가… 저는 읽어보지 않고 두고 간 것이라서… 정찰 갔던 병사에게 알아보겠습니다."

게릭토스는 크게 당황했다.

"그러면 이미 늦는다. 게릭토스, 즉시 기병 전부를 이끌고 칼쿨루스의 진영으로 가라! 도착 즉시 전령을 보내서 내게 상황을 알려라! 태풍에 칼쿨루스의 진지가 휩쓸렸을지도 모른다!"

게릭토스는 시뻘게진 얼굴로 군례를 올리고 기병 진지 쪽으로 뛰어갔다.

아르제스는 인상을 찌푸리며 빠르게 생각을 정리하기 시작했다. 12일이라면 태풍이 시작되기 하루 전이다. 분명 공사를 진행하는 중에 태풍을 맞이했을 것이다. 아무리 생각해도 불길한 기분이 들었다. 과연 칼쿨루스가 현명하게 대처했을까? 늦은 후회가 밀려왔다. 게릭토스가 자신뿐 아니라 발가르나 융에게도 보고하게 했다면, 분명히 태풍이 불어올 때부터 미리 대처할 수 있었을 것이다. 하지만 자신에게 직접 보고하라고 한 것은 아르제스 자신이었기 때문에 누구를 원망할 수도 없었다.

"사령관님."

아르제스의 외침을 듣고 왔는지 어느덧 융이 옆에 서 있었다.

"발가르님과 메텔로님에게 상황을 알리고, 군단을 소집하겠습니다."

이미 아르제스와 게릭토스의 이야기를 다 들은 융은 자신이 할 일을 잘 알고 있었다.

"그래, 서둘러 줘."

아르제스도 급히 무장을 챙겼다. 이미 그의 마음은 칼쿨루스의 진지로 달려가고 있었다. 지금 시간은 오전 9시, 이미 파도는 4야경시 무렵부터 항해가 가능할 정도로 잦아들었다.

매일같이 세노아 섬을 정탐하는 메디아 정찰 함대가 동이 트자마자 태풍에 휩쓸려 간 칼쿨루스의 진지를 봤다면, 기회를 놓칠 리가 없었다.

여기서 칼쿨루스의 진지까지는 15킬로미터. 도로 사정이 좋지 않은 세노아 섬이니까, 지금 출발한다고 해도 보병은 3시간 반, 기병은 20분 거리이다.

동이 트는 시간은 5시 반 무렵이니까 메디아 정찰 함대가 쾌속선으로 메디아 군에게 이 사실을 알렸다면, 이미 전투 태세였던 메디아 함대는 지금쯤 루투아 항구를 출발하였을 것이다.

세노아 섬 남쪽에 있는 루투아 항구에서 칼쿨루스가 주둔한 해안까지는 배로 겨우 5시간 남짓한 거리이다. 지금 당장 출발한다고 해도 최악의 경우, 아르제스의 군대가 도착한 지 겨우 2시간 만에 지친 몸을 이끌고 메디아의 대군을 맞이하여야 하는 것이다. 그것도 방책(防柵)의 도움없이 말이다.

상황을 파악한 이상 아르제스는 최대한 빠르게 움직이고 있었다. 이케니아 연맹에서 3만도 되지 않는 병사로 세노아 섬을 지키게 한 것은 전체적으로 병역 인구가 부족한 이케니아의 사정 때문이기도 했지만, 그것이 가능했기 때문이다.

하지만 만약 예기치 못한 이번 태풍으로 해안의 방어선이 무너져 버렸다면 이야기는 크게 달라진다. 우티카의 해군력을 잃어버린 지금, 칼쿨루스의 방어선은 단순한 '저지선' 이 아니라 '최후 방어선' 인 것이다. 운이 좋아 메디아 군이 아직 칼쿨루스 진지의 상황을 모르고 있기만을 바랄 상황은 아니었다. 하지만 아르제스가 최악이라고 가정한 상황보다 실제는 훨씬 더 좋지 않았다.

제9장

실착(失錯)

아르제스 전기

"서둘러라!!"

장교들이 병사들을 독촉했다. 병사들은 물에 잔뜩 젖은 갑옷을 입은 무거운 몸으로 목재를 나르거나 바닷물에 떠다니는 보급품, 아군 시체들을 건져 내고 있었고, 몇몇 병사들은 실종자를 수색하는 중이었다.

'제길! 이게 무슨 꼴인가!'

칼쿨루스는 미칠 것만 같은 심정이었다. 제대로 잠을 자지 못한 칼쿨루스의 눈은 붉게 충혈되어 있었다. 그것은 병사들도 마찬가지이지만, 지금의 상황은 그들에게 휴식 따위를 허락하지 않았다. 이틀에 걸친 태풍으로 해안에 방어선 곳곳이 무너진 것이다. 더불어 바다를 향해 설치했던 투석기 등은 거의 파손되고, 절반가량의 보급품들마저 바닷물에 휩쓸려 버렸다.

그는 3일 전에 명령을 내려 방어선을 바다에서 50미터 떨어진 곳까지 전진시켰다. 적의 상륙 공간을 줄이고 상륙병에게 바로 화살을 날릴 수 있는 사정거리를 확보함으로써 적극적인 방어 태세를 갖추기 위해서였다. 충분히 효율적인 생각이었다. 다만, 태풍이 올 것을 몰랐다는 사실을 제외하고. 하지만 계절이 지난 시점에서 그 정도의 태풍이 불어올 것이라고 예상할 수 있는 인간은 없다. 이후 칼쿨루스의 대응이 나빴던 것이다.

13일 새벽부터 나빠지기 시작한 날씨에 몇몇 참모들이 우려를 표시했지만 칼쿨루스는 작업을 중단하지 않았다. 공사를 진행하기 전부터 해안에는 이미 2중 방책이 설치된 상태였다. 그러니 방어선을 전진시키려면 당연히 방책도 전진해서 다시 건설해야 한다. 하지만 근처에 목재가 풍부하지 않았고, 아르제스에게 목재를 구걸할 생각도 없는 칼쿨루스는 진영을 전진시키면서 새로운 방책을 만든 것이 아니라 후방의 방책을 철거하여 나온 목재로 최전방의 방책을 만들었다. 이렇게 하면 이미 다듬어진 자재로 조립만 하면 되는 셈이기에 방책 공사 시간이 비약적으로 줄어들게 된다.

그렇기에 공사를 시작한 지 하루 만에 방책 공사는 반 이상 끝나 있었다. 날씨에 대한 확실하지도 않은 두려움 때문에 공사를 중단하기에는 너무나 아까운 상황이었던 것이다. 그리고 칼쿨루스의 참모들은 군단병들과 마찬가지로 모두가 이케니아 본토 출신이기에 섬 날씨에 대한 확신도 없었다. 그래서 칼쿨루스를 적극 만류하지도 않았다.

13일 밤이 되자 누가 봐도 이것이 태풍이라는 것을 알 수 있었지만, 칼쿨루스는 방책에 잘못된 집착을 가지고 말았다. 공사는 더 이상 진행하기 어려워 중지한 상태임에도 불구하고 이미 건설 중인 전방 방책이 파도에 쓸려 나가지 않도록 병사들과 함께 방책을 보수하며 밤을 지새웠던 것이다. 내심 태풍이 빨리 지나가길 바라면서 말이다. 결국 그의 노력에 힘입어 13일 밤은 무사히 방책을 지켜낼 수 있었다.

하지만 태풍은 다음날인 14일에도 계속되었다. 낮 동안 태풍의 기세가 누그러진 틈을 타, 절벽 뒤에 임시로 세워진 막사 안에서 병사들은 추위에 떨어야 했고, 밤이 되자 다시 거세어진 바람과 파도에 맞서 방책을 지켜야 했다. 이날은 전날과는 달리 방책을 지켜내지 못했고, 결국 전방 방책은 파도에 휩쓸리거나 바람에 쓰러지고 말았다. 또 전방 방책이 무너지면서 갑자기 몰려 들어온 파도에 많은 병사들이 휩쓸려 죽거나 실종되어 버렸다. 칼쿨루스가 방책을 포기하라는 뒤늦은 철수 명령을 내리기 직전에 벌어진 일이었다.

그는 바렌 가문의 일원이지만 내륙 도시인 카라카스에서

태어나고 자란 사람이라 바다의 무서움을 간과하였던 것이다.

결과적으로 칼쿨루스에게 남은 것은 완성되지도 못하고 무너져 버린 전방 방책과 곳곳이 파손된 후방 방책, 그리고 무기마저 제대로 갖추지 못한 상태로 지쳐 버린 9천 남짓한 병력이었다. 그것마저도 궁병을 포함한 숫자였다.

칼쿨루스는 긴장감 때문에 입술이 바짝바짝 말라왔다. 매일같이 시체를 찾는 독수리들처럼 자신의 진지를 정찰하던 메디아의 정찰 함대가 태풍에 침몰했기를 바라면서, 어떻게든 방어선을 복구해 보려고 병사들을 독려하고 있었다. 그리고 급히 아르제스에게 전령을 파견했다. 더 이상은 자존심을 세울 만한 사정이 아니었기 때문이다.

*   *   *

세노아 섬 남단 20킬로미터 지점, 바다를 가득 메운 200여 척의 메디아 함대가 세노아 섬을 향해 질주하고 있었다. 정확하게는 칼쿨루스가 지키고 있는 해안이 목적지였다. 기함의 뱃머리에는 돛 줄을 붙잡고 뱃머리에 몸을 고정한 화려한 갑옷의 남자가 전방을 주시하고 있었다. 우티카를 공격했던 아쿠타 장군, 바로 그가 지휘하는 함대인 것이다.

"흐흐… 아르제스 녀석, 기다려라!"

우티카에서 치욕적인 패배를 안겨준 아르제스에게 복수하러 간다고 생각하자 아쿠타는 절로 흥이 났다. 비록 본국에서는 개선장군의 대접을 받았지만, 이케니아 전역에 아르제스라는 이름이 퍼져 나가고 있다는 소식을 들을 때마다 수치와 분노로 인해 몸을 떨어야 했다. 그러다 아르제스가 세노아 섬에 왔다는 사실을 알았을 때부터 복수의 칼날을 갈아왔던 자신이 아니던가! 그런데 이제 복수할 절호의 기회가 생긴 것이다.

정찰 함대의 보고를 받자마자 아쿠타는 이것이 하늘이 준 기회임을 알았다. 어떤 상황에서도 정찰 함대의 파견을 거르지 않고 기회를 노린 보람이 있었던 것이다. 그리고 아쿠타는 이런 기회를 놓칠 사람이 아니었다.

그는 이 상륙 작전의 승패가 시간에 달려 있음을 알고 있었다. 그래서 휘하에 편성된 8만의 병사들 중 중장 기병을 제외한 4만의 병사만 급하게 배에 싣고 세노아 섬으로 향한 것이다. 게다가, 지금 아쿠타가 이끄는 메디아 함대는 루투아에서 출항한 것이 아니었다. 아쿠타는 세노아 공략을 위해 칼쿨루스가 지키는 해안과 불과 3시간 거리에 건설한 군항인 '카마'에서 출항한 것이다.

기본적으로 메카나 지방 사람들은 기마 민족이다. 하지만 메디아 왕국은 기마술 못지않은 조선술과 항해술을 가지고 있었다. 그런 해양 기술의 집결체인 카마 항구는 아쿠타의 군함들을 태풍으로부터 훌륭히 지켜낸 것이다. 정찰 함대가 칼쿨루스 진지의 상황을 파악한 지 불과 6시간 만에 아쿠타의 함대는 이제 세노아 섬을 코앞에 둔 지점까지 진군하고 있었다.

비록 아르제스에게 한 번 좌절을 당하긴 했지만, 아쿠타는 타고난 군사적 재능을 가진 장군이었던 것이다.

게릭토스의 기병대를 먼저 출발시킨 아르제스는 급히 전체 군단병을 소집하였다. 세노아 시의 방어는 치안대에게 맡기고 자신의 군단 전체와 궁병대 1천 명을 이끌고 출동하기로 한 것이다. 급작스런 소집 명령이었지만, 백인대—대대—군단의 순서로 이루어진 조직 체계는 이런 급박한 상황에서야말로 그 위력을 발휘했다. 백인대장과 대대장의 통제 하에 1만 4천 명의 3개 군단이 출정 준비를 마치는 데 걸린 시간은 불과 30분에 불과하였다.

아르제스도 아쿠타와 마찬가지로 이 싸움이 시간과 속도의 싸움이라는 것을 알고 있었다. 보통 중장 보병은 갑옷에 검, 방패, 투창을 기본 무장으로 하고 5일치 식량, 진지 공사용 공구, 그 외 각종 보급품 등을 휴대하고 이동한다. 하지만 아르제스는 군단병들에게 무장에 관련된 장비를 제외하고는 모두 진영에 남겨두도록 지시했다. 최대한 이동 속도를 높이기 위해서였다.

보통 보병의 이동 거리는 완전 군장을 기준으로 시간당 5킬로미터 남짓한 정도이다. 하지만 군장(軍裝)의 부담이 없는 보병들은 엄청난 속도로 이동하기 시작했다. 더욱이 이들은 '기동성'을 강조한 훈련을 충실히 수행해 왔던 병사들이었다. 사실 아르제스가 보병에게 '기동 훈련'을 실시한 것은 다른 속셈이 있어서였지만, 이런 상황에서도 여실히 효과를 발휘하고 있었다.

세노아 시 남서쪽에 있는 칼쿨루스의 진지로 군단병을 이끌고 출발한 지 10분도 지나지 않아, 전방에서 기병 10기가 달려왔다. 군단의 선두에 서 있던 아르제스는 한눈에 그들이 게릭토스의 기마병들임을 알 수 있었다. 아르제스는 군단을 멈추지 않고 기마병들과 나란히 말을 달리며 보고를 들었다.

"해안으로 가는 도중 칼쿨루스가 보낸 전령을 만나 빨리 사정을 알 수 있었습니다. 그쪽 상황은 아르제스님이 걱정하신 것보다 더 심각한 상태입니다. 방책의 곳곳이 소실되어 버렸고, 진지도 강풍에 이미 엉망이 된 상태였습니다."

게릭토스의 보고에 아르제스는 잠시 생각에 잠기더니 게릭토스에게 되물었다.

"병사들은? 진지는 그렇다 치고 병사들은 어떻게 되었는가?"

"칼쿨루스가 억지로 방책과 진지를 사수하려고 했던 모양입니다. 첫날은 잘 버텼다는데 둘째 날에 결국 방책이 무너졌습니다. 병사들의 피해도 만만치 않은 모양입니다."

아르제스는 아차 하는 심정이었다. 그렇다면 수비선과 병사 중 어느 하나도 지켜내지 못한 꼴이 된 것이다. 아르제스 스스로도 군사적 재능이 있음을 인정한 칼쿨루스가 그런 정도의 실착을 저지르다니!

"알았다. 가서 칼쿨루스에게 전해라! 해안의 진지는 포기하고 언덕 쪽에 임시로 진지를 구축하라고 말이다. 이것은 명령이다! 말을 듣지 않으면 칼이라도 들이대서 말을 듣게 만들어라!"

"아… 네… 넷!"

5배의 병력과 싸웠던 우티카 방어전에서도 침착함을 유지했던 아르제스가 이처럼 화를 내자 게릭토스는 무척이나 놀랐지만, 곧바로 기병을 이끌고 칼쿨루스의 진지 쪽으로 말을 달렸다.

전장에서는 때로 아주 작은 실수나 불운이 엄청난 결과를 만들어내는 경우가 있다. 지금 이케니아 군에 닥친 상황이 바로 그런 경우였다. 하지만 아르제스도 자신에 대한 칼쿨루스의 경쟁심이 그런 실수를 저지르는 데 한몫했다는 것까지는 알지 못했다.

게릭토스가 아르제스의 명령을 전했지만, 칼쿨루스는 진

영을 보수하고 방책을 세우는 작업을 그만두지 않았다. 단순한 자존심 때문에 그러는 것은 아니었다. 단지, 아르제스와는 지금 상황을 파악하는 관점이 달랐기 때문이다.

근처 절벽에 파견한 관측병에게서 아직까지 메디아 함대가 나타났다는 소식은 들리지 않고 있다. 게다가 매일같이 모습을 드러내던 정찰 함대마저 보이지 않고 있었다. 칼쿨루스는 분명히 어제의 태풍으로 메디아의 함대도 심각한 타격을 입었다고 확신했다. 약 2시간 후에 도착할 아르제스의 병력과 함께 급히 보수 작업을 하면 늦어도 오늘 오후까지는 단일 방책으로 이루어진 수비선 정도는 구축할 수 있을 것이라는 게 칼쿨루스의 생각이었다. 나타나지도 않은 메디아 군에 미리 겁을 먹고 물러날 생각은 추호도 없었던 것이다. 하지만 그의 생각이 틀렸다는 것을 증명하는 데는 10분도 걸리지 않았다.

관측병이 호각을 불어온 것이다. 메디아의 배를 발견했다는 신호였다. 칼쿨루스는 제발 정찰 함대이길 바랐다. 지금에서야 이곳 상황을 파악한다면, 메디아 군의 본대(本隊)가 오기까지는 시간이 충분하기 때문이다. 하지만 수평선 너머로 모습을 드러내기 시작한 함대는 의심의 여지없는 아쿠타가 직접 이끄는 메디아 군의 본대였다.

적 함대였지만, 전율이 일어날 정도로 웅장한 모습이었다. 메디아의 함대를 바라보는 칼쿨루스는 가슴이 서늘해지는 기분이었다.

"……."

칼쿨루스는 손을 놓은 채 멍하니 메디아 함대를 바라보았다. 그는 혼란에 빠졌다. 연이어 일어나는 악재에 잠시 자기 통제 능력을 상실해 버린 것이다. 하지만 그는 곧바로 정신을 차렸다. 실수는 실수일 뿐이다. 칼쿨루스는 지금 자신이 할 일을 해야만 했다. 회복이 빠른 것도 칼쿨루스의 장점이었다.

병사들도 이미 메디아 함대의 출현에 놀라 패닉 직전의 상태에 있었다. 하지만 칼쿨루스는 그전에 병사들을 수습하기 시작했다.

"작업을 중단하라! 무기만 챙겨서 뒤편 언덕으로 이동한다! 서둘러라!"

어차피 체력이 떨어진 병사들로 무너진 방책을 방패 삼아 정면 대결을 하는 것은 불가능했다.

칼쿨루스의 명령을 부관들이 병사들에게 전달하기 시작했다.

"작업 중단이다! 자기 물건 챙겨서 빨리 부대끼리 모여라!"

칼쿨루스의 명령에 부장들도 흩어져 휘하의 병사들을 빠르게 소집하기 시작했다. 병사들은 혼란 속에서도 병기를 챙겨서 집결하기 시작했다. 그리고 병사의 집결이 어느 정도 끝나자 대열을 갖출 틈도 없이 해안선에서 퇴각하기 시작했다.

"상륙을 시작하자! 갈바와 바투 함대에 신호를 보내라!"

아쿠타의 명령에 따라 뿔 나팔이 울렸다.

뿌우우우오!!

아쿠타의 함대는 거칠 것이 없었다. 이미 칼쿨루스의 퇴각이 확인되었기 때문에 아쿠타 함대의 상륙을 막을 것은 아무것도 없었다. 설사 칼쿨루스가 해안에서 결사 항전하기로 결심했더라도 3킬로미터 가까이 되는 해안선을 여러 곳이 무너진 목책으로 전부 방어하는 것은 불가능하다. 결국은 4배가 넘는 자신의 병력에 포위되어 전멸했을 것이다.

"궁병대 엄호 위치로! 보병대 상륙 준비!"

"꾸물거리지 마라!"

부관인 갈바와 바투는 장군인 아쿠타의 지시가 없이도 능숙하게 상륙 작전을 지휘했다. 2백 척이 넘는 메디아의 함대는 3킬로미터나 되는 해안을 빠짐없이 메우며 진군해 왔다. 해안의 모래톱 근처까지 접근하자 배들이 멈추고, 밧줄로 엮은 사다리를 타고 일제히 메디아 병사들이 상륙하기 시작했다.

무너진 방책 사이로 쉴 새 없이 메디아 군이 몰려들었고, 10분도 되지 않아서 해안은 메디아 병사들로 가득 차버렸다. 각 부대의 기수(旗手)들이 집결 위치에 자리잡으면 그 뒤로 창과 방패로 무장한 팔랑크스 창병이 선두에서 방진을 형성했다. 그 뒤로 칼과 원형 방패로 무장한 메디아 보병이 진형을 갖추기 시작했다. 그리고 마지막으로 궁병대가 보병대 뒤에 위치했다.

해안에서 800미터 정도 떨어진 언덕 근처에서 후퇴를 멈추고 그 광경을 바라보는 칼쿨루스의 마음은 무겁기만 했다. 메디아 군의 진형은 바위처럼 단단해서 틈이라고는 보이지 않았다. 그렇다고 저들이 마음대로 진형을 갖추고 세노아 시로 진군하게 내버려 둘 수만은 없었다. 다행히 자신의 궁병들은 해안을 방어해야 하는 특수성 때문에 사정거리가 긴 석궁을 다수 보유하고 있었다.

"이대로 물러설 수는 없지!"

칼쿨루스의 눈에는 독기가 어리고 있었다. 그는 즉시 지휘관들을 불러 모았다. 최대한 메디아 군을 저지시켜야만 했다.

"잘 들어라! 본대 보병과 석궁으로 무장한 궁병 1천은 나를 따른다. 코타! 자네는 나머지 보병과 궁병을 이끈다. 어차피 우리가 싸워서 이길 수 있는 상대는 아니다. 하지만 최대한 메디아 놈들이 진형을 갖추는 것을 늦춰야 한다!"

칼쿨루스의 음성은 비장했다. 이대로 자신이 물러나 버린다면 메디아 군들은 포진을 완료한 채 근처 언덕을 점령해 버릴 것이다. 그러면 지금 달려오고 있는 아르제스의 군단이 도착해 봤자 압도적인 병력에 의해 패퇴될 것이 분명하다. 지금은 자신이 어떻게든 버텨줘야 할 때임을 칼쿨루스는 알고 있었다. 무엇보다 이대로 물러난다는 것은 자신의 자존심이 허락하지 않았다. 도움을 청하긴 했지만, 아르제스에게 꼴사나운 모습을 보이는 것은 죽는 것보다 싫었던 것이다.

"이 작전의 핵심은 진형 유지와 기동력이다! 보병을 선두로 보병과 궁병이 1열씩 교대로 포진한 다음 움직인다. 일단 적군에 접근하면 함성을 질러 주의를 끌어라. 하지만 최소한 200미터 거리는 유지해서 적에게 돌격 거리를 주지 말아야 한다. 그리고는 석궁병들이 화살로 공격한다. 만약 적군이 대응하려는 기미가 보이면 즉각 후퇴해서 거리를 확보하고, 다시 화살로 공격한다. 적이 활로 대응하면 보병들은 방패를 들어 최대한 뒤에 있는 궁병들을 보호한다. 나의 부대는 적의 우익, 코타의 부대는 좌익을 공격한다. 알아들었는가?'

칼쿨루스의 설명을 들은 장교들은 굳은 표정을 지었다. 참으로 위험하고 힘든 작전이었다. 몇천의 병사로 4만이 넘는 대군을 향해 뛰어 들어가야 하는 일은 둘째 치고라도, 이미 체력이 바닥난 병사들이었다. 그런 병사들로 언덕을 오르내리며 수행해야 되는 작전인 것이다. 하지만 장교들 중 누구도 반론을 제기하지 않았다.

칼쿨루스는 부하들 사이에서는 신망이 높은 장수였다. 이렇게 비장한 표정으로 말하는 그에게 차마 '불가능합니다' 라고 말할 수는 없었다. 그리고 어차피 해야 할 일이면, 할 수밖에 없는 것이다. 장교들의 암묵적인 동의를 얻어낸 칼쿨루스는 낮은 목소리로 말했다.

"시작하자!"

해안에서 돌아온 기병의 보고를 들은 아르제스는 경악을 금하지 못했다. 보고에 의하면 벌써 메디아 함대가 모습을 드러내었다는 것이다. 아르제스가 예상한 시간보다 4시간은 빠른 속도였다. 이것은 메디아 군은 이미 어떠한 상황에도 대처할 수 있는 준비를 해왔다는 소리였다.

이미 아르제스는 며칠 전 첩보를 통해서 세노아 침공을 책임지고 있는 사령관이 우티카에서 맞붙었던 아쿠타인 것을 알고 있었다. 비록 자신에게 한 번 패배 아닌 패배를 맛본 장수이지만, 아쿠타의 저력이 자신의 상상 이상임을 인정할 수밖에 없었다.

'전투를 아는 자다!'

이 순간 아쿠타에 대해 아르제스가 내린 평가였다. 하지만 적에게 감탄만 하고 앉아 있을 수는 없었다. 아르제스는 군단의 진군 속도를 더욱 높였다.

인간은 위급한 상황에서 가끔 자신의 한계를 넘어서는 능력을 발휘하고는 한다. 칼쿨루스의 병사들은 한 번도 경험한 적이 없는 이 작전을 훌륭하게 수행하고 있었다. 숨이 턱에 차오르고 물에 젖은 가죽 갑옷이 몸을 무겁게 짓누르고 있었지만, 몸은 자기 의지를 벗어나 움직이고 있었다.

"와아아아아!!"

이미 쉬어버리고 갈라진 목소리였다. 함성을 지르며 메디아 군에 접근한 이케니아 병사들의 화살 공격이 시작되었다.

보통 소형 석궁은 70~80센티의 대(臺)에 40센티 폭의 활을 고정시킨 형태였는데, 왼발을 대 끝에 붙어 있는 철재 등자에 집어넣고 밟아 석궁을 고정시킨 후 오른손으로 활시위를 당겨 화살을 메기는 방식이다. 하지만 이런 활은 명중력은 높지만 사정거리는 일반 활보다 조금 길 뿐이다. 하지만 지금 이케니아 병사들이 사용하는 석궁은 사정거리가 200미터가 넘는 대형 석궁이었다. 원래는 발사대에 고정시켜 사용하는 이 석궁을 2인 1조가 되어 사용하고 있었던 것이다.

"발사!"

퉁!! 퉁!!

시위가 퉁기며 경쾌한 소리를 내었고, 수백의 화살이 발사되었다. 원래 호흡 조절이 전혀 안 된 상태에서 쏜 화살이 제대로 맞을 리는 만무했지만, 워낙 적의 수가 많아서인지 한 번 사격에 쓰러지는 메디아 병사들이 꽤 되었다.

퇴각한 줄로만 알았던 이케니아의 병사들이 기습을 하자 꽤나 당황하는 기색을 보이는 메디아 군이었지만 쉽사리 도발에 넘어가지는 않았다. 바로 방패로 밀집 진형을 형성하고 화살의 공격에 대처했다. 그렇지만 병사들 사이로 날아드는 석궁은 높은 관통력으로 대부분의 방패마저 뚫어버렸고, 참지 못한 메디아의 궁병들이 전방으로 달려나왔다.

메디아 궁병들은 장궁으로 무장하고 있었다. 이케니아 군의 석궁만큼은 아니지만 긴 사정거리를 자랑하는 무기였다. 게다가 발사하는 데 걸리는 시간이 칼쿨루스 군이 사용하는 대형 석궁보다 짧았다. 메디아 궁병들은 자리를 잡자마자 활을 시위에 메겼다.

"전원 진형을 유지하면서 후퇴!"

칼쿨루스는 병사들을 후퇴시켰다. 최대한 거리를 확보해 장궁병들의 사정거리에서 벗어나야만 했다. 그리고 화살이 막 발사되려는 찰나, 이동을 중지시켰다.

"전원 정지! 보병은 방패를 들어 궁병을 보호해라! 궁병들은 화살 장전 준비!"

명령과 함께 궁병들은 화살을 뽑아 손에 쥐고서 앞 열 보병이 든 방패 밑으로 최대한 몸을 숨겼다.

쉬이이이!!

화살 소리가 들린 직후, 수많은 화살들이 날아왔다. 대부분은 거리에 못 미쳐 땅에 박혔지만 일부 화살이 이케니아 병사들을 덮쳤다.

"으아악!!"

비명 소리가 울려 퍼졌다. 대부분 보병들이었다. 보병들을 희생해 가면서 작전의 핵심인 궁병들을 지킨 것이었다. 자기 대신 죽어가는 보병들을 바라보는 궁병들의 눈에는 광기가 어렸다. 슬퍼할 겨를도 없이 메디아 군의 화살이 그치자마자 다시 이동 명령이 내려졌다.

"전원 진형을 유지하면서 후퇴!"

쓰러진 보병들의 시체를 뒤로하고 이케니아 병사들은 재빠르게 거리를 벌렸다. 이케니아 군이 필사적으로 메디아 군의 좌익과 우익을 치고 빠지는 바람에, 메디아 군이 완전히 상륙해서 진형을 정비하는 데는 상당한 시간이 걸리고 있었다.

이 소식은 해안에서 20분 거리까지 진군한 아르제스의 귀에도 들어갔다.

칼쿨루스가 메디아 군의 상륙을 필사적으로 저지하고 있다는 소식을 들은 아르제스는 회심의 미소를 지었다. 최악으로 몰린 상황에서 칼쿨루스의 군사적 재능이 발휘되기 시작한 것은 불행 중 다행이었다. 아르제스의 군단은 이제 눈앞에 보이는 구릉만 넘어가면 해안이 눈에 들어오는 거리까지 진군했다.

하지만 아르제스는 메디아 군을 여기서 무찌를 생각은 하지 않았다. 보급품도 모조리 놓고 나온 상황에서 언제 시작될지도 모르는 회전(會戰)을 치를 생각도 없었고, 세노아 시를 오래 비워둘 수도 없었다. 지금 아르제스가 구상하고 있는 전투는 칼쿨루스의 군단을 무사히 후퇴시키는 퇴각전이었다.

"전군 정지."

손을 들어 신호하며 내린, 소리를 죽인 나직한 명령이었다. 선두에서 진군하던 아르제스의 손이 올라가자 일사불란하게 1만 5천의 병력이 정지했다. 상황은 급박했고, 이 언덕만 넘으면 바로 전장이지만 그렇기에 더욱 정지해야만 했다. 군장 없이 행군했다지만, 상당한 강행군이었다. 때문에 호흡을 가다듬고 체력을 비축할 필요가 있었다.

병사들이 언덕 뒤에서 쉬는 동안 아르제스와 군단장들은 말에서 내려 언덕 위로 올라갔다. 구릉에 엎드려 전장의 상황을 엿보기 위해서였다.

"휴우! 개미 떼같이 몰려들었군!"

멀리 보이는 해안 백사장을 가득 메워 버린 수만의 메디아 군이 장관을 연출하고 있었다. 그런 메디아 군의 좌우익을 치고 빠지면서 교란시키는 칼쿨루스의 모습도 눈에 들어왔다. 아직까지는 버티고 있지만, 멀리서 보기에도 지쳐 보이는 모습이 역력한지라 오래 버틸 수는 없을 것 같았다. 게다가 메디아 군의 중앙이 이미 포진을 마치고 칼쿨루스의 병사들을 쓸어버릴 태세였다. 아르제스는 더 이상 볼 것도 없다고 생각하고 군단병들에게로 향했다. 그리고 게릭토스와 군단장, 대대장들을 급히 소집했다.

"게릭토스! 자네는 기병은 모두 이끌고 우익의 포진해 있다가 신호하면 적의 좌익을 친다. 단, 칼쿨루스가 퇴각할 시간을 벌기 위한 공격이니 절대로 무리를 하면 안 된다. 들키지 않게 최대한 우회해서 접근해라! 지금 출발해라."

"네! 사령관님!"

군례를 취한 게릭토스는 말을 몰아 기병대가 있는 곳으로 사라졌다.

"나는 휘하의 2개 대대를 지휘하여 적의 우익을 위협한다. 그리고 발가르님! 발가르님은……."

아르제스는 자신이 구상한 작전을 빠르게 지휘관들에게 전달했다. 작전 전달이 끝난 후 장교들은 휘하의 병사를 이끌고 언덕 뒤, 메디아 군의 시야가 닿지 않는 곳에서 조용히, 그러나 빠르게 이동했다. 적의 우익으로 우회한 아르제스와 휘하 군단병들은 근처 언덕 능선을 따라 머리만 드러낸 채로 엎드려 상황을 주시했다.

게릭토스의 기병보다는 기동성이 느릴 수밖에 없는 아르제스는 기회를 노리고 있었다. 그 기회는 칼쿨루스의 궁병들이 공격을 가하는 시점이었다.

"신호를 올려라."

이윽고 아르제스는 옆에 있는 수기(手旗)병에게 명령했다. 아르제스의 진영 쪽에서 붉은 깃발이 오르자 이를 본 발가르와 메텔로는 휘하 군단에 명령을 전달했다.

"진군! 최대한 크게 함성을 질러라! 북을 울려라!"

둥둥둥둥!

"와아아아!!"

군단장의 지시 아래, 미리 대대별로 능선 아래서 길게 늘어선 진형으로 대기하던 아르제스 군이 함성을 지르며 언덕 위로 모습을 드러내었다.

"응?! 아르제스 놈이 이끄는 군대인가?!"

중군(中軍)을 지휘하며 칼쿨루스 군을 쓸어버릴 준비를 하던 아쿠타는 갑자기 멀리 언덕 위로 모습을 나타낸 군사들을 보며 말했다.

상륙 직후 아쿠타는 이곳을 아르제스가 직접 방어하지 않았음을 알 수 있었다. 그래서 빠르게 진형을 정비한 뒤 아르제스가 합류하기 전에 칼쿨루스 군을 몰아내려고 했다. 그래야 전략적으로 유리한 언덕들을 미리 장악할 수 있기 때문이다. 하지만 아쿠타가 아르제스의 예상을 뛰어넘은 속도로 진격한 만큼, 아르제스도 아쿠타의 상상을 뛰어넘는 속도로 모습을 드러내고만 것이다.

"와아아아!!"

엄청난 함성과 함께 모습을 드러낸 아르제스 군은 언덕 능선 위에서 잠시 진형을 정비했다. 1만을 넘긴 수의 병력이라도 아래쪽에서 뒤를 볼 수 없는 능선 위에 길게 늘어서면 실제보다 훨씬 많아 보인다. 아쿠타는 예상했던 것보다 많은 수의 병력이 나타나자 방심할 수 없다고 생각했다. 게다가 이미 자신을 가로막은 적이 있는 아르제스가 직접 지휘하는 군대였다.

"방어 진형으로! 진형을 갖추는 즉시 천천히 진군한다!"

아쿠타의 명령은 빠르게 전해졌다.

"기수와 창병은 반 보로 전진!!"

"나팔을 울려라!"

뿌―뿌―뿌―

짧고 규칙적인 뿔 나팔 소리가 울렸다.

아쿠타는 냉철하게 이 상황을 파악하고, 적이 회전을 걸어 오더라도 대응할 수 있도록 병사를 움직이고 있었다. 최소한 병사를 움직일 만한 후방 공간을 확보하기 위해서 군대를 해 안에서 전진시킬 필요가 있다. 그리고 이미 뒤쪽의 언덕 위에 포진한 아르제스 군과의 전투에서 지형적 불리함을 안고 싸우지 않으려면 칼쿨루스 군이 차지하고 있는 언덕을 확보해야만 했다. 그래서 조금은 느리지만 압도적인 병력을 앞세우고 전진할 것을 명령한 것이다.

"와아! 원군이다!!"

어디서 그런 힘이 아직 남아 있는지 칼쿨루스의 병사들은 함성을 질렀다. 뒤편 언덕 위에 늘어선 아르제스의 군단을 본 칼쿨루스도 지금 이 순간만큼은 달려가 포옹이라도 해주고 싶을 만큼 아르제스가 반가웠다.

언덕 위에 포진한 아르제스의 진영 쪽에서 흰 깃발과 노란색 깃발이 교차되어 혼들리고 있었다. 퇴각을 알리는 수기 신호다. 두말할 것도 없이 자신의 부대에 보내는 수기 신호였다.

칼쿨루스는 오래 생각하지 않았다. 이미 자신의 군단은 전투력을 상실한 것이나 마찬가지였기에 전장에 남아 있어 봐야 도움이 되지 않는 것이다.

"궁병 일제 사격 후 원군이 있는 언덕까지 전속 퇴각이다!"

수기 신호를 보고도 퇴각을 망설이던 코타의 군단도 칼쿨루스가 퇴각하는 모습을 보고 서둘러 퇴각하기 시작했다.

메디아 군이 언덕을 점령하기 위해 진군을 시작할 때, 예상치 못한 저항에 부딪쳤다. 정면에서 나타난 군대에 주의하는 사이, 메디아 군의 측면으로 우회한 아르제스와 게릭토스 병사들이 공격을 해왔기 때문이다.

제일 먼저 노려진 것은 칼쿨루스 군단에 대응 사격하기 위해서 전진해 있던 장궁병들이었다. 일부 궁병들은 보병들 뒤로 몸을 숨겼지만, 측면에서 기습해 온 아르제스의 병사들은 마치 파도가 몰려오듯 돌격해서 궁병들을 쓸어버렸다. 메디아의 창병들과 보병들은 당황하면서도 측면에 방어진을 형성하며 공격에 대비했지만, 아르제스는 처음부터 보병들은 관심도 없었다.

궁병들을 기습하는 데 성공한 아르제스의 보병들과 게릭

토스의 중장 기병들은 썰물 빠지듯 후퇴해 버렸다. 하지만 칼쿨루스 군 병사들의 화살이 날아온 직후, 느닷없이 측면에서 이루어진 기습에 당황한 메디아 군사들은 감히 추격할 엄두를 내지 못하였다. 게다가 지금 메디아 군에는 기병이 없었다.

"음?!"

전장을 살펴보던 아쿠타는 이상한 기분을 들었다. 방금 자기 군단의 좌우측에 기습을 통해서 훨씬 큰 피해를 입힐 수 있었는 데도 불구하고 궁병들만 공격한 후 빠져 버린 것이다. 마치 몸을 사리는 듯한 모습이었다.

이때, 칼쿨루스의 병사들은 어느덧 아르제스의 병사들이 포진하고 있던 언덕 너머로 사라지고 있었다. 그리고 함성을 지르며 북소리에 맞추어 전진하던 아르제스의 군단도 50미터 정도 전진한 후 전진을 멈추고 있었다.

"뭐지? 무슨 꿍꿍이인 것이냐!"

이 순간 아쿠타는 최소한 아르제스가 회전을 벌일 생각은 없음을 깨달았다. 만약 회전을 벌일 작정이었으면, 지형적으로 유리한 고지를 잡고 있는 상황에서 좌우 기습까지 성공한 자가 그냥 물러날 리가 없는 것이다. 더구나 자신의 군대는 바다를 등지고 있는 배수진(背水陣)의 형태가 되어버려서 퇴각도 불가능한데 말이다.

그때 전진을 멈추고 있던 아르제스의 군단병들이 진형을

유지한 채 물러서는 모습이 눈에 들어왔다. 기세 좋게 몰려오던 적군이 갑자기 진군을 멈추더니, 이제는 퇴각이라니? 그때서야 아쿠타는 속으로 아차 하는 심정이 되었다.

"제길, 그게 아니었군!!"

아쿠타는 이제야 아르제스가 처음부터 칼쿨루스의 퇴각만을 염두에 두고 있음을 알아차린 것이다. 아쿠타는 곧바로 전 군단에 명령을 내렸다.

"전원 빠른 진격이다! 신호를 보내라!"

뿌우—!!

뿔 나팔이 메디아 진영 곳곳에서 울리며 진군을 알렸다. 메디아 병사들은 빠르게 진형을 정비하면서 움직였지만, 4만이나 되는 거대한 덩치가 움직이는 데는 시간이 걸릴 수밖에 없었다.

하지만 일단 움직이기 시작하자 거대한 벽이 밀려가는 듯한 압도적 기세로 아르제스 군단이 포진해 있던 언덕까지 진격해 점령해 버렸다. 언덕을 점령한 아쿠타는 멀리 사라져 가는 아르제스의 군단을 볼 수 있었다. 그런 아쿠타의 입에서 씁쓸한 웃음이 흘러나왔다.

"허… 허… 속은 건가?!"

퇴각하는 아르제스의 병력이 채 1만 5천도 안 되어 보였기 때문이다.

"바투! 걸음이 빠른 보병 2만을 이끌고 저들을 추격해라!

최대한 병력을 줄이고 와라!"

아쿠타는 부장 바투에게 아르제스의 추격을 명령했다. 속은 것과는 상관없이 퇴각하는 적병을 그냥 놔두는 것은 병법에 어긋나는 일이었다. 그리고 지치고 부상당한 칼쿨루스의 병사들을 호위하면서 가야 하기에 퇴각 속도가 느릴 것이라고 생각한 것이다.

명령을 받은 바투는 2만의 보병을 이끌고 퇴각하는 아르제스 군을 추격하기 시작했다. 하지만 미리 언덕 지역을 선점한 후 언덕 아래에서 추격하는 바투의 병사들에게 활을 쏘거나 투창을 던지고서 달아나기를 반복하는 아르제스 군을 따라잡는 것은 쉽지 않았다. 메디아 군이 상륙한 해안에서 세노아 시까지는 수십 개의 언덕이 이어지고 있었기에, 바투는 몇 번이나 언덕 위에서 날아오는 공격을 받아야 했다.

게다가 측면에서는 게릭토스 기병들이 틈만 나면 찌르고 들어와 진군을 방해했다. 비록 4백 기에 불과한 기병이라도 보병의 측면이나 후위를 노리는 중장 기병대는 언제나 공포를 불러일으키는 존재였다. 메디아 군으로서는 급히 출항하느라 '카마 항구'에 남겨두고 데려오지 못한 중장 기병의 부재(不在)가 너무나도 아쉬운 상황이었다.

결국 바투도 추격을 포기할 수밖에 없었고, 칼쿨루스와 8천의 병사를 호위한 아르제스 군은 무사히 세노아 시로 퇴각할 수 있었다.

이 퇴각전에서 아르제스는 10여 명의 병사만을 잃었다 아쿠타는 약 8백여 명의 병사를 잃었지만 4만의 병력에서 8백이 빠져 봤자 표시도 나지 않을 수준의 피해였다. 대규모 상륙 작전의 성공과 비교해 볼 때 피해가 없었다고 봐도 무방하였다.

세노아 시로 들어온 아르제스는 성문과 항구의 경계를 강화시키고, 강행군에 녹초가 된 병사들을 쉬게 했다. 그리고 부상당한 칼쿨루스의 병사들은 즉시 응급 치료를 받을 수 있도록 조치했다. 다행히 세노아 시는 규모만큼이나 의사의 수도 많았기에 부상병의 치료는 빠르게 진행되었다.

*   *   *

아르제스도 이미 예상했었던 것이지만, 아쿠타의 군대는 세노아 시로 바로 진격해 오지 않았다. 아쿠타는 아르제스의 예상대로 움직이고 있었지만, 아이러니하게도 그것이 아르제스에게는 가장 불행한 일이었다.

아쿠타가 퇴각하는 자신을 추격해 바로 세노아를 공격했다면, 비록 강행군에 지친 아르제스 군단이지만 성벽을 의지해 충분히 격퇴할 수 있었다. 우티카 전투에서 뚫려 있는 관문을 향해 몰려오는 1만의 병력을 1천5백, 나중에는 1천도 안 되는 병력으로 막아내었던 아르제스다. 하물며, 수십 년간에 걸친 메디아 군의 침공을 막아낼 정도로 견고한 세노아 시의 성벽과 성문을 아직 공성 병기도 준비 못한 적을 상대하면서 지키지 못할 리가 없었다.

하지만 그것은 아쿠타도 너무나 잘 알고 있는 사실이었다. 아쿠타는 처음부터 장기전을 생각하고 있었다. 물론 적이 회전에 응해준다면 금상첨화다. 공성전에는 자신없지만 회전에 자신있는 데다가, 이제 곧 도착할 5천여 기의 중장 기병만 있으면 라인 제국군도 두렵지 않은 그였다. 하지만 아르제스도 회전에 쉽게 응할 리는 없기에 세노아를 포위하고 장기 전술을 구사하려는 것이었다.

이런 아쿠타에게는 3가지 이점이 있었다.

첫째, 자신의 병력이 아르제스의 병력보다 몇 배나 많은 데다 질에서도 그다지 뒤처지지 않는다는 점.

둘째, 자신이 바다를 장악했다는 점. 즉, 제해권을 상실한 이케니아의 원군을 사전에 차단할 수 있는 동시에 본국에서 보급을 원활히 받을 수 있다는 점.

셋째, 아직 세노아 섬의 곳곳에는 미처 수확하지 못한 밀이 널려 있다는 점.

압도적인 병력과 식량, 안정된 보급로, 더불어 적의 원군마저 막을 수 있는 위치를 확보한 아쿠타는 이미 이 전쟁은 질 수 없는 전쟁이라 생각하고 있었다.

융을 대동한 아르제스는 장교 숙소로 향하였다. 상처를 치료하고 휴식을 취하고 있는 칼쿨루스를 만나보기로 한 것이다. 칼쿨루스의 방 앞에서 멈춘 아르제스는 천천히 문에 드리워진 주렴(珠簾)을 걷었다.

칼쿨루스는 침대에 누워 있는 것이 답답해져 응접실로 나와 창문 밖으로 보이는 세노아 항구의 경치를 감상하고 있었다. 그때 인기척에 뒤를 돌아보니 붉은 망토를 두른 미려하게 생긴 청년과 전에 만난 적이 있는 '융' 이라는 남자가 서 있었다. 비록 칼쿨루스가 처음 보는 얼굴이었지만, 붉은 망토만으로도 자신을 바라보고 있는 청년이 아르제스라는 것을 알 수 있었다.

'크크큭, 왜 찾아온 것일까? 지금 내 꼴을 비웃기 위해서일까?'

속으로 씁쓸한 웃음을 지으며 여러 가지 상념이 떠올랐다. 하지만 그런 말을 입 밖으로 내는 순간 자신이 더 비참해진다는 것을 잘 알기에, 그는 침묵하며 그저 마주 보기만 했다.

"여기 온 지 3달이 다 되어가는데 이제야 보는군!"

어찌 들으면 비꼬는 말처럼 들릴 법한 말인데, 왠지 칼쿨루스에게는 그냥 평범한 인사처럼 느껴졌다.

"몸은 좀 어떤가?"

"아, 뭐 덕분에."

아르제스는 칼쿨루스가 상관인 자신에게 존칭을 쓰지 않는 것에는 신경도 쓰지 않았다. 형식적인 인사가 오고 간 후 한참 동안이나 서로를 바라보면서 침묵으로 일관하는 두 사람이었다. 이런 분위기가 계속되자 옆에 있던 융만 어색한 기분에 머쓱해졌다.

먼저 입을 연 쪽은 아르제스였다.

"나는 아직 연륜이 없어서 사람의 본질을 꿰뚫는 눈이 좋다고 볼 수는 없지. 하지만 칼쿨루스, 당신은 정말 대단한 사람이야. 그걸 말해주고 싶었어."

"훗. 뭐가 대단하단 말이지? 자랑은 아니지만 태풍에 방책과 진영을 잃어버리고, 메디아 군의 상륙도 막지 못한 채 병력까지 잃어버린 몸이야. 도대체 뭐가 대단하다는 건지 모르겠군."

"그게 바로 대단하다는 거지."

"뭐야!!"

칼쿨루스는 순간 평정을 잃어버리고 화를 냈다. 이것은 분명히 자신을 조롱하는 말임에 틀림없다는 생각이 들어서였다. 분노가 치밀어 오른 칼쿨루스는 아르제스의 얼굴에 주먹이라도 날려줄 생각으로 발을 내딛었다. 하지만 아르제스는 진지한 눈빛으로 칼쿨루스를 바라보며 말했다.

"그때……."

"응?"

아르제스에게 다가가던 칼쿨루스는 걸음을 멈추었다.

"나 같았으면 뒤도 돌아보지 않고 도망갔을지도 몰라. 그 날 언덕 위에서 본 당신의 용맹과 대담성은 정말 전율이 느껴질 정도였어. 갑작스런 태풍에 메디아 군의 급습, 그 모든 걸 겪은 사람이 그 정도의 작전을 펼쳐 낸 거야! 그리고 그렇게 격렬한 작전을 한 명의 탈영병도 없이 수행한 사람이 바로 당신이란 남자이지!"

아르제스의 음성에는 진심으로 감탄했다는 감정이 여실히 실려 있었다.

하지만 칼쿨루스는 허탈한 웃음을 터뜨렸다.

"하하하하하! 그래서 어쩌란 거냐! 그렇다고 죽어나간 나의 병사들이 살아 돌아오기라도 한단 말이냐!"

"뭐, 그건 나중에 죽고 나서 저승에 가 미리 기다리고 있을 병사들과 상의해 보는 게 어떨까 하는데."

"풉!"

아르제스의 능청스런 말에 융이 웃음을 터뜨렸지만, 칼쿨루스의 따가운 시선에 입을 막고 고개를 돌려 시선을 피해 버렸다.

"그냥 할 말만 하고 가면 안 될까? 보시다시피 난 환자라서 말이야."

칼쿨루스는 붕대를 감은 왼팔을 들어 보이면서 말했다. 아무리 당당함을 가장하고 있다 하지만, 이렇게 아르제스와 같이 있는 것이 불편하기만 했다.

"그러지. 몸이 낫는 대로 참모회의에 참석해 주게. 세노아 섬 주둔군의 2인자가 참모회의에 빠진다면 말이 안 되는 소리지. 부탁이든 명령이든 다 좋으니까, 그냥 와서 구경이라도 하고 가라고."

"……."

칼쿨루스는 아무 말도 하지 않았지만, 이것만으로도 충분하다고 생각하는 아르제스였다.

"그럼 난 이만 가보지."

그 말과 함께 미련없이 돌아서는 아르제스에게 칼쿨루스가 힘겹게 말문을 열었다.

"메디아 군은?"

"당신이 지금 생각하는 그대로지."

아르제스는 고개도 돌리지 않은 채 대답하고는 그냥 나가버렸고, 융이 그 뒤를 황급히 따랐다.

칼쿨루스는 아르제스가 나가고 난 후에도 한동안 앉을 생각도 못하고 한참을 서 있었다. 복잡한 생각들이 그의 머리 속을 어지럽히고 있었다.

"바렌 가가 부럽군."

"네, 뭐가 말입니까?"

장교 막사를 나서던 아르제스의 말에 융이 무슨 말이냐며 되물었다.

　"바티우스나 크라티누스 같은 사람들도 해군 장관에 어울리지 않았을 뿐, 재능 자체가 없는 사람들은 아니었어. 게다가 칼쿨루스 같은 젊은 인재는 또 얼마나 많은 걸까. 응? 융?"

　하지만 융은 대답하지 않고 속으로 생각할 뿐이었다.

　'정말로 무서운 사람은 아르제스, 당신입니다.'

제10장

역습의 시작

상륙한 지 3일이 지나자 아쿠타의 의도는 누가 봐도 알 수 있을 정도로 명백해졌다. 그가 노리는 것은 포위 전술을 통한 세노아의 완벽한 고립이었다.

보통의 도시들은 적어도 3~7개의 성문을 가지고 있다. 하지만 세노아 시는 인구가 10만에 가까운 도시임에도 불구하고 항구를 제외하고는 딱 하나의 성문만을 가지고 있다. 시 주위가 바위 산으로 둘러싸여 있어 딱히 성문을 만들 곳이 많지 않은 이유도 있지만, 출입구를 제한해 메디아 군의 침공으로부터 도시를 방어하기 위한 방편이기도 했다. 하지만 지금 상황에서는 그 점이 악재가 되어버렸다.

세노아 시 성문에서 5킬로미터 정도 되는 지점에 거대한 메디아 군의 진지가 세워졌다. 수백 척의 배로 추가 병력과 자재를 수송해 와서는 엄청난 속도로 철통같은 방책과 진영을 만들어 버린 것이다. 이 진영이 세노아의 하나뿐인 성문을 막고 있는 한에는 회전이나 기습 따위는 꿈도 꾸지 못할 일이었다. 기습을 위해 기병을 출동시켜 봤자 1킬로미터도 접근하기 전에 들켜 버릴 것이고, 병력을 모두 끌고 나와 회전을 하려고 해도 포진할 공간도 없을뿐더러, 나와서 진형을 갖추기도 전에 포위될 판이었다.

거기에다가 바다를 순찰하고 있는 함대의 규모가 종전에는 3~5척이었지만, 지금은 30척씩 무리 지어 움직이는 공격 함대도 출현하기 시작했다. 중앙해의 상권을 목적으로 세노아 섬을 노리는 만큼 해역을 지나가는 상선을 공격하는 따위의 행동은 하지 않았지만, 어떤 배라도 세노아 섬으로 접근하는 것을 막고 있는 것이다. 이것으로 아쿠타가 생각한 승리의 조건이 모두 완성된 것이다.

이 정도의 상황까지 몰리게 되자 세노아 시민의 불안은 커져만 갔다. 도시 전체가 공포와 절망에 잠기어가고 있었다. 하지만 아르제스와 발가르는 이런 분위기에도 아랑곳없이 병사들의 훈련에만 박차를 가했다. 병사들은 당장 싸울 수 없는 상황에서도 계속되는 훈련에 의문을 품었지만, 지금으로서는 이 젊은 사령관에게 막연한 기대를 걸 수밖에 없었다.

9월 24일.

이미 취침 시간을 넘긴 늦은 시각이지만 등잔불이 환하게 밝혀진 사령관 관저의 회의실에는 아르제스, 발가르, 메텔로, 게릭토스, 그리고 군단의 선임 대대장 등 주요 지휘관들이 모두 모여 있었다. 아르제스의 갑작스런 호출에 모두들 의아한 표정이었지만, 회의실은 조용한 정적만이 흐르고 있었다.

그때 회의실 문이 열리면서 몇몇 인물이 들어왔다.

"내가 늦은 건가?"

마치 항상 왔었던 사람처럼 태연하게 말하는 사람은 바로 칼쿨루스와 그의 부관들이었다.

"······!!"

아르제스를 제외한 모든 사람들의 눈이 불신의 빛을 띠고 커질 대로 커져 버렸다. 지금까지 참모회의에는 한 번도 모습을 드러내지 않던 칼쿨루스가 모습을 드러낸 것은 모두에게 상당히 의외였다. 그런 그에게 아르제스는 '씨―익' 하는 웃음을 지어주었고, 칼쿨루스는 콧방귀를 뀌며 가까운 빈자리에 털썩, 주저앉았다. 모든 사람들의 시선이 칼쿨루스를 향하고 있을 때, 아르제스가 입을 열었다.

"이제 올 사람은 다 왔으니 작전 회의를 시작해 볼까?"

순식간에 모든 시선이 아르제스에게로 쏠렸다.

지금 세노아와 아르제스 군이 처해 있는 식량 상황은 좋지 않았다. 칼쿨루스의 진지가 태풍으로 소실되었을 때 군량의 절반 정도를 잃어버렸고, 남은 절반도 메디아 군에 넘어가 버렸다. 이제 아르제스 군에 남은 식량은 3만 병사의 2달치가 조금 넘는 정도밖에 안 된다. 그나마 아쿠타 군이 상륙하기 전에 보급이 한 번 이루어진 상태여서 그 정도였다.

비록 가을철이라 일부의 곡식은 수확이 된 상태였지만, 무역로가 막혀 버린 상황에서 10만이나 되는 세노아 시민마저도 언제 식량이 바닥날지 모르는 상황이다. 추가적인 식량 징발은 불가능했다. 병사들이 먹자고 시민들을 굶길 수는 없는 노릇인 것이다. 게다가 식량은 떨어졌을 때보다 식량이 떨어져 가고 있다는 사실을 병사들이 알았을 때가 더 문제이다.

식량이 부족할 수 있다는 걱정은 이미 병사들을 동요시키고 있었다. 메디아 군은 그저 진영을 구축하고 가만히 있을 뿐이었지만, 세노아는 서서히 절망으로 치닫고 있는 것이다.

이런 상황에서 이렇게 비밀리에 회의를 소집한 아르제스에게 무언가를 기대하는 눈초리였다. 이 창조적인 사고를 가진 청년이 메디아 군을 물리치거나, 최소한 해상 보급로만이라도 확보할 수 있는 계책을 내놓기를 말이다.

"여러분, 내가 지금 말할 작전은 세노아 섬에 오기 전부터 생각하고 있었던 겁니다. 사실 실행될 것이었다면 메디아 군이 상륙하기 전에 시행되었어야 옳죠. 원래는 공격을 위한 구상이었지만, 지금은 세노아 섬을 지키기 위한 작전이 되고 말겠군요."

모두들 아르제스가 도대체 무슨 작전을 생각하고 있는지 궁금해서 미칠 지경이었다. 다만, 발가르는 이미 알고 있는 듯 담담한 표정이었다. 잠시 주위를 보며 침묵을 지킨 아르제스가 이윽고 입을 열었다.

"저는 메디아 본국을 공격할 생각입니다."

"그런!"

"불가능합니다!"

아르제스의 입에서 나온 말이 너무나 뜻밖이었기에, 발가르를 제외한 지휘관들은 모두 경악한 표정을 지었다. 2만 4천이 조금 넘는 병력은 8만 대군을 상대로는 도시를 지키기에도 불안한 병력이다. 그런데 어떻게 메디아 본국을 공격하겠다는 말인가?

순간 회의실은 지휘관들의 웅성거림으로 소란해졌다. 그때 융이 좌중(座中)의 소란을 진정시키면서 차분한 목소리로 물었다.

"사령관님이 그런 말을 하셨을 때는 그럴 만한 이유가 있을 것이라고 생각합니다. 알려주시겠습니까?"

"가장 효율적인 방법이니까."

아르제스는 남에 집 이야기하듯 대답해 버리고는 말을 이어갔다.

"모두 알다시피 우리는 지금 아무것도 할 수 없는 상황이지. 성문 앞에는 5달 치 식량을 쌓아놓고 메디아 군이 버티고 있고, 당장은 원군이나 보급도 기대할 수 없는 상황이다. 하지만 그것은 어디까지나 우리가 세노아에 틀어박혀 있을 때 이야기! 비록 메디아 군이 상륙하기 이전과는 달리 상황도 악화되었고 메디아 본국을 공격하는 목적도 바뀌었지만, 우리에게도 4가지 정도는 이점이 있어."

메텔로나 게릭토스는 도저히 아르제스의 말을 이해할 수 없었지만, 융은 달랐다.

"그렇군요. 세노아 섬에 8만이나 병력이 모여 있으니, 아무리 메디아가 강국이라고 해도 본토에 남은 병사가 충분할 리가 없죠. 하지만 나머지 3가지 이점은 무엇입니까?"

융의 질문에 아르제스는 하나씩 그 이점을 이야기하기 시작했다.

"역시 융이군. 말한 대로 융이 이야기한 것이 첫 번째 이점이야. 두 번째 이점은 메디아 군의 해상 봉쇄가 보급 차단을 위해 세노아 북쪽에 집중되어 있다는 사실이지. 운이 좋으면 저항없이 메디아 본토까지 진격이 가능해. 아직까지는 말이야. 세 번째 이점은 메디아가 한 번도 본토에서 이케니아 군대의 침입을 받아본 적이 없다는 것. 그만큼 충격이 크겠지. 네 번째는 적장 아쿠타는 소름 끼치도록 뛰어난 장수이지만, 결국은 국왕의 명령을 받는 장수에 불과하다는 것이지. 용병(用兵)의 이치에 어긋나는 명령이라도, 국왕의 명령이라면 따를 수밖에 없는 것이 그의 처지야. 그에 비해 우리는 연맹과의 연락마저 끊긴 상황에서 무슨 행동을 하더라도 방해할 사람은 없지. 이것이 내가 생각하는 4가지 이점이다."

아르제스의 설명을 들은 메텔로는 감탄한 듯 흥분해서 말했다.

"그렇군요. 세노아 섬에 주둔하고 있는 메디아 군을 퇴각시키는 데는 본토를 직접 공격해 버리는 것만큼 좋은 것이 없다는 이야기이군요!"

하지만 감탄하는 것은 단순한 성격의 메텔로뿐이었고, 나머지 지휘관들은 여전히 걱정스런 표정이었다. 그때 4가지 이점을 말했던 아르제스는 또 한 가지가 떠올랐다며 말을 이었다.

"아 그러고 보니 한 가지 더 있군!"

그 말에 융이 질렸다는 표정으로 물었다.

"이런 상황에서는 4가지도 많은데 한 가지가 더 있다니요?"

"지금 우리에게는 칼쿨루스가 있다는 점이지."

순간 모두 못 믿겠다는 표정으로 아르제스를 바라보았다. 누가 보더라도 아르제스와 칼쿨루스는 지금껏 반목을 거듭해 온 것처럼 보였기 때문이다.

"아무리 적은 병사로 수비가 용이한 세노아 시이지만, 훌륭한 지휘관의 존재는 필수적이다. 사실 메디아 본토를 침공

할 때 나는 발가르님을 세노아에 남겨서 병사들을 통솔하게
할 생각이었다. 군단으로서는 큰 손실이지만 어쩔 수 없는 일
이지. 하지만 지금은 칼쿨루스가 있으니 발가르님도 메디아
본토 공격에 참여할 수 있게 된 거니까, 굉장한 이점이지."

"……."

대부분의 지휘관들은 멍한 기분이 되어버렸다. 자신의 방
어선도 지키지 못한 칼쿨루스의 재능을 인정하는 아르제스의
속내를 도무지 알 수 없었다. 하지만 회의에 참석한 칼쿨루스
의 부관들은 아르제스의 말에 깊은 감동을 받았다. 불운과 실
수에 가려진 칼쿨루스의 재능을 폄하하지 않고 정확하게 인
정해 주었기 때문이다.

하지만 이 순간 아르제스의 이 엄청난 찬사는 칼쿨루스에
게 기쁨이라기보다는 송곳으로 찌르는 듯한 쓰라림으로 다가
왔다. 칼쿨루스는 꽉 쥐어진 주먹에 더욱 힘이 들어가면서 온
몸이 조금씩 떨리고 있었다.

'제길, 인정할 수밖에 없는 것이냐! 나와는 그릇이 다르다
고 말하는 것이냐!'

기묘한 기분에 사로잡혀 버린 칼쿨루스는 자신에 대한 자
부심이 한없이 초라하게 느껴졌다.

"크… 크크크."

갑자기 입술 사이로 의미를 알 수 없는 웃음이 터져 나왔
다. 갑작스런 웃음에 사람들이 놀란 눈으로 그를 주시했지만

그런 것 따위는 신경도 쓰지 않았다. 그렇게 고개를 숙인 채 한참이나 웃어대던 칼쿨루스는 아르제스를 직시하면서 쥐어짜는 듯한 음성으로 말했다.

"적이었다면… 나는 이 자리에서 당장 당신을 죽였을 것이다."

섬뜩한 말이었지만 아르제스가 그 말의 의미를 모를 리 없었다. 아르제스는 훌륭한 지휘관을 얻은 것이다.

불리한 점과 유리한 점을 모두 알고 있는 사람에게도 유리한 점만 부각해서 이야기해 주면 유리한 쪽으로 생각하기 마련이다. 아르제스는 회의에서 메디아 본토 원정의 장점만 이야기하여 지휘관들의 사기를 높였다. 하지만 그것은 그래야만 하기 때문이었다.

위기를 기회로 활용하는 데 능숙했던 아르제스가 좋아 보이는 기회 뒤에 숨겨진 치명적 약점도 파악하지 못했을 리 없었다. 간단하게 생각해도 메디아 침공에는 수많은 난제들이 가로놓여 있었던 것이다. 그리고 다른 지휘관들도 말은 하지 않았지만 이미 느끼고 있는 사실일 것이다.

먼저 장점으로 말하긴 했지만 메디아 본토, 즉 메카나 지방으로의 출정(出征) 경험이 없다는 것은 아군에게도 큰 약점이었다. 지형과 기후 등 모든 것이 낯설 것이기 때문이다. 막연한 것에 대한 두려움이 병사들의 사기를 갉아먹을지도 모를 일이었다.

그리고 식량이 문제였다. 세노아에 남아서 수비를 담당할 칼쿨루스 군단을 생각할 때 아르제스가 메디아 본토 원정에 동원할 수 있는 군량은 1만 4천 명 기준으로 40일 정도가 최대 한계이다. 보급 가능성도 불분명한 원정길임을 감안하면 매우 부족한 양이다.

그리고 가장 중요한 것은, 세노아 섬에 주둔 중인 아쿠타의 8만 대군을 철수시킬 만큼의 충격을 주지 못하면 아무 소용이 없다는 점이다. 그렇게 되면 오히려 메디아 군이 각개격파하기 편하게 병력을 나눈 꼴밖에 되지 않는다.

회의가 끝난 뒤에 아르제스는 융과 발가르, 그리고 메카나 지방 지리에 밝은 지휘관은 남아 있게 했다. 좋은 구상(構想)도 얼마나 구체화시킬 수 있느냐에 따라 그 결과는 천차만별이다.

그들은 새벽이 올 때까지 메카나 지방의 지도를 펼치고서는 토의에 토의를 거듭했다. 그리고 출정 시기는 그날로부터 5일 후로 정해졌다. 이미 시간은 아르제스의 편이 아니었기에 서두를 필요가 있었고, 그날은 달빛도 약한 날이기 때문에 어둠 속에 함대를 숨기기 용이했기 때문이다.

그날 회의에 참여했던 모든 사람들에게는 함구령(緘口令)이 내려졌다. 아르제스는 병사들에게는 출정하기 직전까지 자신의 의도를 숨길 생각이었다. 갑작스러운 명령이 내려져도 충실하게 그 명령을 수행할 수 있는 능력과 의지가 있는 군대라면, 이런 유의 작전은 아는 사람이 적을수록 좋은 법인 것이다.

다음날부터 군단장과 융의 지휘 아래 메디아 원정의 준비는 착실하게 이루어졌다. 이 모든 준비는 병사들에게는 훈련이라는 명목으로 알려져 미심쩍어 하는 병사들이 있었지만 그들이 진정한 의도를 알 수는 없었다. 그러나 아르제스와 함께 우티카에서부터 동고동락한 병사들의 사령관에 대한 신뢰는 절대적이었기에, 그들이 중심이 된 병사들은 묵묵하게 명령을 수행하고 있었다.

이 해역을 장악하고 있는 아쿠타의 함대는 정찰선을 포함해 2백 척을 넘는 수준이지만, 그 배 전체가 항상 바다에 머무를 수는 없는 일이다. 오랜 시간 넓은 해역을 봉쇄해야 하는 그들로서는 돌파당하지 않을 병력 수준에서 함대를 해역에 주둔시킨 채 '카마 항'을 기점으로 끊임없이 순환 배치하여야 한다.

그래서 아르제스는 대형 함선을 위주로 한 50척 규모의 함대를 결성했다. 모자란 대형 함선은 상선으로 충당했는데, 어차피 적극적인 접근전을 벌일 생각은 없었기에 충각 설치나 돌파력 향상을 위한 뱃머리 개조 등은 할 필요가 없었다.

이것은 메카나 상륙에 대한 복선이었다. 이 함대의 임무는 항구를 시야에 둔 적 정찰 함대를 몰아냄과 동시에, 아르제스의 목적이 북포스키타 해협의 돌파에 있다고 착각하게 만드는 것이었다. 지휘는 세노아 섬 출신인 메텔로에게 맡겼고, 최대한 접근전을 피하면서 적 함대를 위협하되 규모가 작은 정찰 함대는 적극적으로 공격하라고 명령했다.

적의 봉쇄 함대를 지휘하는 자가 '갈바' 라는 것도 이케니아 군에는 보이지 않는 행운이었다. 아쿠타의 양대 부장 중 대담한 성격의 바투와는 달리 갈바는 냉정하고 신중한 장수였기에, 이케니아 함대의 돌파 시도를 저지할 뿐 함선을 부닥치는 적극적인 전투는 피했기 때문이다. 군선은 쉽게 보충이 불가능한 제한된 군사력이었기에, 혹시나 배를 잃어서 이케니아 연맹으로부터의 보급을 허용하게 되는 사태가 발생할까 두려웠기 때문이다.

당연한 이야기이지만, 바다를 건너 메디아에 상륙하려면 배가 필요하다. 세노아 항구에는 현재 상선을 제외하고 5척의 쾌속선, 아르제스가 우티카에서 타고 온 배 등을 포함하여 60척의 군용 갤리선이 정박해 있는 상태였다. 1만 4천 명의 병력을 수송하는 데는 대형 함선 기준으로 약 40여 척의 배가 필요하니까, 배가 모자란 것은 아니었다.

하지만 그 배의 선택이 문제였다. 아르제스는 3단층 갤리선만으로 선단을 꾸릴 것을 명령하였다. 이것은 누가 봐도 의

외의 선택이었다. 3단층 갤리선은 말 그대로 노 1개조당 노잡이가 3명인 갤리선이다.

이 3단층 갤리선은 군함으로서는 그야말로 기본 중에서도 기본인 형태이다. 조선술이 발달한 이케니아에서는 3단층 군용 갤리선은 오르피스 군도와 같이 해역이 좁고 험한 곳에서나 주력으로 쓰이는 선박이었다. 그리고 지금 있는 갤리선 중에는 5단층 갤리선 10척과 3척의 7단층 갤리선도 있는데 굳이 3단층 갤리선만으로 함대를 꾸리다니?!

5단층 갤리선만 해도 길이 약 35미터에 양쪽에 30조씩의 노를 가지고 있었다. 7단층 갤리선은 45미터에 육박하는 길이에 40조가 넘는 노를 지니고 있었으며, 함선당 노잡이를 제외하고도 갑판 위에만 400명 가까운 병사를 실어 나를 수 있었다. 게다가 이런 대형 선박은 항해 속도도 빠를뿐더러, 혹시나 해전이 벌어지더라도 더 큰 위력을 발휘한다.

하지만 3단층형만으로 함대를 꾸린다면 일단 수송에 필요한 선박의 수가 늘어나 버린다. 3단층 갤리선은 노잡이를 제외한 평상시 전투 정원이 100명 정도 되는 배이다. 수송선의 역할만 한다 치고, 최대한 자리를 좁혀 앉는다고 해도 180명 이상은 무리이기 때문이다. 그리고 무엇보다 상륙 지점이 멀기 때문에 긴 항해를 해야 하는 아르제스 군의 입장에서는 느린 속력 때문에 항해 일수가 3일에서 4~5일로 늘어나 버리는 문제가 있었다.

하지만 아르제스, 발가르, 그리고 융을 제외하고는 이 선택의 진정한 의도를 모르고 있었다. 때때로 다른 지휘관들이 그 이유를 물어올 때면 '노잡이가 적으니까 군량도 적게 먹지 않겠어?'라는 얼토당토않은 이유만 말했기에, 나중에는 아무도 물어볼 생각도 하지 않았다.

당연히 함대의 규모는 늘어나서 기병을 실을 배를 포함해 85척이나 필요하게 되었다. 결국, 아르제스의 명령에 따라 부족한 3단층 갤리선은 상선을 징발해 조금 개조하는 것으로 충당되었다.

9월 29일.

아직 해가 뜨기에는 3시간이나 이른 어스름한 어둠 속에서 세노아 부두는 많은 노동자들이 분주하게 움직이고 있었다. 메디아 군이 상륙한 이후로 이렇게 항구가 분주한 것은 처음이었다. 거기에다 그들이 나르고 있는 것은 대부분 무기나 식량이었다.

훈련이란 명목하에 실행되었다지만, 이제는 대부분의 병사들도 이것이 훈련이 아님을 깨닫고 있었다. 더구나 이처럼 이른 시간, 평상시 훈련과는 다르게 완전 군장으로 연병장에 집합하라는 명령이 떨어졌기에 집합한 병사들 사이에서는 불안한 목소리가 흘러나왔다. 하지만 아르제스 직속의 군단 병들은 여전히 담담한 자세로 사령관의 연설을 기다리고 있었다.

달빛마저도 없는 밤, 누구도 원하지 않는 기분 나쁜 침묵의 시간이 흘렀다. 그리고 얼마 지나지 않아 화톳불 사이로 붉은 망토에 켈라바르닌을 왼쪽 허리에 찬 아르제스가 발가르와 메텔로를 대동한 채로 모습을 드러내었다.

하지만 아르제스의 발길은 연무장에 마련된 연단이 아니라 정렬해 있는 군단병들 방향이었다. 아르제스가 군단병 사이를 지나가자 바다가 갈라지듯 병사들이 물러서며 길을 터주었다. 병사들은 이 젊은 사령관의 행동에 어리둥절할 뿐이었다.

한참을 걸어가 군단병들의 중앙에 도달하자 아르제스는 걸음을 멈추었다. 그리고는 외쳤다.

"나를 보라!"

그러자 병사들은 시선을 아르제스 쪽으로 둔 채 자연스럽게 아르제스를 둥글게 둘러싼 형태가 되었다. 아르제스는 한바탕 연설을 할 생각이었다. 아르제스는 연설보다는 행동으로 보여주는 것을 좋아하는 인물이지만, 지금은 연설이 꼭 필요한 시점이었고 그것을 마다할 아르제스가 아니었다.

"지금 여러분은 나의 의도가 무엇인지 혼란스럽고 두려울 것이다. 또 몇몇 병사들은 지금 자신이 처한 상황에 절망하며 신을 원망하고, 이런 운명을 저주하고 있을 것이다. 하지만 나는 지금 이러한 운명을 깨려 하고 있다. 우리는 지금 메디아의 본토를 공략하기 위해 떠날 것이다. 그리고 이 원정은 제군들이 생각하는 것보다 훨씬 승산이 높은 전투가 될 것이다. 나는 이 원정보다 훨씬 힘든 전투를 치러왔다. 우티카에서는 4천의 병력으로 3만의 강력한 아쿠타 병력을 막아내었고, 1만 5천의 병력으로 4만의 아쿠타 군을 따돌리고 칼쿨루스의 군단을 구해내었다. 나와 함께 싸운 이케니아 군은 한 번도 적에게 패배한 적이 없다. 그러한 우리가, 저 아쿠타마저 없는 메디아로 진격하는 것이다. 나는 이 싸움에서 패배한다고는 꿈에서도 생각한 적이 없다. 전우들이여! 나는 신의 전지전능함을 믿어 의심치 않지만, 신이 정해준 운명은 믿지 않는다. 신은 단지 거대한 규칙을 만들어놓고서는 거기에 인간들을 던져 놓을 뿐이다. 하지만 인간들은 제멋대로 자신에게 일어나는 일들을 운명으로 여겨 버린다. 제군들도 그렇게 여기는 어리석은 인간인가! 나는 그렇게 믿지 않겠다. 우리가 가는 길은 진정한 우리의 운명을 찾는 길이 될 것이다! 나와 함께! 적의 심장을 찌르는 비수가 되자!'

아르제스의 연설이 끝나자 기묘한 침묵이 흘렀다. 하지만 이케니아 병사들의 가슴은 뜨겁게 달아오르고 있었다. 메디아 본토를 친다는 말에 경악을 했던 병사들이지만, 사령관의 연설이 끝나자 사기가 충천해진 것이다. 게다가 그들도 이것이 지금의 이케니아 군이 할 수 있는 마지막, 그리고 가장 화려한 작전이란 것을 알고 있었다. 그것은 일종의 비장감이었다.

그때,

쿵! 쿵! 쿵!

일정한 리듬을 타고 방패와 돌이 깔린 연무장 바닥이 부딪치며 웅장한 소리를 내기 시작했다. 아르제스 직속의 1군단 병사들이었다. 그들은 방패가 만드는 거대한 리듬으로 사령관의 신뢰에 대한 대답을 하는 중이었다.

그 소리는 마치 심장 박동 소리 같아서 듣는 사람의 가슴을 뛰게 만들었다. 그 리듬은 전 군단병에게로 번져 갔다. 모든 병사들은 아르제스에게 결의에 찬 시선을 보내며 끊임없는 리듬을 만들어가고 있었던 것이다.

그때, 아르제스의 오른손이 올라갔다. 그러자 거짓말처럼 모든 병사들이 동시에 동작을 멈추었다. 연무장 구석구석에 피워놓은 화로의 불빛을 받아 붉어진 병사들의 얼굴은 투지로 가득 차 있었다. 이제 사기는 충천해졌다. 망설일 이유는 사라졌다.

아르제스의 입에서는 언제나처럼 짧은 출정 명령이 내려졌다.

"출발하자!"

85척이나 되는 배가 메디아 순찰선의 감시를 피해 항구를 나서는 것은 그리 쉬운 일은 아니다. 하지만 해도 뜨기 전 출발한 아르제스의 함대는 무사히 항구를 벗어날 수 있었다. 메디아 군의 입장에서는 아르제스가 메디아 본토로 원정을 갈 것이라고는 도저히 상상할 수도 없는 일이었기에 잠시 감시를 소홀히 한 듯 보였고, 며칠 동안 정찰 함대의 눈을 돌리려고 노력한 결과이기도 하였다.

아르제스 함대의 목적지는 키바 산맥의 중간쯤 되는 곳의 해안이었다. 키바는 '이빨'이란 뜻인데, 이름에서도 알 수 있듯이 대부분이 평야인 메카나 지방에서는 보기 드문 험준한 산맥이었다.

이 산맥은 메디아의 항구 도시인 루투아 남쪽 80킬로미터 지점에서 시작해서 중앙해 남서쪽 해안선을 따라 이어져, 소로스 왕국과 메디아 왕국의 경계인 테살로 강에 가서야 그 걸음을 멈춘다. 장장 1,500킬로미터에 이르는 거대한 규모와 웅장함 때문에 '메카나의 등뼈'라고도 일컬어지는 산맥이었다.

하지만 처음부터 목적지를 향해 직선으로 항로를 잡지 않았다. 그러기에는 세노아 섬 외곽에 있을지도 모르는 정찰 함대가 부담스러웠다. 그래서 해안에 바짝 붙어 길게 늘어선 형태로 세노아 섬 해안선을 따라 남쪽을 향해 이동하기 시작했다. 아르제스의 함대는 함선 간의 거리를 가늠하기 위해 켜두어야 하는 선미등마저 끄고 어둠 속에서 은밀하게 움직였다.

사실 해안에 너무 가까이 접근해서 이동하려면 상당한 위험을 감수해야 했다. 세노아 섬의 해안선이 무척 불규칙할 뿐 아니라 이런 어둠에서라면 암초조차 제대로 시야에 들어올 리가 없었다. 하지만 그것은 노련한 세노아의 선원들을 믿을 수밖에 없었다. 그래도 이렇게 이동하면 한 가지 장점은 있다.

만약 정찰병 함대가 아르제스 함대 근처에 오더라도 이런 어둠 속에서는 아르제스 함대 뒤편에 있는 높은 절벽의 검은 윤곽 속에 함대의 모습을 숨길 수 있다. 그래서 어두운 색으로 염색한 돛을 펴고, 최소한 노를 젓는 횟수를 줄여 포말을 숨기며 세노아 섬의 해안선을 따라 항해하고 있는 것이다.

일단 세노아 섬 동쪽 해안선을 따라 세노아 섬을 벗어나면 목적지를 향해 직선 항로를 잡고 전속력으로 항해할 생각이었다. 하지만 세노아 섬을 벗어나기 직전 동쪽에 10여 개의 불빛이 나타났다. 그것은 의심할 여지 없는 메디아의 순찰 함대였다.

*   *   *

칼쿨루스는 7천의 중장 보병, 1천가량의 궁병, 그리고 3천가량의 치안대 병력과 함께 세노아에 남게 되었다. 아직 부상에서 회복하는 중인 병사도 있었기에 실제 방어 병력은 1만을 조금 밑도는 정도였다.

제멋대로 자신에게 세노아 방어라는 책임을 떠넘기고 떠

나 버린 아르제스였지만, 그에게 그런 것들은 중요하지 않았다. 자신이 지키던 해안을 적에게 내어준 그에게는 이 세노아 방어야말로 자신의 가치를 증명할 좋은 시험 무대였다. 비록 아쿠타가 시 외곽에 진 치고 앉아 느긋하게 기다리고 있다지만, 결국은 세노아 시의 군량과 사기가 바닥날 시점에 결정타를 날릴 것임이 분명하였기 때문이다.

단기전은 사람의 몸을 상하게 하지만, 장기전은 사람의 마음을 상하게 한다. 칼쿨루스는 병사와 시민들의 사기를 유지하는 것이 가장 큰 선결 과제임을 알고 있었다. 그래서 그는 병사들과 시민들을 부지런히 움직이게 만들었다. 아무 일도 안 하고 무력하게 있을수록 절망은 빠르게 번져 나간다.

그것을 막기 위해 칼쿨루스는 세노아 시 최고행정관을 통해 시민들이 최대한 식량을 확보하도록 독려해 줄 것을 부탁했다. 자신들이 처한 상황을 잘 알고 있는 관리들은 시민들을 독려하며 식량 확보에 두 손 걷어붙이고 나섰다. 세노아 시에는 금주령이 내려졌고, 시민들은 저마다 바닷가에서 물고기라도 잡으며 먹을 만한 것을 비축하기 시작했다.

다행히 아르제스의 함대가 20일치의 군량만 가지고 출정했기에, 칼쿨루스의 병사들이 먹을 식량은 아직 넉넉한 편이었다. 그리고 치안대로 하여금 세노아 시에서 약탈이나 폭동이 일어나지 않도록 엄중히 감시하게 했다. 밖에 있는 메디아군보다 세노아 시에서 일어날 수 있는 통제 불능 사태가 훨씬 더 위험했기 때문이다.

성문의 수비를 강화하기 위해서 칼쿨루스가 시행한 방법은 조금은 독특했다. 그는 병사들에게 어른 팔뚝만 한 2미터 정도 길이의 쇠막대기와 석회를 잔뜩 준비시켰다. 그리고 야음을 틈타 성문을 열고 나가서는 땅을 파고 70~80센티미터 정도 드러나게 여러 각도로 쇠막대기를 묻은 다음, 석회와 물을 부어 견고하게 고정시키게 했다. 세노아 섬의 땅은 상당히 딱딱한 편이기에 파기는 힘들었지만, 일단 파고서 묻고 나자 원래부터 땅의 일부였던 것처럼 단단하게 말뚝이 고정되었다.

그런 작업을 반복하자 성문 앞 폭 40미터 공간은 이리저리 촘촘하게 박힌 쇠말뚝의 띠가 생겨 버렸다. 이 쇠말뚝의 목적은 적 병사를 막는 게 아니라 아리에스(충차:衝車)를 막기 위한 것이었다.

아리에스는 한 쌍의 육중한 뿔을 가진 산양을 뜻하는 말인데, 이들 산양의 수컷들은 틈만 나면 서로의 뿔을 부딪쳐 각자의 강함을 과시하곤 한다. 충차를 아리에스라고 부르는 이유도 충차가 성문을 들이받는 모습이 산양의 행동과 흡사하다고 해서 붙여진 이름이었고, 실제로도 충차의 머리 부분을 산양을 본떠서 만드는 경우도 드물지 않았다.

결과적으로 쇠말뚝의 목적은 세노아 성벽의 약점인 해자가 없다는 것을 보안하기 위한 방책이었다. 세노아의 성벽은 외벽 7미터, 내벽 9미터의 높이를 자랑하는 2중 구조의 성벽이다. 거기에다 벽돌로 쌓은 것이 아니라 자연석들을 모양대로 끼워 맞추어 쌓은 성이라 웬만한 투석기 공격에도 끄떡없었다.

하지만 아무리 성문이 육중하다 하더라도 결국 목재에 쇠를 덧댄 것에 불과하기에, 압도적인 병력으로 밀려들어 와서 아리에스를 들이대면 지키기 힘들게 된다. 그러나 이러한 쇠말뚝이 있으면 바퀴에 의해 운반되는 덩치가 크고 무거운 아리에스는 성문으로의 접근이 불가능해지는 것이다. 결국 말뚝을 뽑으려고 병사들을 보내봤자 활의 사정거리에 들어와서 죽어나갈 뿐이다.

칼쿨루스는 약점을 보완한 성벽의 방어력에 의지해 메디아의 대군에 맞설 생각이었다. 그도 지금은 승리를 위한 전투가 아니라 아르제스의 성공을 기대하면서 버티는 전투를 할 때라는 것을 잘 알고 있었다.

*   *   *

적 함대에 들키지 않고 몰래 포스키타 해협을 벗어나길 바랐던 아르제스의 기대와는 다르게 결국은 정찰 함대와 조우해 버렸다. 다행히 별다른 움직임이 없는 걸로 봐서는 아직 이쪽을 발견하지 못한 듯했다.

"제길, 결국은 깨고 나가야 되는 건가?"

아르제스는 난처한 음성으로 전투 준비를 지시했다. 지금 당장은 적의 정찰 함대가 아르제스의 함대를 못 보았다 하더라도 85척이나 되는 배로 이루어진 함대가 섬의 그늘을 벗어나는 순간 즉각 발견될 것은 자명한 사실이다. 그렇다고 이렇게 바짝 해안에 붙어 있는 상황에서 적이 지나가길 기다리려고 배를 멈추어 버리면, 파도에 밀려 해안 절벽에 좌초해 버린다. 싸울 수밖에 없는 상황이었다.

정면 대결을 벌인다면 10척의 정찰 함대를 격파하는 것은 문제가 아니다. 비록 아르제스가 함대를 지휘하는 해전의 경험이 없다고 하더라도, 접근해서 충각만 박아 넣어버리면 이미 그것은 보병전이다. 아르제스가 질 리가 없는 것이다. 그리고 다행히도 후미등의 높이로 보아서 메디아 정찰 함대도 3단층 갤리선이었다. 따라서 적선에 탑승하는 데도 문제가 없다.

만약 5단층 갤리선이었다면 상당히 난처해졌을 것이다. 배의 높이가 달라져 버리기 때문에 충각을 박아 넣어도 보병이 적선에 탑승할 방법이 마땅치 않게 되어버리기 때문이다. 하지만 진짜 문제는 단순히 이기는 것이 아니라, 적의 정찰 함대를 모조리 전멸시켜야 한다는 점에 있었다. 아직은 아르제스 군의 메디아 본토 침공 의도를 아쿠타에게 들켜서는 안 되는 시점이었다.

이미 시각은 새벽(오전 6시) 직전이다. 약 30분 후면 일출이 시작되고, 조금씩이지만 동쪽 하늘이 밝아오고 있었다. 아르제스 함대로서는 정찰 함대가 자신들을 발견하고 도망가 버리기 전에 서둘러야 했다.

아르제스의 함대는 항로를 남쪽에서 적 함대가 있는 동쪽으로 바꾸었다. 그리고는 조용하게 적의 함대로 접근하기 시작했다. 많은 인원이 탑승한 아르제스의 함대는 기동성이 떨어진다. 때문에 적이 알아채지 못하게 최대한 접근할 필요가 있었다.

이런 상황에 대비하여 출항 전에 이미 포진과 공격 방법에 대한 사전 논의가 있었기에, 등불 신호도 없이 진형을 짜고 접근할 수 있었다. 아르제스가 이끄는 20척은 적의 중앙, 발가르가 이끄는 35척은 적의 남쪽으로 우회하고, 메텔로의 30척은 북쪽으로 우회하기 시작했다. 3면에서 동시에 공격을 가할 생각이었다.

적함과 약 3백 미터의 거리가 되자 아르제스 함대의 존재를 알아차렸는지 갑판 위에서 지르는 메디아 병사들의 외침 소리가 어렴풋이 들려왔다. 이젠 거리낄 것이 없었다. 노잡이들을 재촉하여 최대의 속력으로 노를 젓게 했다. 그리고 보병들은 선체 난간 따위에 몸을 지지한 채로 최대한 몸을 숙였다. 배가 충돌했을 때의 충격에 대비하기 위해서였다.

아르제스가 이끄는 선단과 메텔로가 이끄는 선단은 전속

력으로 돌진하여 메디아 정찰 함대가 방향을 바꾸어 도망가기 전에 덮칠 수 있었다. 발가르의 선단은 남서쪽 방향에 부채꼴로 포진한 채 혹시나 후퇴할지도 모르는 적선을 막기 위해 대기하였다. 진형으로만 본다면 마치 토끼몰이를 하는 것 같은 형세였다.

"부딪친다! 꽉 잡아라!"

뱃머리에서 적함과의 거리를 가늠하며 배의 방향을 지시하던 백인대장들은 휘하 병사들에게 외쳤고, 자신도 몸을 숙이며 뱃머리에 걸어놓은 밧줄 고리를 움켜쥐었다.

쿠—쿵!!

강철을 덧댄 뱃머리의 충각이 메디아 함대의 함체에 부딪치며 요란한 소리를 내었고, 배는 심하게 요동을 쳤다. 충격이 가라앉자 백인대장의 돌격 명령과 함께 이케니아의 중장 보병들이 방패와 검을 들고 메디아 함선으로 옮겨 타기 시작했다. 메디아 정찰 함대의 전투 인원이라고는 창병과 궁수 10명씩이 전부였기에 승부는 순식간에 결정이 났다.

7척의 배가 순식간에 제압당하자 남은 3척의 배는 필사적으로 흩어져 도망가기 시작했다. 그중 2척의 배는 발가르의 저지를 받아 결국은 제압을 당했지만 한 척의 배는 놓치고 말았다. 신속한 포위 기습 작전이었지만, 결국 함선 자체의 순발력이 월등한 메디아 함대를 모두 제압하지 못한 것이다.

"이런 제길! 빠르게 선회해서 추격해라!"

낭패라고 생각한 발가르는 병사들에게 빠른 추격을 명했다. 하지만 발가르의 선단이 선회하여 추격하려는 순간에는 이미 상당한 거리가 벌어져 버렸다.

"중지! 추격 중지!"

발가르는 추격을 중지시켰다. 도주를 허용한 것은 뼈아픈 실책이었지만, 더 이상 추적할 수 없었다. 따라잡을 수도 없을뿐더러, 가능하다 하더라도 근처의 메디아 전투 함대에 발각되면 곤란해지기 때문이다. 그나마 워낙 빠르게 이루어진 기습이라 아군 함대의 정확한 정체까지는 파악하지 못했을 것이라는 점을 위안으로 삼을 수밖에 없었다. 이제 해야 될 일은 되도록 빠르게 목적지에 도착하는 것뿐이었다.

하지만 그전에 제압한 군선을 처리해야 했다. 다른 적에게 들키지 않도록 배에 불을 지르지는 않았기에, 충각 공격에 의해 측면이 심하게 손상된 몇몇 함선들을 제외하면 나머지 배들은 충분히 항해에 쓸 수 있는 상태였다. 그리고 이케니아의 노잡이는 푼돈이긴 하지만 임금을 받는 엄연한 노동자인 데 반해, 메디아의 노잡이는 노예나 범죄자로 이루어진 강제 노동 집단이다. 그런 그들에게 메디아 군에 대한 충성심 같은 것이 있을 리 없으니 노잡이까지 죽일 필요는 없었다.

아르제스는 포획한 배에 병력을 나눠 타게 한 다음 함대의 제일 선두에 포진시켰다. 메디아의 정찰함들은 같은 3단층 갤리선이었지만 좌우로 노가 2개조씩 더 많았고, 선두를 날

렵하게 만들어 아르제스의 군함보다 빠르고 전투에도 적합했기 때문이다. 또한 이런 배들이 선두에서 바람을 갈라줌으로써 뒤를 따르는 선박의 속도도 같이 높아지는 효과를 누리기 위함이기도 했다.

준비가 끝나자 아르제스의 기함 쪽에서 수기 신호가 올라왔고, 신호를 본 배들은 다른 배에 신호를 전달하기 시작했다. 전속 항진의 신호였다. 이미 동쪽 바다 수면 위로 태양이 모습을 드러내기 시작했기에 수기 신호를 전달하는 데는 무리가 없었다. 키바 산맥을 향해 직선으로 항로를 잡은 아르제스의 함대는 빠르게 항진을 시작했다.

방금 전 아쿠타는 부관으로부터 이상한 보고를 받았다. 북 포스키타 해협 근처를 순찰하기 위해 출항하던 정찰 함대가 세노아 섬 남쪽에서 공격당하고 한 척만이 도망쳐 왔다는 것이다. 그들의 정체를 파악하기도 전에 제압을 당해 버린지라 해적인지, 이케니아의 함대인지조차 불분명하다는 보고였다. 다만, 적들이 외치는 소리가 이케니아 어였던 것으로 보아 최소한 이케니아 인들이 배에 타고 있는 것은 확실하다고 했다.

"으음……."

아쿠타는 기분이 좋지 않았다. 이케니아와 메디아의 전쟁터 한복판에 해적이 설칠 리는 없었고, 이케니아 군의 해상 활동은 며칠 동안 북포스키타 해협을 뚫으려는 노력에만 집중되어 있었다. 배와 병력이 한정된 상황에서 양쪽 해협을 다 장악하려는 시도는 무모할 뿐이고, 게다가 이케니아 군이 남포스키타 해협을 확보한다고 해서 얻을 수 있는 이점이 있는 것도 아니었다. 그리고 세노아 항구 근처까지 접근하는 데 성공한 정찰 함대에 말에 의하면 적의 5단층 7단층 갤리선들은 그대로 항구에 정박 중이라 했고, 이런 점들이 더욱 그 함대의 정체를 알 수 없게 만들었다.

여러 가지 의구심이 드는 아쿠타였지만, 정찰 함대가 당한 것은 작은 일이 아니었다. 그는 즉각 명령을 내려 루투아와 카마 일대 해역의 순찰을 강화하라고 지시했다. 그도 아직까지는 아르제스의 의도를 파악하지 못하고 있었다. 하지만 그 것은 고정관념에 대한 문제였지, 그의 군사적 재능에 관한 문제는 아니었다.

*   *   *

카라카스에 위치한 이케니아 연맹의 왕궁으로 연일 급보가 날아들었다. 아르제스로부터 메디아 군이 세노아 섬에 상륙했다는 마지막 보고를 들은 지 일주일이 지난 후, 메디아 함대가 북포스키타 해협에 포진하고 있다는 보고가 연일 올라오고 있었던 것이다.

아르제스의 보고 이후로 대책이 논의되고는 있었지만, 북 포스키타 해협까지 메디아 함대가 진출하자 이케니아 연맹으로서는 발등에 불이 떨어진 꼴이 되었다. 세노아가 점령되면 그 다음은 이케니아 반도 최대 도시인 네모가 위험하게 된다.

왕과 귀족평의회는 추가로 징병령을 내려 총 3만 규모 군대를 구성했다. 도시 국가 자체의 인구는 많지만 도시 수가 8개밖에 되지 않는 이케니아의 연맹의 총인구는 노예를 제외하고 1백 50만을 조금 넘는 수준이었다.

이미 우티카에서 3만에 가까운 병사를 잃어버린 데다, 우티카 현재 주둔군이 3만이다. 추가적으로 3만 이상의 병력을 모으기에는 무리가 있었다. 하지만 우티카의 대표 격인 바렌가에서 유사시 우티카의 병력을 적극 지원하겠다는 의사를 밝혀왔기에 일단 병력은 큰 문제가 되지 않았다.

하지만 정말로 큰 문제는 배에 있었다. 엄청난 병력과 자금을 들여 우티카 항을 복구하고 있다지만, 아직은 조선소도 재건되지 못한 상황이다. 급한 대로 대형 상선들을 사들여 네모 항 조선소에 개조를 명령했지만 언제 끝날지도 알 수 없었다.

하지만 다행인 점은 우티카 때와는 달리 누구도 이번 전쟁을 정쟁의 도구로 삼지 않았다는 것이다. 가이우스 가의 몰락 이후 이케니아 연맹의 양대 산맥으로 대립해 온 아르펜과 바렌이었지만, 연맹 전체의 위기 사항에 대처하는 데 있어서 내분으로 자멸하는 어리석음을 범하지는 않았다. 우티카 사태와 세노아 섬의 위기가 그들에게 뒤늦은 교훈이 된 셈이었다.

하지만 공동의 노력으로 얻은 결실에도 덜 얻는 자와 조금 더 얻는 자는 존재하기 마련이었다.

이케니아는 부유한 지역이지만, 동방의 국가들처럼 화려한 옷차림이나 보석으로 치장을 하는 관습은 없다. 그것은 비단 옷차림뿐만 아니라 건물에 있어서도 마찬가지였다.

카라카스에 있는 왕궁은 규모 면에서는 웅장하지만 화려함과는 거리가 멀었다. 오히려 실용적이면서도 엄숙한 분위기를 풍기는 모양새였다. 카라카스 왕궁의 정문을 통과하면 긴 회랑으로 둘러싸여져 있는 넓은 포룸(Forum)이 나온다. 그 회랑을 따라 한 온화한 인상의 중년인이 걸음을 옮기고 있었다.

그는 흰색의 토가(Toga)를 걸치고 있었는데, 옷깃 부분이 문양이 넣어진 자주색 천으로 덧대어져 있어서 한눈에 귀족 평의원 신분임을 알 수 있었다.

예전에는 토가가 시민 계급 이상의 성인들이면 누구나 입던 옷이었지만, 문물의 교류가 활발한 이케니아에서는 그 불편함 때문에 평민들 사이에서는 거의 사라진 복식이기도 했다. 그것도 그럴 것이, 한 장의 큰 타원형 천으로 섬세하게 주름을 잡아가며 몸에 두른 다음 한 손으로는 옷의 끝자락까지 잡고 다녀야 했기에 일하는 사람들이 입기에는 여간 불편한 복장이 아니기 때문이다. 그래서 지금은 마치 귀족평의원이나 공직자의 상징처럼 여겨지는 복장이었다.

회랑을 걸어 포룸을 빠져나가자 큰 건물의 입구로 이어지는 계단이 나타났다. 중년인은 계단 아래에 있는 위병의 경례를 받으며 서서히 계단 위로 걸음을 옮겼다. 입구를 통과해 그가 도착한 곳은 이케니아 연맹의 왕 아르테우스의 집무실이었다. 품격있어 보이는 가구나 집기들로 가득 차 있긴 했지만 천박한 화려함은 없는 차분한 분위기의 방이었다.

"오랜만에 뵙습니다, 전하."

집무실로 들어선 그는 가볍게 머리를 숙여 인사를 했다. 왼손으로는 토가 자락을 감아쥐고 있는 자세였기에 가볍게 하는 인사라도 정중한 격식이 느껴졌다. 아마 이것도 토가가 귀족에게 사랑받는 이유이겠지만.

"오!! 토르피우스!! 이게 얼마 만인가? 너무 격조했구나!"

아르테우스는 격식없이 다가서며 토르피우스를 포옹했다. 예술가라는 뜻의 흔치 않은 이름을 가진 50대 중반의 이 왕은 대외적으로 온화한 성품을 가진 사람으로 이름이 높았다. 그런 평판 덕에 세력으로는 3왕가 중 최고인 바렌 가문을 제치고 연임되어 9년째, 즉 2번째 임기의 끝자락을 보내고 있는 인물이었다.

"하하하. 숙부님, 요즘 고생이 심하시겠습니다."

아르테우스와 반갑게 포옹한 토르피우스는 웃으면 안부

인사를 건넸다. 그 역시 아르펜 가의 인물로, 냉철한 판단과 정치적 안목으로 아르테우스가 왕이 되는 데 큰 역할을 한 인물이었다. 그렇기에 토르피우스는 아르테우스의 총애를 한 몸에 받고 있었다.

"음… 그래, 세노아 섬이 위험하다는 소식에 온 연맹이 혼란스러운 상황이지."

걱정스러운 아르테우스의 음성이었다.

하지만 토르피우스는 희미한 미소를 머금고 있었다. 그리고 아르테우스에게 바짝 낮은 목소리로 말했다.

"전하, 세노아 섬의 상황은 다른 이에게는 위기일지 몰라도 전하에게는 크나큰 기회입니다."

"그게 무슨 소리인가?!"

아르테우스는 토르피우스의 말에 크게 놀랐다. 하지만 한 번도 허튼소리를 한 적이 없는 이가 토르피우스임을 아르테우스 자신이 가장 잘 알고 있었다. 인망은 있었지만 정치적 감각이 부족했던 자신이 왕이 된 것도 모두 토르피우스의 조언 덕이었다.

아르테우스와 토르피우스는 목소리를 낮춘 채 한참 동안을 이야기했다. 그에 이야기를 듣는 아르테스의 마음은 놀라움과 경탄의 연속이었다.

"아니! 그럼 300만 데르나 필요하다는 말이지 않은가?!"

결코 적은 돈이 아닌 액수였다.

"아닙니다. 그것보다 더 필요할 것입니다. 노잡이들과 용병들은 우리 측에서 고용해야 하니까요."

아르테우스의 반문에 오히려 더 많은 돈이 필요하다고 말하는 토르피우스였다.

"지금이야 어떻게 한다고 해도 정말 그들이 승낙한다는 말인가?"

아무리 생각해도 실현 가능성이 없을 것 같았다.

"맡겨주십시오. 저는 원로원의 유력자들과 친분이 깊습니다. 영향력있는 사람을 통해서 좋은 조건과 명분만 제시하면 그들도 거절할 리가 없습니다."

토르피우스의 자신감 넘치는 말에 아르테우스도 결국은 고개를 끄덕일 수밖에 없었다.

"그럼 일단 일을 진행하게. 자금은 세금에서도 일부 충당할 수 있으니까 말이야. 그리고 당연한 말이겠지만, 절대 말이 새어서는 아니 되네! 일이 성사되면 그때 귀족평의회에서 공식적으로 발표하는 것이 좋겠지."

"명심하겠습니다. 전하, 분명 이케니아 연맹과 아르펜 가 모두를 위한 일이 될 것입니다."

*　　　　*　　　　*

아쿠타가 '카마' 와 '루투아' 해역을 샅샅이 수색하는 동안 아르제스의 함대는 그들보다 남동쪽으로 800킬로미터는 더 떨어진 지점을 항해 중이었다. 그리고 출항한 지 4일째에 이르자 아르제스의 함대는 메카나 대륙의 근처까지 도달할 수 있었다.

"육지입니다!!"

돛대 위쪽에서 밧줄에 몸을 의지해 아슬아슬하게 매달려 있던 관측 선원이 외쳤다.

"후우, 드디어 도착한 것인가!!"

아르제스는 깊은 한숨을 내쉬며 전면에 보이는 육지의 윤곽을 바라보았다. 윤곽만 보일 정도로 먼 거리이지만 시야의 끝과 끝까지 뻗친 키바 산맥은 그 윤곽만으로도 웅장했다.

모두에게 길고 지루하고 힘들었던 항해였다. 배에 익숙하지 않은 병사들은 뱃멀미에 탈진하기 일쑤였고, 때때로 불어오는 비바람에 수면도 충분하지 못했다. 다행히 병사들의 사기는 그다지 떨어지지 않았다. 지휘관들이 의연한 자세로 대처했기에 믿음을 준 것이다. 그리고 오랜 항해에도 말들을 잃지 않은 것도 큰 수확이었다.

아르제스는 정찰함을 파견해서 주변을 정찰하고 상륙하기에 적절한 지점을 찾도록 명령했다. 그리고 2시간 후에는 상륙을 시작할 수 있었다.

정찰 함대로부터 해안 좌우 10킬로미터 안에는 인적이 없다는 것을 확인했지만, 적국 한복판에 상륙하는 군사 작전이 느긋하게 이루어질 리가 없었다. 각 선단장들의 지휘하에 진형을 이룬 후 일사불란하고 신속하게 상륙이 진행되었다. 다만, 상륙 지점으로 정해진 곳은 아르제스의 함대가 한꺼번에 배를 대기에는 좁았기 때문에 선단별로 3번에 걸쳐 상륙해야 했다. 상륙이 끝났을 때는 이미 늦은 오후 시간이었다.

오랜만에 밟아보는 땅이라서 그런지 병사들이나 말들이 조금은 흥분되어 보였다. 비록 이곳은 적국의 땅이었지만, 눈앞에 펼쳐진 키바 산맥의 절경은 절로 감탄이 나올 지경이었다. 이케니아 반도 역시 평야보다 산이 많은 지형이지만 이런 웅장함과는 거리가 멀었기 때문이다.

모든 상륙이 끝나고 해안에 집결한 이케니아 병사들은 완전 군장 차림이었다. 그들은 마치 라인 제국의 것과 흡사한 뒷목 보호대와 철제 뺨받이가 인상적인 투구에, 심장 부위에 철판을 덧댄 가죽 흉갑, 옆이 터진 스커트 형식의 가죽 하의, 그리고 가죽제의 정강이 보호대와 샌들을 착용하고 있었다. 칼은 오른쪽 허리에 차고 있었는데, 오른손으로 쓰는 칼을 오른쪽에 찬다는 것은 그만큼 칼의 길이가 짧다는 말이었다. 실제로 칼날의 길이가 50센티 정도밖에 안 되는 이케니아 군의 칼은 허리에 찼을 때 칼끝이 무릎 조금 밑에 닿는 수준이었다.

방패는 중앙이 볼록하게 솟아 있는 직사각형 모양이었는

데, 크기는 사람 키의 반을 좀 넘는 수준이라 행군할 때는 군 장과 함께 등에 매는 것이 보통이었다. 메디아 군 창병들의 방패 길이가 사람 키에 육박하는 것에 비하면 상당히 작은 크 기임에는 분명했다.

그리고 창(투창)은 창날 끝에 천을 감고 가죽으로 된 덮개 를 씌워 날의 부식과 안전사고를 방지하게 조치한 다음, 행군 시에 지팡이처럼 사용하는 것이 보통이었다.

군단별로 집결이 끝나자 발가르는 각 기병으로 된 정찰대 를 파견해 숙영지를 물색하게 했다. 전투 지휘의 창의성은 아 르제스가 높았지만, 오랜 경험에서 나오는 부대 운영의 묘미 는 발가르를 따라갈 수 없었다. 그래서 비전투시의 부대 운영 은 거의 발가르의 지시에 의해서 움직이고 있었다.

정찰병이 돌아올 때까지 군단병들은 해안에서 내륙으로 조금 진군해 군단별로 휴식을 취하게 했다. 불을 피울 수 없 기에 취사는 금지되었지만 배 안에서도 지겹게 먹어왔던 건 량 따위를 씹을 수는 있었다.

병사들이 이동한 후에도 아르제스는 호위병들과 함께 해 안에 남아 있었다. 그는 이번 항해에 동승했지만 메디아 원정 에는 참여하지 않는 융과 이야기 중이었다.

"융, 부탁한다."

아르제스는 오른손으로 융의 왼쪽 어깨를 굳게 잡으면서

말했다.

"반드시 성사시키겠습니다."

어깨에 놓인 아르제스 손을 덮어 쥐며 융은 굳은 결의를 보였다.

그런 융에게 아르제스는 기름을 먹인 둥근 가죽통과 하나의 작은 주머니를 전해주었다. 융은 그 물건들을 받아 들고서 아르제스에게 군례를 올린 후 뒤돌아서 배에 탑승했다.

"하나둘! 영차!"

구령에 맞추어 노잡이들이 모래톱에서 배를 밀어내고 있었다. 그나마 배들이 가벼운 편이라 배는 쉽게 움직였다. 아르제스의 군단을 수송한 배들은 융을 태우고 다시 바다로 향했다. 때는 키바 산맥 뒤로 태양이 넘어갈 무렵이었다.

그동안 정찰대가 물색해 온 숙영지 장소는 상륙한 지점에서 북서쪽으로 2킬로미터 정도 떨어진 지점이었다. 발가르의 성격이라면 튼튼하고 안전한 숙영지를 건설해야 마땅했지만, 이미 해가 져 버려서 보초를 늘리는 것으로 만족해야 했다. 다만 이곳은 남방이었기에 10월의 바닷가 날씨치고는 따뜻한 편이었고, 병사들은 편하게 휴식할 수 있었다.

아르제스 군은 날이 밝자 임시로 만든 숙영지를 정리하고 빠르게 움직이기 시작했다. 메디아 정찰 함대의 노예(노잡이 역할을 하던)들 중 이 지역 지리에 능통한 자가 있어 길잡이로

동행시키고 있었는데, 그가 말하기를 여기서 반나절 거리쯤
에 마을이 있다는 것이었다. 아르제스는 지체없이 그 마을을
목적지로 삼고 행군을 명했다.

바다 쪽에서 보이지 않기 위해 되도록 내륙으로 붙어 행군
로를 정하고, 아르제스의 1군단을 선두로 메텔로의 3군단, 발
가르의 2군단 순으로 이동했다. 경험이 많고 지휘관의 순발
력이 뛰어난 군단이 선두와 후미를 맡는 일반적인 행군법을
따른 것이다.

노예의 말은 반나절이었지만, 실제로 아르제스 군단이 그
마을을 발견한 것은 정오가 훨씬 지난 시점이었다.

두두두두둑!

근처 숲 속에서 행군을 멈추고 있던 아르제스 군단에게 정
찰을 나갔던 기병대가 돌아오고 있었다. 정찰병은 근위병의
호위하에 군단의 선두에 서 있던 아르제스 앞에서 말을 멈추
고는 말 위에서 군례를 올렸다.

"2킬로미터 앞쪽에서 마을을 발견했습니다. 이 근처에 사
는 부족민인 모양인데, 마을 크기로 봐선 주민이 500명 안팎
일 것 같습니다."

"음… 알았다."

생각보다는 작은 마을이었다. 보급은커녕 숙영지도 제공
하지 못할 크기의 마을인 것이다. 하지만 없는 것보다는 나을
터이고, 작은 마을은 작은 마을대로의 장점도 있는 법이었다.

"게릭토스!"

행군을 할 때 기병들은 군단병의 좌우에 포진했기 때문에 아르제스의 부름에 게릭토스는 금방 달려올 수 있었다. 아르제스는 말 위에서 군례를 올리는 게릭토스에게 명령을 전했다.

"기병들을 이끌고 마을을 포위해라! 단, 마을 사람들을 위협은 하되 절대 약탈하거나 죽여서는 안 된다."

"네! 사령관님!"

큰 소리로 복명한 뒤 게릭토스는 기병대를 이끌었다.

"기병대! 전원 앞으로!"

게릭토스의 외침에 보병들 양옆에 늘어서 있던 기병들이 먼지를 일으키며 앞으로 나아갔다. 그리고 뒤이어 군단병들에게도 명령이 내려졌다.

"마을 입구까지 진군이다!"

"진군!!"

군용 샌들이 만드는 묘하도록 경쾌한 소리와 함께 아르제스 군단병들은 마을을 향해 진격하기 시작했다.

마을은 순식간에 공포에 휩싸이고 말았다. 평화로웠던 마을은 중무장한 수백의 기병대들이 완전히 포위해 버린 상태였고, 멀리서는 땅이 울리는 듯한 소리와 함께 샐 수도 없는 병사들이 마을 앞으로 진격하고 있었다.

마을 사람들은 그들의 말로 외치며 온 마을을 뛰어다니기 시작했다. 해적 패거리라도 출몰한 것이라면 목숨조차 건지기 어렵다는 것을 잘 알고 있기에 곳곳에서는 비명과 울음소리가 그치지 않았다. 말은 달랐지만, 비명과 울음소리는 인간이라면 누구나 똑같은 법이었다.

마을을 코앞에 두고 진군을 멈춘 아르제스는 마르쿠서스와 기병대 몇 기를 이끌고 마을로 들어갔다. 중무장을 한 군인들을 보자 어미들은 우는 아이를 끌어안고 끊임없이 눈물을 흘릴 뿐이었고, 남자들도 무기를 들고 대항할 생각 따위는 꿈에도 하지 못했다.

아르제스는 그들을 무심한 눈빛으로 쳐다본 후 대동하고 온 기병에게 말했다.

"이 마을의 대표자를 만나고 싶다고 전해라!"

"네!"

아르제스의 명령을 받은 기병은 메카나 지방의 말을 큰 목소리로 외치기 시작했다. 기병들은 출신 자체가 귀족 출신이거나 부유한 집 자제가 많았기에 교육의 수준이 높았다. 그래서 지리적으로 가까운 메카나 지방의 말을 익힌 사람도 드물지 않았다. 통역관 출신의 융이 있었다면 더 좋았겠지만, 지금 통역을 맡은 기병도 의사소통에는 문제가 없었다.

갑자기 몰려온 군사들이 마을을 포위하긴 했지만 단지 그것뿐이었다. 또 칼부터 들이대는 것이 아니라 마을의 대표와 대화를 청하자 공포로 휩싸였던 마을은 조금 안정이 되는 분위기였다.

얼마 있지 않아 아르제스는 이 마을의 대표자 격인 인물을 만날 수 있었다. 추장이나 촌장쯤 되면 얼굴에 주름이 가득 찬 늙은 노인이 떠오르는 것이 보통이었기에, 마을의 대표자로 나온 인물의 모습은 아르제스에게도 의외였다. 그는 40대를 갓 넘은 것처럼 보였는데, 체격이 좋고 사각 턱이 굳센 인상을 주는 남자였다.

이미 엄청난 수의 군대가 마을을 포위하고 있음을 잘 알고 있음에도, 이 대표자라는 사내는 당당하게 아르제스 앞으로 걸어나왔다. 하지만 걸음을 옮기는 다리가 조금씩 떨리는 것은 누가 보아도 이 남자가 잔뜩 긴장했다는 것을 알 수 있게 만들었다. 아르제스는 이 마을의 사정과 근처에 다른 마을이 있는지의 여부, 그리고 키바 산맥의 지리를 잘 아는 자가 있는가에 대한 질문을 했고, 대표자로 나온 남자는 나름대로 침착하게 대답해 주었다.

먼저 알아낸 사실은 이 마을 근처 3일 거리 안에는 다른 마을이 없다는 것이다. 이 마을은 성이 같은 사람들끼리 모여 사는 집성촌으로, 원래는 키바 산맥 너머의 내륙에서 살던 사람이었다. 그러나 다른 부족들과의 세력 다툼에서 밀려났고, 하는 수 없이 키바 산맥을 넘어 새로 터전을 잡게 되었다고 한다. 마을 근처에 농사를 지을 땅이 있는 것은 아니었지만, 어차피 메카나 지방 사람들은 태생이 유목 민족이자 기마 민족이다. 양이나 소를 키우고, 근처 바닷가에서 물고기를 잡아가면서 생계를 이어왔다는 것이다.

"오호!"

마을 대표, 즉 족장의 말을 들은 아르제스는 희미한 미소를 지었다.

이 마을 사람들을 유용하게 이용한다면 행군을 상당히 용이하게 할 수 있을 것이란 생각이 들었다. 무엇보다 이들이 키바 산맥을 넘어서 왔다는 것이 중요하였다. 5백 명이라지만 부족 전체의 이동이다. 각종 짐과 가축을 데리고 키바 산맥을 넘어왔다는 것이었는데, 그럼 그들이 넘어온 길은 행군로로서도 적합하다는 소리였다.

일단 아르제스는 마을 사람들을 안심시키고, 그들의 도움을 이끌어내기 위한 작업에 착수했다. 마을을 약탈하거나 부족민들을 해치는 일은 절대 없을 것이라고 족장에게 약속했다. 또 그들에게 자신의 군대를 돕겠다는 약속을 요구했다. 마을의 안전을 보장해 준다는 아르제스의 말에 추장은 고개를 몇 번이나 숙이며 고맙다는 표현을 하며 최선을 다해서 돕겠다고 말했다. 하지만 아르제스는 그 약속의 증거를 요구했다.

이케니아 민족은 여러 신을 믿는다. 즉, 다신교이다. 각 가문마다 모시는 신도 달랐고, 직업, 지역에 따라서도 모시는 신은 제각각이었다. 여러 신들을 믿는 것은 일종의 계약 행위로서 자신은 신들을 공경하고 섬길 터이니 신은 자신들을 보호해 달라는 의미였다.

즉, 약속에 익숙한 이케니아 민족들은 약속을 매우 중요하게 여기며 좀처럼 어기는 법이 없었다. 하지만 메카나 지방 사람들은 대부분 미신을 섬기며, 점괘 하나에 약속 따위는 손바닥 뒤집듯 어겨 버리는 일이 태반이었다. 그렇다고 타고난 거짓말쟁이라는 뜻은 아니었고 약속이란 것 자체에 익숙하지 않다고 말하는 편이 옳았다.

그래서 아르제스는 마을 유력자들의 자제들을 볼모로 요구하였다. 마을 사람들은 선택의 여지가 없었다. 족장의 아들을 포함하여 10명의 젊은이가 볼모로 맡겨졌고, 볼모를 잡은 이후에야 아르제스는 숙영지의 건설을 지시했다. 아직 해가 지려면 많은 시간이 남았지만, 아르제스는 이곳에서 하루를 보내기로 결정하였다.

* * *

카라카스를 출발한 토르피우스가 우티카 항에 도착한 것은 10월 4일 오후였다. 이미 전령이 토르피우스의 방문을 알렸기에 크라티누스도 이 유명한 아르펜 가의 인물이 우티카로 향하고 있다는 것을 알고 있었다.

10명의 수행원을 거느리고 우티카 항에 도착한 토르피우스는 해군 장관인 크라티누스를 찾아갔다. 우티카 시내에 있는 바렌 본가에 들를 필요까지야 없었지만, 자신에게 배편과 호위 함대까지 베풀어준 실무 책임자인 해군 장관 정도는 인사차 만나볼 필요가 있었다. 게다가 지금의 해군 사령관과는 면식도 있는 사이였다.

"허허허. 토르피우스, 오랜만이군."

크라티누스는 이례적으로 관저 밖으로까지 나와 토르피우스를 맞이하였다. 토르피우스와는 10년 이상 연배가 차이나긴 했지만, 서로 견식도 있는 사이인 데다가 아르펜 가의 주요 인물치고는 바렌 가와 허물없이 지내는 사람이었다.

"반갑습니다, 크라티누스님. 일전에 카라카스에서 뵙고 2년 정도 된 것 같군요. 여전히 정정하십니다. 하하."

토르피우스도 크라티누스가 내민 양손을 맞잡으며 가볍게 포옹하였다. 가볍게 인사를 주고받은 그들은 관사의 집무실로 자리를 옮겨 간단한 담소를 나누었다.

"그래, 웬일로 라인까지 가시는가?"

크라티누스는 부관이 내어온 넥타를 마시면서 넌지시 토르피우스에게 물었다.

"하하하, 저야 항상 외국으로 돌아다니는 것이 일이 아니겠습니까? 라인 쪽 원로원 사람들을 본 적도 오래되어서 겸사

겸사 가려고 합니다."

"끌끌끌… 자네가 어디 그럴 사람인가? 뭔가 꿍꿍이가 있는 게지. 게다가 수행원이 10이나 되더구먼."

이렇게 말하는 크라티누스였지만, 말에 적의는 없었다.

"저야 그저 이케니아 연맹을 위해 하는 것들이지요."

"뭐, 그렇겠구먼."

크라티누스도 군이 토르피우스의 진정한 의도를 알려고 하지는 않았다. 토르피우스야말로 정치적 식견과 균형 감각을 가진 몇 안 되는 인물이었기에 바렌 가문의 중진인 자신의 입장에서도 충분히 믿을 만한 사람이었다. 확실히 이 토르피우스란 인물은 정적(政敵)에게도 미움을 사지 않는 대단한 재능을 가진 사람에는 틀림없었다.

10여 분간의 담소를 나눈 후 토르피우스는 작별을 고했다. 크라티누스는 관저 앞까지 나아가 그를 배웅했다.

"라인까진 길이 머니 이젠 출발해야 할 듯합니다."

"그래, 몸조심해서 다녀오게. 무슨 일인지는 모르겠지만, 좋은 결과가 있길 빌겠네."

"그럼, 크라티누스님도 건강하시길."

언제나 잘 차려입은 토가 차림의 토르피우스는 가볍게 인사를 하고는 부관의 안내를 받아 선착장으로 향하였다.

2개의 돛대를 가진 중형 범선 한 척에 몸을 실은 토르피우스는 군용 갤리선 2척의 호위를 받으며 동이케니아 해의 북

동쪽으로 향했다. 그가 향하는 곳은 라인 제국의 해상 관문 도시 중 하나인 '티아나' 였다.

*　　　*　　　*

군사를 움직이기 전에 미리 모두에게 작전을 지시하고 준비하게 시간을 주는 장수가 있는 반면에, 움직이기 직전에 작전을 전달하는 장수가 있다. 두 부류 다 장단점은 있겠지만, 확실히 아르제스는 후자에 속하는 지휘관이었다.

아르제스는 세노아 항구를 떠나올 때부터 병사들에게 키바 산맥이 목적지라고 말한 적이 없었다. 그리고 키바 산맥에 도착한 후에도 키바 산맥을 넘을 것이라는 말은 한 번도 하지 않았다.

하지만 마을 사람들을 앞세우고 그들의 가축에 짐을 싣고 이동하는 지금, 병사들은 자신들이 키바 산맥을 넘어갈 것임을 누구도 의심하지 않았다. 병력을 이끌고 산을 넘는다는 일은 보통 일이 아니다. 맨몸으로도 힘든 산행을 무기와 군수품 등을 잔뜩 지닌 채로 해야 되기 때문이다. 그러나 병사들은 마치 당연한 일을 하는 것 같은 느낌에 아르제스에게 항의할 기회도 가지지 못한 채 자연스럽게 키바 산맥을 넘으려 하고 있었다.

사실 메디아 왕국을 적극적으로 공격할 생각이면 해안을

314

따라 북서쪽으로 키바 산맥을 우회하는 편이 훨씬 좋았다. 키바 산맥의 북서쪽 끝자락에서 북쪽으로 80킬로미터만 올라가면 메디아 최대의 항구 도시인 루투아에 이르고, 남서쪽으로 티메르 강을 따라 100킬로미터만 가면 메디아 왕국의 수도 '티메르마'에 도달할 수 있기 때문이다.

게다가 이 경로를 따라 이동하면 가는 동안 적에게 들킬 염려도 거의 없다. 만약 아르제스가 애당초 생각했던 것처럼 세노아 섬에 아쿠타의 군대가 상륙하기 전에 실행한 침공이었다면, 분명히 그쪽 루트를 택했을 것이다. 하지만 지금의 목적은 세노아 섬에서 적을 퇴각시키는 데 있었기에 적을 내륙 깊숙이 끌어들여야만 했다.

아르제스의 군단은 마을 사람들의 안내에 따라 그들이 이주할 때 이용했다던 산길의 초입에 들어섰다.

"우오!!"

병사들 사이에서 감탄 섞인 목소리가 나왔다. 해변에서 거리를 두고 바라볼 때도 웅장했던 산맥인데, 이렇게 산기슭까지 와 가까이에서 보니 정말 압도적인 경관이었다. 보는 사람에게는 더없는 경탄과 즐거움을 선사하는 산임에는 분명했지만, 그들은 산을 넘어야 하는 입장이었기에 걱정이 앞서는 것이 사실이었다.

본격적인 산행에 들어서기에 앞서서 군단병들은 저마다 망토와 비슷한 피풍(皮風)을 걸치기 시작했다. 발목까지 내려오는 길고 넓은 천의 한쪽 끝을 왼쪽 어깨에 고정시킨 다음, 가슴에서 등 뒤로 오른쪽으로 감아 한 바퀴 돌려 반대쪽 끝을 오른쪽 어깨에 걸치는 형태의 피풍은 산의 찬바람을 막아주고 노숙 시 모포의 역할도 하는 유용한 물건이었다. 목에는 얇은 천을 여러 번 감아 최대한 추위에 체온을 빼앗기지 않게 조치했고, 샌들의 끈은 바짝 조여 매도록 지시한 후 본격적으로 키바 산맥을 넘기 위한 행군을 시작하였다.

다행히 병사들의 사기는 키바 산맥을 넘어가리란 것을 처음 알았을 때보다 훨씬 좋아져 있었다. 아르제스가 '허름한 옷에 신발조차 제대로 없는 원주민들도 쉽게 넘는 산을 정예 군인 우리가 못 넘을 리가 없지 않은가?'라는 말을 한 다음부터였다.

하지만 이케니아 반도나 메디아 왕국은 겨울다운 겨울이 없을 정도로 따뜻한 기후를 가지고 있기에, 산의 변덕스러운 기후는 병사들에게 상당히 낯설고도 고통스러운 경험이었다. 다행이라면 추위에 대한 대비를 게을리 하지 않았다는 점과 훌륭한 길잡이를 두고 있다는 점이었다. 더구나, 마을 사람들이 기르던 덩치 큰 산양들이 좋은 운반책 역할을 해준 것이 큰 도움이 되었다. 이 산양들은 말과는 달리 발굽이 좁고, 힘도 좋아서 무거운 짐을 지고도 능숙히 험한 산을 넘었다.

메디아 왕국의 누구도 군사를 이끌고 키바 산맥을 넘을 수 있을 것이라는 생각은 하지 않았지만, 그것은 그것이 불가능하기 때문이 아니라 불가능할 것이라고 생각했기 때문이다. 아니, 어쩌면 그렇게 믿고 싶었기 때문일 것이다. 그러한 믿음은 마치 그것이 진실인 양 사람의 마음을 굳어버리게 만든다. 그런 면에서 아르제스가 그날 넘은 것은 키바 산맥이 아니라, 사람들의 고정관념이었다.

아르제스 군이 키바 산맥을 넘는 데는 하루 밤과 이틀 낮이 걸렸다. 보통이라면 나흘은 걸려야 했지만, 부족민들이 안내해 준 길이 유난히 산맥의 폭이 좁은, 즉 산맥이 끊어질 듯 이어지는 부분으로 나 있는 길이었기에 행군 시간을 무척이나 단축시킬 수 있었다.

산을 넘으면서 7명의 병사를 잃었는데, 추위에 얼어 죽은 병사는 없고 전부 실족으로 계곡 아래로 떨어져 죽은 병사들이었다. 오랜 산행 끝에 마지막 산마루를 넘어 내려오는 이케니아 병사들의 눈앞에 끝도 보이지 않을 만큼 넓은 메카나의 평원이 펼쳐져 있었다.

산을 완전히 내려와 평야에 도착하자 아르제스는 볼모들을 석방하여 족장을 포함한 길잡이들과 함께 마을로 돌아가게 하였다. 아르제스는 그들을 돌려보내기 전 통역병을 통해서 족장에게 다음과 같은 말을 전하게 했다.

"당신의 현명한 결정이 부족 전체의 목숨을 살렸다. 당신 부족의 협조에 감사한다."

비록 볼모를 잡힌 상황이었다고는 하지만, 자발적으로 가축을 지원해 군수품 수송에 도움을 주는 등 이케니아 군의 행군에 노력을 아끼지 않은 족장에 대한 감사였다. 아르제스는 좋은 검 한 자루와 1,000데르에 해당하는 금화 한 주머니를 쥐어주고 비밀을 지킬 것을 맹세하게 한 뒤 그들을 돌려보냈고, 족장과 일행은 연신 고개를 숙이면서 감사하다는 뜻을 표하고는 산맥을 넘어 그들의 보금자리로 돌아갔다.

"저들을 그냥 돌려보내도 되겠습니까? 명령만 내리시면 추격해서⋯⋯."

부족민들이 돌아가는 모습을 지켜보던 게릭토스가 아르제스의 가까이에 와서 불안한 듯 이야기했지만, 아르제스는 손을 들어 그의 말을 가로막고는 가볍게 웃으며 말했다.

"저들이 절대 우리의 존재를 누설할 리 없다."

아르제스 나름대로는 확신이 있었다. 그들이 약속을 잘 지키지 않는다지만, 그것은 어디까지나 자신들의 이익과 관련이 있을 때 이야기였다.

메디아 왕국은 이케니아 반도의 10배에 가까운 영토를 가지고 있지만, 왕의 권력이 미치는 곳은 한정되어 있었다. 지방에는 수많은 부족들이 있었고, 막강한 부족의 족장들이 그 일대를 다스리는 형태였기에 아직 국가라는 개념 자체에 익숙하지 못한 사람들도 많았다. 분명 좀 전의 마을 사람들에게도 메디아 왕국이란 것은 지휘가 높은 족장들에게나 관계있는 먼 나라 이야기임에 분명할 것이다.

설사 이제는 그들이 자신들의 출현을 떠벌리고 다닌다고 해도 상관없었다. 이미 아르제스의 정예 군단은 혈관을 타고 흘러가고 있는 바늘처럼 메디아 왕국의 심장부를 노릴 준비를 마쳤기 때문이다.

제11장

외교관

아르제스 전기

메카나의 날씨는 10월인 데도 낮이면 조금 덥다고 느껴질 만큼 따뜻했다. 하지만 밤낮의 기온 차가 심해, 해가 지고 나면 외투를 걸치지 않으면 조금 추울 정도이다.

아르제스가 넘어온 키바 산맥의 산기슭 근방에는 메디아 유목민들이 겨울을 나기 위해 자리를 잡고 모여 사는 작은 규모의 마을이 있었다. 여름에는 서늘하지만 한겨울에는 키바 산맥이 바다에서 불어오는 찬바람을 막아주기에, 오히려 산기슭 쪽이 따뜻했기 때문이다.

3명의 양치기가 양들에게 풀을 먹이고 마을로 돌아오고 있었다. 검은 피부에 짧은 곱슬머리, 전형적인 메카나 지방 사람들이었다. 한 명은 큰 키에 누더기 같은 긴 겉옷을 걸치고 있었고, 다른 2명은 조금은 어려 보이는 소년들이었다. 누가 보아도 그들이 부자지간인 것을 알 수 있었다.

"위이― 위이―"

양치기들은 긴 막대기로 양들을 몰아가며 발길을 재촉했다. 오늘은 마을로 돌아가는 시간이 평상시보다 조금 늦어진 편이었다. 어느덧 해가 짧아져 어스름한 어둠이 메카나의 대지를 감싸고 있었다. 정다운 부자와 그들을 따르는 양들의 풍경은 다분히 목가적이고 평화로워 보였다. 하지만 그 평화는 갑작스런 양들의 울음소리를 시작으로 깨어지기 시작했다.

음메― 음메―!

양치기들을 따라 얌전히 길을 걷던 양들이 갑자기 크게 울음을 터뜨리며 이리저리 뛰어다니기 시작했다. 양치기들은 당황해하면서도 양들을 진정시키고, 도망가지 못하도록 이리저리 뛰어다녔다. 유목민들에게 가축이란 존재는 식량과 의복을 공급하는 생명줄이나 마찬가지였기에 한 마리의 양도 잃을 수 없었다.

그때, 양치기들은 땅이 울리는 듯한 느낌과 함께 괴상한 소리가 들려오는 것을 느꼈다.

척! 척! 척!

양치기의 아이들은 크게 놀라서는 아버지에게 매달렸다. 아버지 되는 사람도 그런 아들들을 팔로 안은 채 소리가 들려오는 곳을 주시했다. 그곳은 키바 산맥 쪽이었다. 얼마 있지 않아 구름 같은 검은 그림자가 어리더니 수많은 사람들이 다가오는 것이 보였다.

"사령관님, 저쪽에 주민들이 있군요. 양 치는 사람들인가 봅니다."

아르제스와 말을 나란히 하면서 가던 게릭토스가 낮은 목소리로 말했다. 그들은 산맥을 넘어와서는 처음 접하는 주민이었다.

"후후. 왜? 명령만 내리면 추격해서 처치할 텐가?"

아르제스의 짓궂은 물음에 게릭토스는 얼굴을 붉히고 아무 말도 하지 않았다. 어둠 속이라 자신의 얼굴이 붉어진 것을 들키지 않은 것이 다행이라면 다행이었지만.

이미 아르제스는 목적지에 도착할 때까지 메디아의 주민들을 보더라도 무시하라고 일렀기에 아르제스의 군단은 마치 처음부터 양치기들을 못 본 것처럼 제 갈 길을 걸어갈 뿐이었다.

"……!!"

30미터도 되지 않는 거리에서 스쳐 가는 아르제스 군단병들의 모습에 양치기는 이미 털썩 자리에 주저앉아 말문을 잃어버렸다. 양들은 겁에 질려 사방으로 달아나고 있었지만, 이미 그런 것은 눈에 들어오지 않았다.

어스름한 달빛을 뚫고 신들의 산이라고 불리는 키바 산맥

쪽에서 나타난 아르제스의 군단병들이 양치기의 눈에는 이미 사람들로 보이지 않았다. 마치 이 지방의 전설에 나오는, 인간을 심판하기 위해 신이 보낸다는 죽은 자들의 군대를 연상케 했다.

이 일대 주민들 사이에서 망령의 군대를 봤다는 흉흉한 소문이 퍼진 것은 바로 이때부터였다.

아르제스가 세노아 항을 출발한 지 12일째가 되었다. 이미 식량은 1주일분도 되지 않는 상황이었지만, 아르제스는 전혀 걱정하지 않았다. 눈앞에는 이제 막 추수를 끝낸 거대한 식량 창고가 기다리고 있었기 때문이다. 키바 산맥의 길 안내를 해준 부족이 이 일대에서 가장 큰 마을(인구는 많았지만 도시라고 하기에는 여러 면에서 부족했다)이라며 가르쳐 준 곳이 이제 1시간 거리에 있었다.

"하하! 거 재미있군!"

갑자기 아르제스는 유쾌하다는 듯 크게 웃어대었다. 주위의 호위병들은 의아한 표정으로 아르제스를 쳐다보았지만 도무지 이 젊은 사령관의 속내는 알 길이 없었다.

아르제스는 며칠 전의 일을 생각하고 있었다.

키바 산맥을 거의 다 넘어왔을 무렵, 아르제스는 길 안내를 하던 부족장에게 이 일대에서 가장 큰 도시가 어느 방향, 얼마나 되는 거리에 있는지 알려달라고 했다. 통역병을 통해 아르제스의 질문을 받은 족장은 무엇 때문에 그러느냐고 되물었다. 그에 아르제스는 '몽땅 털어버릴 작정이다' 라고 대답했다. 그러자 족장은 웬일인지 얼굴에 화색을 띠며 지금 눈앞에 있는 이 마을을 가르쳐 준 것이다. 사람들은 많지만 도시 성벽도 변변치 않고, 근처에 곡창 지대도 있어서 가축뿐 아니라 밀도 잔뜩 쌓여 있을 거라는 친절한 설명까지 해주면서 말이다.

분명 그들 부족을 키바 산맥 너머로 쫓겨가게 만든 부족의 본거지임에 틀림없을 것이다. 지금에 와서 생각하니 참으로 대담한 족장이라는 생각이 들었다. 그 상황에서도 남의 손을 빌려 복수할 생각을 하다니 말이다. 조금은 어이없다는 생각도 들었지만, 아르제스는 기꺼이 그들의 복수를 해줄 셈이었다.

시간은 이미 새벽을 지나 7시 가까이 되고 있었다. 병사들은 낮에는 몸을 숨기고 밤에는 계속되는 강행군을 해왔기에 지쳐 있었지만, 지근(至近) 거리에 있는 저 마을만 점령하면 식량 문제, 잠자리 문제 등이 모두 해결된다는 것을 알고 있었기에 사기가 충천해 있었다. 마을을 점령하는 데 쓴 전술은 이전과 동일했다.

"게릭토스! 오늘도 수고해야겠다."

"네! 사령관님!"

평민 출신인 데다 노련하다기보다 혈기가 앞서 잦은 실수를 범하기도 하는 자신이지만, 아르제스는 항상 과거를 묻지 않고 자신을 믿어주는 지휘관이다. 이미 게릭토스와 기병대는 아르제스의 명령을 기꺼이 수행할 준비가 되어 있었다. 사령관에 대한 신뢰에 보답이라도 하듯, 우렁찬 함성과 함께 기병들이 마을을 향해 돌격하기 시작했다.

"군단 보병도 진격!"

"진격!"

아르제스의 짧은 명령과 함께 아르제스와 발가르, 메텔로가 지휘하는 1, 2, 3군단병들이 동시에 마을을 향해 진군을 시작했다.

생전 본 적이 없는 하얀 피부의 기병들이 진격하는 것만으로도 마을 사람들을 혼란과 공포로 몰아넣기 충분했다. 다만 이전 처음 마을과 다른 점은 마을 안으로 도망쳐 들어간 사람들이 각자 무기를 쥐어 들고 수비 태세를 갖추었다는 것이다.

하지만 그것도 아르제스가 이끄는 1만 4천의 군단병이 마을을 포위하기도 전에 끝나 버렸다. 마을의 성문이 열리고 족장이 항복을 선언한 것이었다. 어디서 나타난 군대인지도 모르지만, 마을 주민 수에 육박하는 중무장 병사들에게 저항할 수는 없었다.

피 한 방울 흘리지 않고 이 마을, 우나투바(부족 이름이기도 한)를 점령한 아르제스는 이전과 마찬가지로 마을 유력자들의 자제를 볼모로 요구했다. 다만 주민의 수가 많았기에 30명이나 되는 볼모가 요구되었다. 그 볼모 중에는 대다수 마을 원로들의 자제들과 족장의 두 아들이 포함되어 있었다.

아르제스는 군단병들에게 약탈과 폭력을 엄금하고, 우나 투바의 족장에게 정식으로 식량을 팔아줄 것을 요청했다. 즉 거래를 요청한 셈이었는데, 아르제스가 치른 대금은 일반적 인 가격의 1/5에 불과했다. 하지만 우나투바로선 마을을 점 령당한 입장에서 그 정도의 조건도 감지덕지일 수밖에 없었 다.

이렇게 해서 아르제스 군은 메디아 왕국 한복판에 자신의 거점을 마련하게 되었다. 그리고 이미 다음 먹잇감을 노리고 있었다.

지금까지는 은밀하게 행동한 아르제스였지만, 거점과 식 량을 확보한 이상 더 이상 몸을 숨길 필요가 없었다. 오히려 메디아 왕국에 자신이 여기 왔다는 것을 성대하게 알릴 필요 가 있었다.

우나투바 족장을 통해 이 근처의 큰 마을과 도시들을 모두 파악한 아르제스는 다음날 즉각 병사들을 움직였다. 오랜만 에 푸짐한 식사와 편한 잠자리로 일찍부터 휴식을 취한 병사 들은 새벽이 되자마자 아르제스의 명령에 따라 3갈래로 나누 어졌다.

우나투바를 중심으로 이 일대에서 가장 큰 도시 및 마을은

3개로 압축될 수 있었다. 북서쪽 35킬로미터 지점에 있는 '노베', 남쪽 60킬로미터 지점에 있는 '소우라', 그리고 서쪽 85킬로미터 지점에 있는 '토이카'가 그곳이다.

가장 큰 도시인 노베로는 아르제스가 지휘하는 1군단 4천의 중장 보병 전체와 기병이, 소우라는 메텔로가 이끄는 3군단 중 우나투바에 남겨둘 2개 대대를 제외한 3개 대대 3천 명이, 그리고 토이카는 발가르가 직접 2군단 전체를 이끌고 출정에 나섰다.

노베를 향하는 아르제스는 처음부터 강행군으로 나갔다. 무장을 제외하고는 식량 하루치만 지참하게 하고서 우나투바에서 35킬로미터 떨어진 노베까지 6시간 만에 주파해 버린 것이다. 해가 뜨기도 전에 출발해서 노베에 도착한 시간은 정오를 조금 넘은 시간이었다. 우나투바에서 그렇게 멀다고 할 수는 없는 도시였지만, 아직 아르제스 군이 우나투바를 점령했다는 소식이 전해지지 않았는지 아르제스가 도착했을 때는 거의 무방비 상태였다. 결국 성 안쪽의 인구만 5만이나 되는 대도시는 우물쭈물하는 사이 성문을 닫아보기도 전에 아르제스 군에게 입성을 허용하고 말았다.

도시를 지키던 1,000여 명의 병사가 저항했지만, 제대로 된 갑옷도 없이 방패에 칼만 들고 저항하던 그들은 30분도 못 되어서 격퇴되고 말았다. 그 병사들은 정규군이 아니라 마을 유력자들의 사병이 대부분이었기에, 훈련 상태도 군기도 엉망이었다. 살아남은 병사들은 즉시 항복해 왔고, 아르제스는 그들을 무장 해제시킨 이후 2개 백인대로 하여금 포박하여 적당한 곳에 감금하라고 명했다.

마을 밖은 게릭토스의 기병으로 하여금 누구도 벗어나지 못하도록 엄중히 감시하라고 이르고서는, 도망치는 자가 있으면 추격해서 처치해도 좋다고 말했다. 추격해서 처치해도 좋다는 아르제스의 말에 웃음을 터뜨린 게릭토스는 크게 복명을 외치며 기병들을 이끌었다.

여느 때와 마찬가지로 아르제스는 군단병들에게 약탈과 폭력을 금지시켰고, 마을 주민들은 모조리 집 안으로 들어가 문을 걸어 잠그고 숨을 죽였다. 그러자 큰 도시 전체가 순식간에 적막에 잠겨 버렸다.

저항군을 진압하고 사실상 도시를 손에 넣은 아르제스는 대로를 따라 도시 중심에 있는 족장의 거처로 진군했다. 10분 정도 걸어가자 주변의 허름한 배경과는 상당히 이질적인 장소가 모습을 드러내었다.

"흥! 어이가 없군······."

아르제스는 지금 서 있는 광장과 광장 너머의 건물을 바라보면서 코웃음을 쳤다.

이케니아의 광장은 삶과 정치, 문화 등이 한데 어울리게 만들어주는 모임과 교류의 장소라는 느낌이 강하지만, 지금 이곳 노베의 광장은 마치 이곳이 개인의 정원인 것 같은 느낌을 주고 있었다.

그리고 광장을 넘어서 우뚝 솟아 있는 건물. 이곳이 메디아 왕국의 수도가 아님은 분명할진대, 아무리 봐도 정면에 보이는 건물은 왕궁이라고 볼 수밖에 없었다. 이케니아 건물들이 조금은 딱딱하고 실용적인 편이라고 하면, 메디아 왕국은 동방의 영향을 받아 건물이나 귀족의 옷차림은 화려한 편에 속한다. 하지만 눈앞의 건물은 조금 정도가 심하다는 생각이 들었다. 크기야 훨씬 작겠지만, 카라카스나 네모에 있는 왕궁은 이에 비하면 참으로 수수하다고 할 수 있었다. 더구나 지금까지 보아왔던 메디아의 일반 주민들은 결코 부유하다고는 볼 수 없는 모습이었기에 더욱 대비되어 보였다.

이미 광장에는 아르제스와 휘하 1군단이 마치 새가 날개를 활짝 펼친 듯한 모양으로 왕궁의 전면을 포위하고 있었다. 이렇듯 도시가 적의 손에 넘어갔는 데도 이 화려한 왕궁의 주인은 코빼기조차 보일 생각이 없는 모양이었다. 도시가 점령당했다는 것을 모를 리가 없는 데도 말이다.

"책임감이라곤 눈곱만큼도 없는 건물 주인 얼굴 좀 봐야겠군!!"

낮은 목소리였지만 게릭토스나 아르제스의 호위병들은 아르제스가 꽤나 분노하고 있다는 것을 알 수 있었다. 그리고 지휘관의 분노는 병사들을 통해서 표출되는 법이었다.

"들어가 보자!"

아르제스는 마르쿠서스와 12명의 근위병, 그리고 1대대 선임 백인대장이 이끄는 백인대와 함께 거침없이 궁문을 넘어섰다. 궁문에서 궁까지 고운 돌을 촘촘히 깔아 길을 만들어놓았고, 그 길 주변은 열대의 수목과 이국적인 석상으로 꾸며져 있었다. 길의 끝에는 화려한 기둥으로 장식된 아치 형의 문이 있었는데, 굳게 잠긴 상태였다.

"뚫어라!"

"네! 사령관님!"

선임 백인대장은 부하들을 이끌고 잠시 광장 쪽으로 나가더니 어디서 구했는지 저마다 거대한 양손 도끼를 들고 왔다. 아마 무장 해제시킨 이곳 사병들의 것인 듯하였다.

쾅! 쾅!

화려하게 장식된 육중한 문이 도끼로 인해 갈기갈기 찢겨지면서 비명을 토하고 있었다. 그 문이 부서진 것은 5분도 지나지 않아서였다. 부서진 문 사이로 보이는 궁의 내부는 화려한 모습과는 달리 그리 구조가 복잡하지 않음을 알 수 있었다. 아마 복도를 따라 곧장 가면 이 도시의 우두머리를 만날 수 있을 터였다.

복도를 걸어가는 동안 아르제스 일행을 본 얇은 옷차림의 시녀들이 겁에 질린 비명을 지르며 도망쳤고, 무기를 들고 엉거주춤 서 있던 이곳의 위병들은 무기를 내리고 바닥에 머리를 대고 엎드리기 바빴다.

먼지투성이지만 붉은 망토와 화려한 흉갑의 아르제스, 그리고 투구 위를 붉은 술로 장식한 근위병들의 모습은 상대를 압도하는 위엄이 있었다. 게다가 거대한 도끼를 들고 그 뒤를 따르는 100인의 정예병은 온몸에서 살기를 풀풀 날리고 있었다.

대전 앞에 이르자 굳게 닫힌 또 하나의 문이 아르제스를 가로막았고, 곧바로 군단병들이 달려들어 도끼로 문을 찍어내기 시작했다. 도끼질을 할 때마다 문 안쪽에서는 여인들의 비명이 흘러나왔다.

콰—앙! 쩍!

맹렬한 도끼질에 파편이 튀고 문의 곳곳이 갈라졌다.

쿠—쿵!

결국 문의 한쪽이 쓰러지면서 굉음을 내었고, 그 소리는 넓은 대전과 궁정에 울려 퍼졌다. 대전 안으로 들어서자 귀족들로 보이는 10여 명의 인물과 몇몇의 호위병들, 그리고 몇 명의 어린아이들이 눈에 들어왔다. 대부분 화려한 옷차림의 여인들이었고, 남자는 몇 없었다.

아르제스는 눈앞의 광경에 참으로 어이없었다. 척 보아도 이 건물의 주인은 이 자리에 없었다. 아르제스는 이 지경이 됐는 데도 처자식들을 내팽개치고 혼자 도망칠 생각을 하는 작자의 얼굴이 정말 궁금해졌다.

그때 겁에 질려 떨고 있던 한 호위병이 큰 소리를 지르더니 아르제스에게 창을 휘둘렀다. 하지만 그자의 창은 아르제스에게 닿기도 전에 옆에 있던 마르쿠서스의 검에 의해 튕겨 나갔고, 뒤이어 마르쿠서스의 머리통만 한 왼 주먹이 호위병의 복부를 강타했다.

"커어어!"

마르쿠서스의 주먹에 허리가 90도로 꺾이며 바닥에 쓰러진 호위병은 비명과 함께 배를 움켜쥔 채 쓰러져 기절하고 말았다. 호위병을 쓰러뜨린 마르쿠서스가 메디아 말로 호위병들에게 한참을 외치자 호위병들은 무기를 내리고 무릎을 꿇고서는 연신 땅에 이마를 대고 고개를 숙였다.

"오호! 마르, 메디아 말을 할 수 있는 거야?"

"도련님, 저도 메카나 출신입니다. 10살 때 네모로 팔려왔지만, 아직 의사소통 정도는 되는 수준이지요."

알겠다는 듯 고개를 끄덕이던 아르제스가 마르쿠서스에게 물었다.

"흐응… 그런데 저 호위병들에게 무슨 말을 한 거냐?"

"뭐, '무기를 내리고 항복하면 목숨은 건질 것이다'는 말이었습니다."

"정말 그것뿐?"

그런 내용만 말했다고 하기에는 마르쿠서스의 말이 꽤나 길었고, 포로들의 반응도 극적이었기에 상당한 협박이 뒤따랐을 거라고 아르제스는 생각했다. 그러나 그건 그리 중요한 문제가 아니었다. 진짜 중요한 것은 이 건물의 주인을 찾아내는 것이었다.

"뒤져라!"

언제나처럼 짧은 명령이었지만, 의미하는 바가 무엇인지 모를 리 없는 병사들이었다. 백인대들은 10명씩 흩어져 궁전 안을 샅샅이 뒤지기 시작했고, 수색을 시작한 지 10분도 안 되어서 족장이란 자가 끌려왔다. 귀하기 이를 데 없다는 비단 옷을 입고 온몸을 비싼 장신구들로 치장하고 있었지만, 백인 대장에게 목덜미를 잡혀 끌려나오는 모습은 그저 얼굴에 주름이 가득한 노인에 불과했다.

"뭐야, 평범한 노인네잖아?"

그를 본 아르제스의 실망한 듯한 말이었다.

비록 건물 주인이 상당히 마음에 들지 않았지만, 노베도 우나투바와 마찬가지의 방식으로 처리했다. 개인적 감정 때문에 노베의 족장이나 귀족들을 해치지는 않은 것이다.

아르제스는 100명의 볼모를 요구하면서 궁전에 보관 중인 귀중품들을 전부 징발하도록 명령했다. 절반은 군비로 쓴 후 남는 것은 국가에 헌납하고, 나머지 절반은 병사들에게 나누어 줄 생각이었다. 그것은 아르제스가 메디아 침공 도중 행한 처음이자 마지막 약탈이었다. 그리고 노베에서도 우나투바 처럼 곡물의 거래를 요청했는데, 아르제스가 지불한 값은 일반적인 가격의 1/10에 불과했다. 그리고 그마저도 약탈한 돈으로 지불해 버렸다.

아르제스가 노베를 점령한 지 3일이 지나자 메텔로에게서 소우라를 점령했다는 소식이 날아왔고, 그 다음날은 발가르의 2군단이 토이카를 수중에 넣었다는 소식을 들을 수 있었다. 그들은 각각 점령한 도시에서 하루를 묵은 후 볼모와 함께 노베로 집결하게 되어 있었다.

아르제스는 우나투바에도 전령을 보내어 그곳을 지키고 있던 3군단의 2개 대대를 노베로 소환하게 하였다. 며칠 내로 다시 1만 4천여 명의 군사 전부가 노베로 집결하게 될 터였다. 이로써 아르제스는 메디아 중부에 확고한 거점을 마련한 상태가 되었고, 이 소식은 얼마 되지 않아 메디아 왕국의 수도 '티메르마'에도 전해지게 될 것이었다.

이제 아르제스 군은 적의 수도 티메르마를 북서쪽으로 400킬로미터 남짓한 거리에 두게 되었다. 그리고 아르제스는 이 거리를 더욱 좁힐 생각이었다.

＊　　　＊　　　＊

우티카에서 출항한 지 5일째 되던 날 토르피우스를 태운 선단은 라인으로 가는 서쪽 관문인 티아나 항에 도착할 수 있었다. 이케니아 연맹의 정식 사절로서 라인 제국을 방문한 것이었기에, 항구에는 이미 라인 제국에서 파견한 기병 20기로 이루어진 호위대가 도착해 있었다.

토르피우스는 호위대의 안내를 받으며 티아나에서 제국 수도 '라인'까지 이어진 가도를 따라 육로로 이동했다. 이 가도는 라인 제국 선대 황제들 중 하나인 오르피우스 황제 시절에 지어져서 '오르피우스 가도'라고 불리는 길이었는데, 건축과 도로 사업으로 유명한 아르펜 가의 일원이 보아도 참으로 잘 닦아놓은 길이라는 생각이 들었다.

라인 제국에서 속주를 제외한 땅인 라인 본국은 서라인과 동라인으로 나누어지는데, 티아나 항구는 서라인 서쪽 끝에 위치해 동라인 내륙에 있는 수도 '라인'까지는 잘 정비된 가도로 말을 달려가도 4일 밤 5일 낮이 걸리는 먼 거리였다. 짧은 여정은 아니었지만, 동라인과 서라인의 경계가 되는 베콘 강에 놓인 거대한 대석교 등 가도 주변에는 볼거리가 많은 편이었기에 지루한 여행은 아니었다.

하지만 토르피우스는 곧바로 라인으로 향하지는 않았다. 호위병의 양해를 구해서 길을 바꾼 토르피우스는 베콘 강 하류에 있는 한 별장으로 향했다. 자신의 스승이자 친구인 '클라텔로'를 만나기 위해서였다. 지금은 휴가차 별장에 머무르고 있는, 현 황제의 측근이자 원로원의 실력자인 클라텔로는 60을 넘긴 나이에도 여전히 정정한 활동가였다.

토르피우스가 오고 있다는 전갈에 문 앞까지 나와서 기다리던 클라텔로는 토르피우스를 보자 노안에 웃음을 가득 띠며 그를 포옹했다.

"오! 오! 토르피우스! 이게 얼마 만인가! 하하하……."

"스승님! 여전히 정정하십니다."

토르피우스는 자신이 라인 대학의 교수로 있을 때부터 참으로 총명하고, 겸손한 학생이었다. 무엇보다 나이에 비해 인격적 수양이 높고 식견이 탁월해서 클라텔로에게는 나이를 넘어선 친우(親友) 같은 사람이 바로 토르피우스였던 것이다. 유학 생활을 마치고는 본국의 수도 카라카스로 돌아가 버려서 그동안은 주로 편지로만 왕래하고 있었는데, 이렇게 직접 찾아오니 클라텔로로서는 반가운 것이 당연하였다.

"자자! 들어가서 이야기하지! 그리고 호위병들과 수행원들은 내 따로 자리를 마련해 주겠네."

호위병들은 클라텔로에게 군례를 올리고 물러났다. 비록 클라텔로가 학자풍의 인물이지만, 속주의 총독을 역임했던, 달리 말해 속주의 군사 책임자였던 인물이다.

별장의 응접실에서 마주 앉은 두 사람은 서로의 근황을 물으면서 가벼운 대화를 하였다. 그러다가 자연스럽게 토르피우스가 라인 제국을 방문한 목적으로 대화의 주제가 옮겨갔다.

"웬일로 자네가 이케니아 연맹의 공식 사절로 라인을 방문했는가? 자네가 움직일 정도의 일이니 보통 일은 아니겠구먼."

"하하하, 스승님도 저를 너무 높게 평가하시는군요. 확실히 저 같은 인물에게는 벅찬 일입니다. 그래서 스승님의 도움이 필요해서 이렇게 찾아왔습니다."

"응?! 도움? 자네가 말인가? 도대체 무슨 일이기에 그러시는가?"

20년을 알고 지낸 사이었지만, 남을 도울망정 남에게 도움을 받는 것은 꺼려하던 토르피우스였다. 그것을 잘 아는 클라텔로는 의아하기도 했지만, 오히려 도움을 줄 기회가 생겼다는 것에 기쁜 마음까지 들었다.

"이케니아에서 판매한 군함을 되사는 일입니다."

태연한 목소리의 대답이었지만, 그 말의 가진 의미는 가볍지 않은 것이었다.

"오호! 그렇구먼. 메디아 왕국과의 일 때문일 거라고 생각은 했지만, 역시 그런 문제였군!"

클라텔로는 상당히 놀란 표정으로 무릎을 치면서 탄성을 발했다.

대부분의 사람들은 라인 제국이 헤르마니아에 대한 론 제국의 침공을 막기 위해 우티카의 군선을 징발한 줄 알고 있지만 사실은 조금 달랐다. 라인 제국은 패권국의 권위를 가지고 있는 대국이지만, 이케니아 연맹과는 어디까지나 외교적 대등함을 기본으로 한 동맹 관계에 있었다. 내전으로 어수선해진 패권국의 위신을 세우기 위해 징발이란 형식으로 군함을 가져갔지만, 사실은 군함에 대한 대금을 치른 상태였다. 그것이 바로 오르피스 군도의 해적 토벌에 대한 지원금의 형식으로 지불한 300만 데르의 자금이었다. 양쪽의 체면과 실리를 만족시키는 좋은 거래였던 것이다.

"헐헐헐, 역시… 그러고 보니 참 시기도 잘 맞춰서 왔구먼."

그는 역시나 토르피우스는 대단한 젊은이(자신의 입장에서는 젊은이였다)라고 생각했다. 필요에 의해서 구입한 군선을 되파는 것은 상식상 있을 수 없는 일이었지만, 지금의 상황이라면 불가능한 일만도 아니었다. 그것은 바로 론 제국 내부의 문제에서 비롯된 이유였다.

올해 초부터 헤르마니아의 침공 준비를 하는 징후가 역력하던 론 제국의 군사 활동이 지금은 거의 멈추어 버린 상태였다. 론 제국의 황제 슐레이만이 죽었기 때문이다. 자신의 대에서 헤르마니아 공략을 성공시키기 위해 침공을 준비하던 슐레이만 황제는 결국은 그 뜻을 이루지 못하고 죽어버렸고, 지금은 3명의 황자 사이에서 벌어지고 있는 권력 다툼 때문에 외국으로 눈을 돌릴 처지가 못 되었다.

라인 제국도 마찬가지이지만, 후계 다툼은 전제 군주국의 숙명이라고도 할 수 있는 일이었다. 결과적으로 헤르마니아에 대한 론 제국의 침공 위협은 최소 몇 년간은 없다고 봐도 무방한 상황이 되어버렸다.

"자네의 수족들은 여전한 모양이군. 이케니아에서 론 제국은 참으로 먼 거리인데 말이야. 사실은 나도 그 소식을 들은 것이 불과 며칠 전이라네."

"하하하… 저 같은 사람이 정보에 어두워서야 되겠습니까?"

사람 좋은 웃음을 짓는 토르피우스였지만, 그는 아르테우스의 측근이 된 이후부터 정보 수집을 게을리 한 적이 없었다. 실제로 토르카 지방과 메디아 왕국을 제외하고는 중앙해전 지역에서 그의 수족들이 없는 곳은 없다고 봐야 옳았다.

토르피우스와 오랜 이야기를 나눈 클라텔로는 이 건이 중대한 외교적 사안인 것은 분명하지만, 충분히 성사시킬 수 있는 문제라는 생각이 들었다. 동맹국이 위험에 처했을 때 원군을 파견하는 것은 패권국을 자처하는 라인 제국의 의무이자 권리이다. 게다가 라인 제국에는 당장 필요없어진 해군력을 되파는 형태로 이루어질 지원이었기에 실리와 명분, 이 두 가지를 만족시킬 수 있는 일이기도 했다.

라인 제국으로서도 손해 볼 것이 없는 거래라는 생각이 들자, 클라텔로도 흔쾌히 토르피우스의 생각에 찬성하는 뜻을 보였다.

"좋네. 이번 일에는 나도 힘을 보태어주겠네. 나도 함께 라인으로 동행하도록 하지."

"이거 스승님의 휴가를 뺏은 꼴이 되고 말았군요. 하지만 스승님의 현명한 결정에 이케니아 연맹을 대표해서 깊은 감사를 드립니다."

이 순간, 토르피우스는 8할 이상의 승산을 자신하고 있었다. 원로원의 실력자인 클라텔로의 지지를 등에 업음으로써 자신은 큰 힘을 얻은 셈이었다.

5년 만에 와보는 라인이지만, 변한 것은 하나도 없었다. 여전히 웅장한 성벽과 건물들이 위용을 뽐내고 있었고, 가로수 한 그루 없는 거리이지만 거리를 지나는 사람들의 활기는 그런 삭막함을 덮고도 남을 정도였다. 과연, 인구 85만을 자랑하는 중앙해 북부 지방의 패자 라인 제국의 수도다웠다.

토르피우스가 도착한 것은 10월 15일 늦은 오후였다. 그는 귀빈들의 숙소로 쓰이고 있는 파비우스 황제의 포룸에서 하룻밤을 묵은 후 내일 있을 원로원 회의에 외교관의 자격으로 참석할 예정이었다.

다음날 아침, 토가를 말끔하게 차려입은 토르피우스는 클라텔로와 함께 원로원의 회의장으로 향하였다. 토가는 라인 제국 원로원들의 복장이기도 했기에, 라인 제국 원로원들의 옷깃을 장식한 주황색 옷감과 구별되는 자주색 옷감만이 그가 이케니아 연맹의 사절이란 것을 말해줄 뿐이었다.

원로원 회의장으로 통하는 회랑에는 좌우로 권표를 든 근위병들이 늘어서 있었다. 회랑을 따라 좁은 아치 형태의 문을 통해 들어서자 라인 제국의 심장부라 할 수 있는 원로원 회의장이 나타났다.

회의장은 그 명성에 비해 그다지 웅장하다거나 거대한 모습은 아니었다. 원로원 정원인 300명이 겨우 앉을 만한 크기였는데, 연단이 낮고 좌석이 높은 원형 극장의 형태를 갖추고 있었다. 이 회의장은 250년 전부터 사용하고 있기에, 건물 자체가 라인 제국의 역사라고 해도 무방하였다.

원로의원들이 앉는 좌석은 좌석 사이를 가로지르는 통로에 의해서 5개의 구역으로 나누어지는데, 원로의원들은 한 구역에 60명씩 자유롭게 좌석을 정해 앉을 수 있었다. 하지만 정치적 의견을 같이하는 원로원들끼리 모여서 앉는 것은 당연하다면 당연한 불문율이었다.

군데군데 좌석이 비어 있긴 했지만, 200명 이상의 원로의원들이 모여서 자리를 지키고 있었고, 연단에는 5개의 좌석이 놓여 있었다. 맨 뒤에 놓인 좌석 2개는 원로원 의장 2명을 위한 자리였고, 좌측의 작은 의자는 회의 내용을 기록하기 위한 서기관이 앉는 자리이다. 그리고 우측의 작은 의자는 연설을 할 사람이 대기하는 좌석이었고, 가장 앞쪽의 화려한 의자는 황제를 위한 자리였다.

이 좌석들 중 황제를 위한 좌석과 원로원 의장 좌석의 한 자리는 비어 있는 상태였다. 라인 제국의 현 황제인 티투스는 아직 헤르마니아 섬에 머물고 있었기 때문이고, 원로원 의장 중 한 명은 지금 병중에 있어 참석하지 못한 것이었다. 그리고 남은 한 자리의 원로원 의장석에는 클라텔로가 앉아 있었다.

좁은 돔 형태의 건물이기에 200명이 넘는 사람들의 말소리는 귀를 따갑게 할 정도로 실내를 울렸다.

"정숙!"

탁! 탁! 탁!

의장인 클라텔로의 말과 함께, 회의실 입구에 늘어선 근위병들이 권표로 바닥을 치며 소리를 내었다. 웅성거리던 회의장은 금세 조용해졌고, 이어 클라텔로의 말이 울려 퍼졌다.

"여러분도 이미 알고 계시듯, 오늘은 이케니아 연맹의 외교적 요청에 대해서 논의하기 위해서 모였습니다. 결론을 내리기에 앞서서 이케니아 연맹의 대표 자격으로 이 자리에 온 '토르피우스 카라카스 아르펜'의 발언을 듣겠습니다."

외국의 사절과 같이 원로원 이외의 인물에게 원로회의 발언권을 주는 것은 황제와 의장의 고유 권한이기에 아무도 반론을 제기하지 않았다.

토르피우스는 자리에서 일어나 연단 중앙으로 나아갔다. 그리고 좌중을 메우고 있는 원로원들에게 예를 올렸다. 라인 제국 원로의원들보다 토가가 더 잘 어울리는 듯한 이 이국의 중년인은 원로의원들 사이에서도 꽤나 이름이 알려진 인물이었다. 연단 중앙에 선 토르피우스는 좌우로 한 번씩 시선을 옮긴 후에 낭랑한 목소리로 이야기하기 시작했다.

"친애하는 라인의 원로의원 여러분! 저는 라인 제국의 친구인 이케니아 연맹을 대표해서 이 자리에 섰습니다. 제가 라인 제국 땅에 발을 디디자마자 보낸 외교 문서를 의원님들도 이미 보셨을 것이기에 지금 이케니아 연맹이 어떠한 사정에 처하여 있으며, 이케니아 연맹이 어떠한 도움을 필요로 하는지 원로의원 여러분도 잘 아시리라 믿습니다. 지금 이케니아 연맹은 저 야만스러운 메디아의 침공으로 어려움에 처하여 있습니다. 이케니아 민족의 긍지를 걸고 많은 병사들이 용맹하게 싸우고 있지만 사정이 그리 좋지는 못합니다. 아시다시피 저 야만족의 군대는 라인 제국과 이케니아를 이어주던 우티카 항구를 불태우고, 이제는 세노아 섬까지 노리고 있는 형편입니다. 이것은 단지 이케니아에 대한 도전이 아니라 동맹국인 라인 제국에 대한 도발이기도 합니다. 하지만 이케니아는 라인 제국의 파병을 원하는 것은 아닙니다. 다만, 라인 제국은 쓸모없지만 이케니아는 부족한 부분을 지원해 주시길 저는 감히 요청합니다. 의원 여러분! 저는 이 자리에서 감히, 저희가 양도하였던 군선의 반환을 요구합니다. 하지만 라인 제국의 자랑스러운 동맹국으로서 우리는 응당한 대가를 치를 것입니다. 이미 문서를 통해 보셨다시피 이케니아는 군선을 양도해 주는 대가로 받았던 300만 데르에 해당하는 자금 전부를 돌려 드릴 것입니다. 또한, 함선을 이케니아로 운반하는 데 드는 모든 비용도 이케니아 측에서 전적으로 부담할 것임을 약속드립니다. 더불어 이케니아는 이후 라인 제국이 요구하는 군선의 차출에 있어서도 적극적인 협조를 아끼지 않을 것입니다. 이 일이 이케니아 연맹과 라인 제국 모두를 위한 일임은 모든 원로의원님들도 깊이 공감할 것이라 믿습니다. 저명하신 원로의원 여러분의 현명한 판결을 기다리겠습니다.”

연설을 마친 토르피우스는 원로의원들에게 정중하게 인사를 하고서는 자리로 돌아왔다. 토르피우스의 연설이 끝나자 의원들의 말로 회의장이 소란스러워졌다.

“정숙!”

클라텔로는 다시 한 번 정숙을 명했다.

탁! 탁! 탁!

“그럼 이케니아 연맹에 군함을 양도하는 건에 대한 표결을 실시하겠습니다. 찬성하는 의원들은 일어서 주시오.”

클라텔로는 이렇게 말하며 자신도 좌석에서 몸을 일으켰다. 자신도 의장이기 이전에 의원이기에 투표권을 가지고 있는 것이다. 하지만 사실, 클라텔로가 일어서는 순간에 표결의 결과는 정해진 것이나 다름없었다. 이미 그가 어제저녁부터 유력한 원로의원들을 찾아가서 물밑작업을 해둔 상태였기 때문이다. 물론 이케니아의 요구가 라인 제국에도 실리와 명분을 모두 만족시켜 줄 만한 사항이었기에 가능한 일이다.

투표 결과 어림잡아도 과반수가 훨씬 넘는 의원들이 찬성을 표시했고, 안건은 원로원을 통과하였다.

"원로회의 규정에 의거, 과반수 이상의 찬성으로 이 건이 원로회의 승인을 얻었음을 선포합니다!"

클라텔로는 엄숙한 목소리로 안건의 통과를 공표하였다.

이케니아에서 요구한 안건이 통과되는 순간, 토르피우스는 토가 자락 사이로 감추어진 주먹을 꽉 쥐며 짜릿한 희열에 몸을 떨었다. 이케니아 연맹을 위해 자기가 할 수 있는 일은 다 했다는 뿌듯함이었다.

원로원을 통과한 안건은 이제 황제의 재가만을 남겨둔 상황이었다. 하지만 이 부분에 있어서도 그다지 걱정할 것은 없었다. 비록 내전을 통해서 정권을 잡은 티투스 황제였지만, 그런 사람치고는 독재자 타입의 황제는 아니었다. 대외적인 전쟁 등에는 열성적이었지만, 내정은 원로원의 의견을 거의 따르는 편이었기 때문이다.

회의가 끝난 후, 클라텔로는 토르피우스에게 황제의 재가는 걱정 말고 군선이 정박해 있는 비나보사로 떠나라고 일렀다. 라인에서 남동쪽으로 400킬로미터 정도 떨어진 이 항구 도시는 군항이자 라인 제국의 남부 관문 역할을 하는 대도시였다. 토르피우스는 하루도 지체하지 않고 즉각 비나보사로 길을 재촉했다. 오전에 원로원 회의를 마치고 바로 출발한 것이다.

그리고 떠나기 전 서찰을 전령에게 주어 본국으로 급파했다. 일의 거의 성사되었다는 내용과 함께, 우티카로 함대를 이끌고 갈 테니 병력을 우티카에 집결시키는 것이 좋겠다는 의견도 담긴 서찰이었다.

*   *   *

라인 제국에서 토르피우스의 외교적 노력이 성공을 거두고 있을 무렵, 메디아의 왕궁은 큰 충격에 휩싸였다.

메디아 중부에 갑자기 나타난 이케니아 군이 주변 도시들을 하나둘 점령해 나가고 있다는 보고와 함께 그들의 군대가 계속 티메르마 쪽으로 북상하고 있다는 소식이 들어왔기 때문이다. 하지만 그들로서도 이케니아 군이 도대체 어느 길로 침공했는지 알 길이 없었다. 사실 아무리 봐도 이케니아 군이 상륙했을 곳은 키바 산맥 너머의 해안뿐이었지만, 수백 년 동안 키바 산맥을 천연의 방어선이라고 생각한 그들의 고정관념은 그런 사실을 부정하고 있었다.

결과적으로는 메디아 왕국 역사상 처음으로 당하는 이케니아 군으로부터의 침공이었다. 더구나 세노아 섬에서의 승리를 목전에 두고 있다는 낭보가 이어지고 있는 시점에서 당한 일이라 충격은 더욱 컸다. 이에 메디아의 왕 '유바'는 전

349

령을 급파해 세노아에 주둔 중인 아쿠타에게 이 사실을 알리게 했다.

메디아 본토의 정규군 병력 상황은 수도를 지키기 위한 5천 명의 병사와 키바 산맥 남쪽 기슭 소로스 왕국과의 국경 근처에 있는 랍티스에 주둔 중인 1만 5천의 병력이 전부였다. 하지만 랍티스에서 수도까지는 1,300킬로미터나 되는 거리여서 소식을 알리며 원군을 파견하라고 요청하기에는 너무나도 멀었다. 전령은 보내되, 지금 당장은 랍티스에서 현명하게 대처해 주길 바랄 뿐이었다. 그래서 일단은 모자란 정규군을 대신하기 위해서 용병 모집령을 내렸다. 그렇게라도 해서 아쿠타의 원군이 도착할 때까지 수도와 수도 주변의 주요 도시들을 방어할 필요가 있었다.

*   *   *

모든 병사들이 노베에 재집결하자 아르제스는 병력을 이끌고 북진을 시작했다. 시간상 이미 자신들의 침공 사실은 메디아 수도까지 전해졌을 것이고, 아르제스는 더욱더 그들이 조급해하도록 만들기 위해 압박할 필요가 있었다.

하지만 이번에는 서두르지 않았다. 주변의 마을들을 하나둘 점령하면서 메디아의 군대가 다가오길 기다릴 셈이었다. 세노아의 칼쿨루스가 걱정되지 않는 것은 아니었지만, 지금

350

은 서두를 때가 아니라고 생각했다. 적을 최대한 본거지(本據地)에서 먼 지역으로 끌어내어 한 번의 전투로 전쟁 전체의 승부를 결정하는 것이 수적으로 열세인 자가 할 수 있는 최상의 방법임을 아르제스는 잘 알고 있었던 것이다.

아쿠타 군의 상륙 저지를 포기하고, 칼쿨루스의 군단만을 구한 채 세노아 시내로 퇴각했을 때부터 아르제스는 이미 승패는 신이 정해줄 문제라 생각하고 있었다. 자신이 할 수 있는 건 승리의 여신이 자신의 손을 들어주도록 최대한 노력하는 것뿐이었다.

다만, 과연 아쿠타가 자신의 메디아 침공을 알고 나서 어떤 행동을 취할지가 가장 궁금한 부분이었다. 그리고 그 결과는 자신이 메디아 군과 마주칠 때 비로소 알 수 있을 것이라는 것이 아르제스의 생각이었다.

노베에서 떠난 지 5일째, 아르제스 군은 100킬로미터가량 진군하면서 주변의 크고 작은 마을들을 점령해 나갔다. 그리고 예외없이 볼모를 잡아들였다. 이미 노베에 있는 볼모를 합쳐서 600여 명이 넘는 볼모를 잡아들인 셈이었다. 하지만 볼모를 대하는 데 있어서 마치 노예나 포로를 대하듯 함부로 하지는 않았다. 그들은 단지 약속에 대한 담보일 뿐이었기에 깨끗하게 죽였으면 죽였지, 모욕을 주며 약자를 조롱하는 일은 아르제스의 천성에도 맞지 않았다.

어느덧 아르제스 군이 메디아 땅에 상륙한 후 20일이 지나고 있었다. 호위병마저 물리고 홀로 남은 아르제스는 사령관 막사 앞에 앉아 밤하늘을 바라보고 있었다.

갖은 상념이 스치고 지나갔다. 분명 가이우스 별장의 뒷마당에 앉아서 바라보던 하늘과 같은 하늘일 텐데, 지금의 하늘은 너무나 생소했다. 불과 2년 전만 해도 자신은 그저 어머니의 꾸중을 무서워하는 조숙한 소년일 뿐이었는데, 기억 속의 자신은 스스로에게도 너무도 낯선 존재였다.

스스로가 원해서 뛰어든 군문(軍門)이었고 전장이었지만, 가끔은 누구에게도 말할 수 없는 외로움과 불안감으로 잠을 설치기 일쑤였다. 자신을 믿어주는 병사들의 신뢰와 자신의 명령 하나에 목숨을 맡기는 병사들에 대한 책임감이 아직은 미성숙한 아르제스를 짓누르고 있었던 것이다.

하지만 한 사람만은 아르제스의 그런 심정을 이해해 주고 있었다.

"도련님, 뭐 하십니까?"

어느덧 다가온 마르쿠서스가 흰 이를 드러내며 특유의 미소를 지었다.

"아… 마르, 안 잤어?"

자신보다 12살이나 많은 마르쿠서스이지만 아르제스에게는 언제나 친구 같은 존재이다. 아르제스가 태어나기도 전부터 가이우스 가의 시종이던 그는, 자신이 태어나자 아버지가 붙여준 몸종이었다. 이제는 잘 기억도 나지 않는 아버지의 얼굴이지만, 마르쿠서스를 자신에게 준 것만으로도 확실히 사람 보는 눈은 있었구나라는 생각이 들었다.

말없이 아르제스의 옆에 앉은 마르쿠서스는 아르제스가 바라보는 밤하늘로 자신의 시선을 옮겼다.

"거, 까만 하늘에 별만 반짝이는데 뭘 그리 보십니까?"

"별을 보는 것이 아니라 추억과 사람들을 보는 거야."

"훗, 그래 봤자 엘레나님 생각이시겠죠."

마침 정말 엘레나의 생각을 하던 중이었던지라, 생각을 들킨 아르제스는 버럭 화를 냈다.

"오호! 네가 요즘 매가 뜸했구나! 마르!"

아르제스는 자리에서 일어나서는 마르쿠서스를 내려다보았다.

"흐흐흐… 도련님, 병사들도 많은데 망신당하시면 어떻게 하려고 그러십니까?"

마르쿠서스도 같이 일어서며 더 큰 키로 아르제스를 내려다보며 말했다. 순간 발끈한 아르제스가 외쳤다.

"목검 가져와!!"

얼마 있지 않아 사령관 막사 앞에서 두 사람은 목검을 들고 자세를 잡고 있었다. 이미 수많은 실전 경험과 죽을 고비를 넘긴 두 사람이라 예전에 가이우스 가 뒷마당에서 검을 나누던 때와는 차원이 다른 실력을 가지고 있었다.

"하압!"

"협!"

따—악!

기합 소리와 함께 조용한 숙영지에 굉음이 울렸다. 사령관의 막사 쪽에서 들려오는 소리에 근위병들과 병사들이 순식간에 몰려들었다. 하지만 저마다 무기를 들고 급히 모여든 병사들이 본 것은 사령관과 그의 시종이 검을 나누는 장면이었다. 그들은 어느덧 무기를 내리고 두 사람의 대결을 구경하기 시작했다. 살기가 없는 대련이었지만, 참으로 호쾌하고 멋진 검투라 감탄이 절로 나올 지경이었다.

"하하하하!! 자자, 무엇들 하나! 돈을 걸어! 누가 이길지 돈을 걸어라!!"

어느덧 나타난 발가르는 둘의 검술 시합을 보고는 병사들에게 내기를 부추겼다. 자신의 두 제자가 저렇게 멋진 검술을 펼치는데 흥이 안 날 리 없었다. 당황한 메텔로가 옆에서 말렸지만 발가르는 전혀 듣지 않고 있었다. 발가르까지 나서서 흥을 돋우자 우물쭈물하던 병사들이 마치 검투사들의 시합을 구경하는 것처럼 흥분하면서 응원하기 시작했다. 졸지에 사령관이 내기 거리가 된 것이다.

"발가르님!! 지금 뭐 하시는 겁니까!!"

마르쿠서스의 검을 받아넘기며 아르제스가 항의 표시를

했지만, 발가르는 가볍게 무시했다. 그리고 아르제스도 마르쿠서스의 공격을 받아내느라 더 이상 이야기할 틈도 없었다.

"사령관님, 힘내시죠!!"

"어이! 마르! 잘한다!!"

아르제스보다는 많지만, 병사들의 나이도 이제 갓 20세를 넘긴 사람에서부터 많아야 30살 정도이다. 젊은 나이로 타지의 전쟁터에 있는 그들도 밤이면 외로움과 두려움이 엄습하는 것을 피하지는 못했다. 한밤에 벌어진 아르제스와 마르쿠서스의 활극은 그런 병사들에게 좋은 위문 공연이 되었다. 그것도 그들의 사령관이 친히 한 위문 공연 말이다.

하지만 모든 사람이 즐거운 것은 아니었다. 아르제스에게 돈을 걸었던 사람들은 내기 돈을 날렸기 때문이다. 그리고 발가르가 마르쿠서스에게 돈을 걸었음은 두말할 나위도 없었다. 아르제스는 검을 놓친 채 바닥에 양팔을 벌리고 누워서는 즐거운 듯한 웃음을 터뜨리고 있었다. 그런 아르제스에게 병사들은 잃은 돈을 변상하라고 말하며 야유를 보냈지만, 그들의 눈빛은 사령관에 대한 깊은 신뢰를 담고 있었다.

"그나저나 사령관님의 검술 솜씨가 보통이 아닌걸?!"

구경은 끝났다며 발가르가 해산을 명령하자, 자신들의 막사로 돌아가던 병사들 중 한 명이 동료에게 말했다.

"너 못 들었냐? 사령관님의 검술 실력이 군단 전체에서도

다섯 손가락 안에 든다는 소문?'

"에에?! 정말이냐?'

"그럼 너 같으면 저 '싸이크롭스 마르'를 상대로 10분을 버틸 수 있겠냐?'

그 말에 한참을 생각하던 병사는 이렇게 말했다.

"음… 10초도 못 버티지."

"이 녀석! 당연한 걸 뭘 그리 오래 생각하는 거냐!!'

뒤이어 엉덩이 걷어차는 소리가 들렸다.

＊　　　＊　　　＊

아쿠타가 본국에서부터의 급보를 받은 것은 세노아 섬에 상륙한 지 36일째 되는 날이었다.

"하하하!! 굉장하구나! 아주 제대로 허를 찔렀군!!"

아쿠타는 전령이 전한 서찰을 읽고 나서 호탕한 웃음을 터뜨렸지만, 속으로는 분노가 끓어오르고 있었다. 지금에서야 일전에 정찰 함대가 당했던 이유를 알았기 때문이다. 덕분에 엉뚱한 바다나 수색하면서 넋 놓고 당해준 자신의 꼴이 참으로 한심하게 된 것이다.

본국을 침공한 것은 분명히 아르제스일 것이다. 그가 아니라면 그런 대담한 작전을 시도할 사람이 없을 것이라고 아쿠타는 확신하고 있었다. 하지만 아쿠타는 이 시점에서는 자신이 아르제스라는 장수를 제대로 알고 있지 못했다는 것을 인정할 수밖에 없었다. 이미 자신과 2번의 전투를 치렀지만, 그는 항상 방어하거나 후퇴하기만 했다. 분명 유능한 장수이지만 자신처럼 승리에 목말라 있다는 느낌보다는, 패배하는 것을 막는 능력이 뛰어난 장수라는 느낌이 강했다. 그렇기에 아르제스의 메디아 침공은 가장 아르제스다우면서도, 어떤 면에서는 전혀 아르제스답지 않은 작전이었다.

어찌 되었든 아쿠타는 세노아를 떠날 생각은 없었다. 아무리 본국에 아르제스가 침공했다지만, 아직 유바 왕의 명령은 원군의 파견이지 세노아 섬에서의 철수는 아니었다. 일부 군사를 파견해서 시간만 끌어준다면 세노아를 공략할 시간은 충분했다. 더구나 상당수의 군사가 빠져나갔다면, 세노아의 공략은 더욱 쉬워질 것이다.

"바투를 불러라!!"

그는 즉시 자신의 오른팔 격인 부관 바투를 불렀다.

그리고 바투에게 5천의 중장 기병 중 4천과 용병 1만을 포함한 보병 2만을 주어서 티메르마로 급파했다. 서찰에 따르면 본국에 침입한 적병의 수는 1만 5천 정도였기에, 이 정도의 병력이면 충분하다고 생각했다.

거기에다가 메디아 군의 자랑인 중장 기병을 4천이나 딸려보냈기 때문에 적에게 지는 일은 절대로 없을 것이라고 굳게 믿었다. 그리고 자신은 세노아 공략을 조금 앞당기기로 했다.

워낙 기후가 온화한 지방이라서 전투가 힘들어지는 실질적 겨울은 12월 달이 넘어서이다. 원래 계획은 11월 중순에 맹공을 퍼부어 이미 기진맥진해진 적을 격파한다는 것이 그의 생각이었지만, 본국에서 변고가 일어난 이상 추가 피해를 감수하고서라도 빠르게 세노아를 점령해 버릴 필요가 있었다.

아쿠타는 명을 내려 카마 항구에서 들여오는 목재의 수급량을 늘리라고 지시했다. 세노아 섬에서 자라는 나무는 곧지 않고 수고(樹高)도 낮아 공성 병기를 제작하는 데 적합하지 않았다. 그리고는 만에 하나 있을지 모르는 이케니아 연맹에서의 지원에 대비해 세노아 섬 북쪽 해역에 경계를 강화하고, 60척으로 이루어진 3개 선단을 2교대로 파견하여 항상 해역에 2개 선단이 배치되어 있도록 조치했다.

아쿠타도, 아르제스도, 칼쿨루스도 이제 승부는 한 달 내에 결정날 것이란 것을 직감적으로 느끼고 있었다.

『아르제스 전기』 2권에 계속

청어람 판타지의 재도약!!

혁신과 참신함으로 무장한
새로운 판타지 전문 브랜드의 탄생!

「알바트로스」
Albatros

판타지계의 커다란 근간을 이뤄온 청어람 판타지 소설!
새로운 브랜드 「알바트로스」라는 커다란 날개를 달고
거대한 웅비를 시작합니다.

알바트로스는 판타지의, 판타지를 위한 개척자이자 도전자로 존재하겠습니다.

알바트로스는 형식적이고 나태해진 판타지계의 구습을 벗어나겠습니다.

알바트로스는 판타지계의 도약을 위한 든든한 날개 역할을 묵묵히 수행합니다.

알바트로스는 변화와 혁신을 통해 새롭게 태어날 환상 공간입니다.

알바트로스는 판타지를 아끼고 사랑하는 이들을 향한 청어람의 굳은 약속입니다.

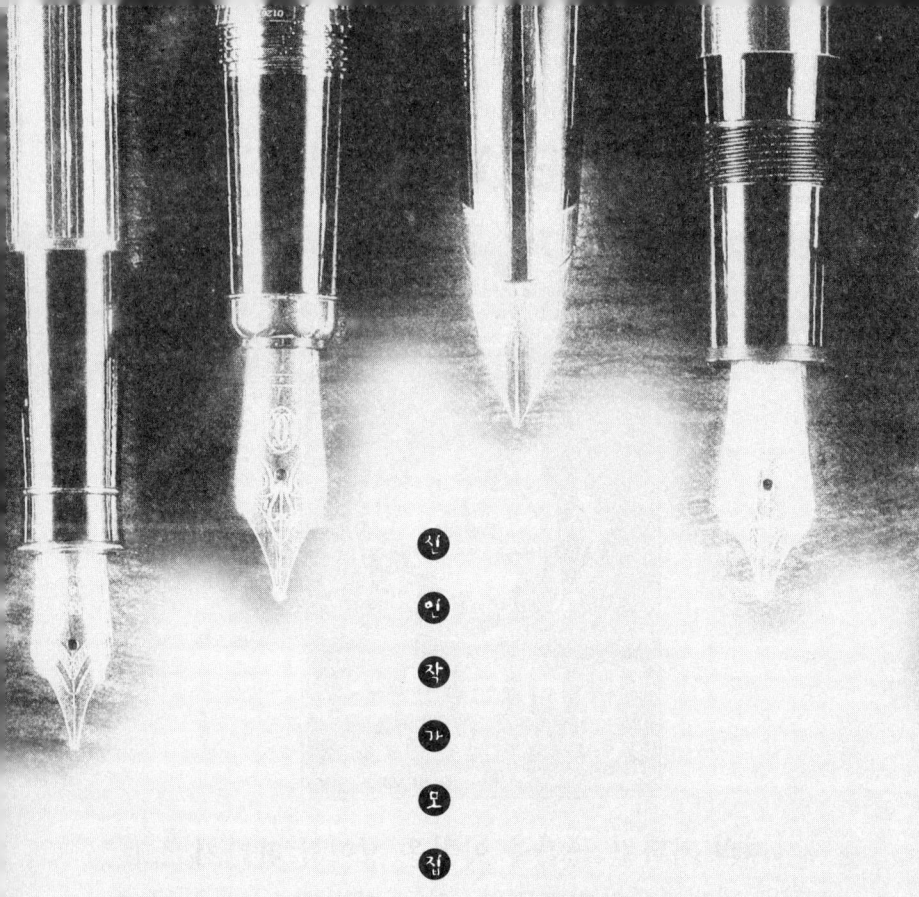

신

인

작

가

모

집

시작이 반이라고 했습니다.
작가의 길에 대한 보이지 않는 벽을 과감히 깨뜨리십시오!
청어람은 작가 지망생 여러분들의
멋진 방향타가 되어드리겠습니다.

저희 도서출판 청어람에서는
소설 신인 작가분들을 모집합니다.
판타지와 무협을 사랑하시는 분들의 많은 참여를 바랍니다.
소정의 원고(A4용지 150매)를 메일이나 우편으로 보내주시면
검토 후 출판 여부를 알려드리겠습니다.

주소:경기도 부천시 원미구 심곡1동 350-1 남성B/D 3F 우편번호420-011
TEL:032-656-4452 · **FAX**:032-656-4453
http://**www.chungeoram.com**
e-mail:chungeoram@chungeoram.com

다세포 소녀
원작 만화 출간!!

전국 서점가 최고의 화제작!
OCN 슈퍼액션 드라마 시리즈 방영!

왜? 사람들은 다세포 소녀에 주목하는가!
상식을 뒤엎는 기발하고 엉뚱한 상상력!

『다세포 소녀』의 숨겨진 힘!!

다세포 소녀 원작만화 (전 5권 예정)
B급 달궁 글·그림 | 값 9,000원 / 부록 예이츠 시집

몇 페이지만 읽어도 좌중을 휘어잡을 이야깃거리가 넘쳐난다!
둔감해진 머리에 영감을 주는 아이디어가 마구마구 솟구친다!
원작을 더욱더 빛내주는 기발한 댓글 퍼레이드!
300만 다세포 폐인을 열광시킨 상식을 뒤엎는 엉뚱한 상상력!

또 하나의 이야기! 또 하나의 재미!
소설 『다세포 소녀』

초우 장편소설 | 값 9,000원 / 원작자 B급 달궁

"그건 모르겠고, 나는 외눈의 사랑이야. 사랑을 줄 수는
있어도 마주 할 수 없는 사랑이지. 두 눈을 가진 사람은 주
고받을 수 있지만, 나는 주는 것만 할 수 있어. 나는 주는
사랑으로 족해. 외사랑이지."
－외눈박이

장대한 역사의 영고성쇠 속에서 태어난 실천적 지혜의 핵심!

군주는 현명하지 않아도 현인에게 명령을 하고, 무지해도 지식인의 기둥이 될 수 있다.
신하는 일의 수고를 더하고, 군주는 일의 성공을 칭찬하면 된다.
그 일만으로도 군주는
지혜롭다는 평가를 받을 수 있다.

한 권으로 끝나는 중국 고전 시리즈

잘나가고 싶은 사람은 읽어라!

그에게 한눈에 반했다! 그것은 분위기 탓?
애인과 나란히 걸어갈 때 당신은 좌, 우 어느 쪽에 서는가?
이성은 왜 서로 끌리는 걸까? 그 심층 심리를 해명한다!

30초의 심리학

■ **30초의 심리학**
아사노 하치로우 지음 / 계일 옮김 | 값 8,500원

처음 본 사람인데 왜 닮는 느낌이
너무나도 강렬한 사람이 있다.
흔히 하는 말로 '필이 꽂힌 사람',
그래서 잊혀지지 않는 사람,
한눈에 반했다고 하는 것이 바로 그것이다.
이런 인간의 감정을 논하는 데
남녀의 구분이 있을 수 없다.
사랑하는 그, 혹은 그녀를
생각하는 것만으로도 가슴이 두근거린다.
이상할 것 없다. 당연히 그럴 수 있는 것이다.
그렇기에 인간을 감정의 동물이라 하지 않는가.
그러나 그렇게 좋아하는 그 사람이
어느 날 갑자기 싫어지는 경우는 왜일까?

Psychology